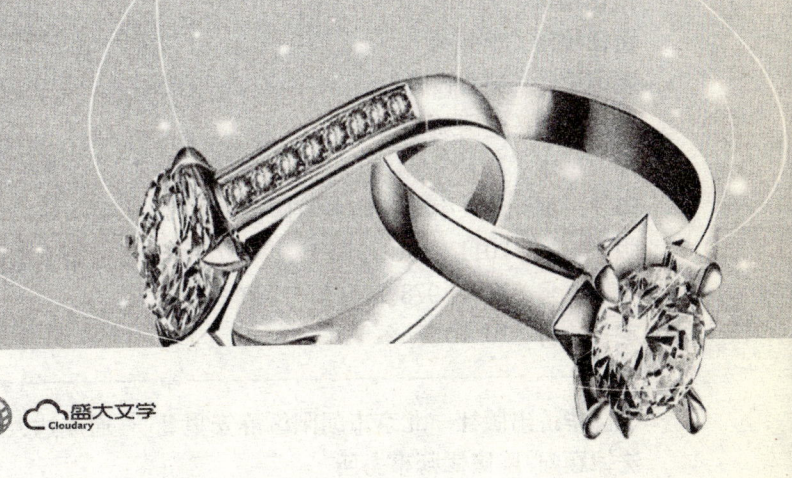

我是你的替身爱人

WOSHI NIDE TISHEN AIREN

米陶 著

中国华侨出版社

图书在版编目(CIP)数据

我是你的替身爱人/米陶著. —北京：中国华侨出版社，2011.10

ISBN 978-7-5113-1780-3

Ⅰ.①我… Ⅱ.①米… Ⅲ.①长篇小说－中国－当代 Ⅳ.①I247.5

中国版本图书馆CIP数据核字(2011)第196870号

●我是你的替身爱人

著　　者	/ 米　陶
策　　划	/ 刘凤珍
责任编辑	/ 棠　静
责任校对	/ 李向荣
装帧设计	/ 周吾设计
经　　销	/ 全国新华书店
开　　本	/ 710×1000 毫米　1/16 开　印张 17　字数 220 千字
印　　刷	/ 北京中印联印务有限公司
版　　次	/ 2011年12月第1版　2011年12月第1次印刷
书　　号	/ ISBN 978-7-5113-1780-3
定　　价	/ 30.00 元

中国华侨出版社　北京市朝阳区静安里26号通成达大厦3层　邮编：100028
法律顾问：陈鹰律师事务所
编辑部：(010)64443056　64443979
发行部：(010)64443051　传真：(010)64439708
网　　址：www.oveaschin.com
E-mail：oveaschin@sina.com

第 1 章　遇见他是今生最美的意外 / 001

第 2 章　一簇火热燃烧在她的心上 / 023

第 3 章　至少他应该知道她的名字 / 044

第 4 章　灯光洒映在她倔犟的脸上 / 066

第 5 章　他们只是缺少必要的沟通 / 090

第 6 章　爱情如果夹杂着善意隐瞒 / 111

第 7 章　她知道她已经永远失去他 / 133

第 8 章　这脸和记忆中的一模一样 / 160

第 9 章　真爱不需要刻意这种把戏 / 178

第 10 章　一个阳光，一个冷酷危险 / 201

第 11 章　法国巴黎，她和他相逢 / 222

第 12 章　爱他会是地老天荒的事 / 238

第1章 遇见他是今生最美的意外

雨后沉重的窒息感让原本待在教室里的童婞不顾一切地当了一回翘课生，她俯着身子在老师转身看不到的瞬间冲出了教室门，那一瞬间袭上来的惊险感让她这个乖乖牌差点惊叫出声。现在她已经大二，变"坏"也是时候。

从小学到大学，她父母给她的教育模式里绝对强调过杜绝翘课，更何况还是公然在老师眼皮底下翘课，要是这件事情传到爸妈耳朵里，想必耳朵将会遭遇一场大酷刑。

而现在她正站在楼梯口在心里向老天爷祈祷：这节课的老师不要对她太关注了才好，要不然她真的死定了。

但是现在她也管不了后果，不翘都翘了，既来之则安之吧！

心里这么一想，顿时就豁然开朗。她抚平心口的忐忑，踏步向楼下走去，心情依旧有点压抑，没有理由，也找不到理由。也许她能怪罪于天气，但是似乎都是对的，最近一段时间她常常没有理由地烦闷，烦闷到几乎有一种揪心的痛。

右手不由自主覆盖在心脏上，感受到心脏在体内有条不紊地跳动着，没有问题呢，她应该是很健康的。

唇角扬起微笑，这样频繁地质疑自己的健康程度，要是被爸妈知道了，他们又会怎样地担心呢！

思绪飘忽不定，双脚已经顺利踏过最后一阶楼梯，一个人影瞬间便映入眼帘，她的脚步也就在刹那间停下。

只见他手中执着盲杖，缓慢地越过她，复而身子顿了一顿，不到半秒他重新起步，一声声盲杖敲打地板的声音在宁静的楼道里显得异常响亮。他每走一步都显得小心翼翼，不知道是长时间练成的谨慎，亦或者是生疏。

看着这样的他，她一阵难以呼吸，双手伏在胸口上，比先前的窒息来得更突然、更难过。她知道自己不认识他，但是她难受得像是自己在受折磨。

他冷峻的脸上有着一丝不甘，薄唇轻佻地扬起一丝嘲笑，尖挺的鼻梁透着独有的魅力，坚毅的眼睛像是被扼杀掉了光芒，但是她却能够想象要是它能够发亮将会是怎样地熠熠生辉，炯炯有神。

他是这样地好看，她也相信他是足够优秀的，怦动的心脏比以往更加猛烈地在体内跳动着，她不排斥这样的悸动，但却没有办法不难受。

坚定的脚步慢慢走远，而她犹如一尊雕塑一样站在原地空洞地看着前方。如果距离够近，能够发现她嫣红的唇更加红透，忽地转身，人影已经消失，更为刚才她的难过添上诡异的薄纱，似乎刚才的一切都只是她幻中的影像，那个单薄却俊美的男人，似乎只在她的梦中出现过。

她迷惘了，她也心动了。

她居然爱上了和她擦肩而过的男人，不知道他的来历，不知道他是谁，也不知道他们会不会再相见。

时间一晃眼就过去了一个多星期，这一个多星期里只要童姝一闭上眼睛，或者睡梦中就会梦到那日擦肩而过的情景。那个孤冷的背影，还有那乱敲在地板上的盲杖声……每每梦醒她就会像失了魂一样呆呆地坐在床上，双脚屈起用力紧抱住，让双手和身体紧紧温热那颗冰凉悸动的心。

有好几次，作为她唯一的寝室室友米朵被她吓得一个激灵醒来，然后抱住她就哭。也许真的被童烨吓坏了，米朵抱着她一把鼻涕一把泪地说："童烨，你不要吓我，有什么不愉快的事情你跟我说，要是你有个什么三长两短的，你要我怎么向叔叔阿姨交代，你要我怎么活下去……"这样煽情的话她却只在那晚说了一次，虽然每次还是会被童烨惊醒，但是她转身也就又睡去了。其实米朵一直是个适应能力很强的人，所以那晚无缘无故博取了她一桶眼泪，童烨非常受宠若惊。

这次，蓦然汗流浃背地从梦中惊醒过来，她抹掉额头上的汗珠，转头拾起床头边的手机。现在是下午四点，原本她有一节课，而她想都没想就逃课了，不知道是逃课造就出了她的瞌睡虫，还是瞌睡虫致使了她逃课。

这不重要，重要的是那日的情景没有哪一次在梦中会升级成另一种情节，以至于这次的梦比以往的每一次都要长，虚幻中带着点真实，让她更加不知道那日遇见的他是否真实地存在着。

现在脑海清晰地萦绕着梦中的每一个情节，她看到自己就算再怎么追赶也追赶不上决然而去的他，再怎么呼唤也不能使面向她微笑的男子停下脚步。在梦里向她微笑的他，深邃黝黑的眼瞳里有自己拼命追赶的画面，那是一双能够看见世界的眼睛，和她希望他拥有的一双眼睛一模一样。让她欣喜又悲伤的是，不管她怎么呼喊和追赶，他还是渐行渐远，最后变成黑点幻化不见。

她坐在电脑面前，看着正在启动的画面，大脑似乎有点短路，一时没有办法记起自己开电脑的原因。闭了闭眼睛，待睁开眼睛时，她的大脑总算有了一丝思维。

她要找个人聊天，但唯一的室友米朵不知道疯去了哪里，现在最快捷的方式是上网找 Q 友聊。可 QQ 已经登录了将近二十分钟，她只是呆呆地看着屏幕。当回神又悄无声息地下线时，在这一刻自然而然地遗忘了自己的目的。

周五，阳光而明媚的日子，至少对于她来说是这样。大学课程的安排并没有那么密集，与高中学习时的昏天暗地相比，大学则悠闲得近乎罪过。

可她就像是小学生，每个星期最期待的是周末。因为每个星期一到星期五，她都把自己弄得像陀螺一样，一点也没有浪费过时间。直到周末她才会心甘情愿停下手中永远也做不完的习题，任米朵随心所欲安排两人的去向。

将近五点，米朵总算急匆匆地从门外跑进了寝室，大气还在微喘，她就像一只八爪鱼一样趴到了她的书桌上，断断续续地开口："童……童婋……"喊出她的名字后，继续喘气。这个样子的她，可见刚才飞奔回来时有多速度。

"你先歇息一下再说。"童婋很好心地将一旁的椅子拉过来让她坐下，然后用手很用力地抚平被她刚才一趴时弄皱的课本。闲来无事，她通常都会看课本消磨一下时间，在她的书堆里除了硬邦邦的课本，绝对找不出其他如小说之类的书籍。对于这种良好的嗜好，在米朵的眼里却是浪费青春，她已经跟童婋长谈了好几次，不过每次她都是乖乖听着，然后忘记。

米朵一看她看课本看得津津有味的样子，立即朝天花板翻了个白眼，没好气地教训道："童婋，拜托你，我都跟你说几次了，你不要老是拿这么美好的时光浪费在这么枯燥而毫无营养的课本上好不好！现在我们的任务不是学习，而是好好地挥霍我们的青春。"

她一边聒噪地说着，一边就伸手将童婋的书抢下扔回桌上，拉过她面对自己，两只手撑在椅子的扶把上："今晚学校举行一年一度的化妆舞会，我们去参加吧？"她征求着她的意见，一脸的兴致勃勃。

和她相比之下，童婼就没有多大的兴趣。话音刚落，她就拨开了米朵那撑在椅子扶把上的两只手，椅子一转，伸过手拿回课本，用实际行动拒绝她的提议。

但是还没看清楚第一行字，她又迅速被转了回来。眼皮一抬，就见米朵怒气腾腾的脸，她瞬间堆起笑容，郑重其事地回答道："我不想去。"说完再次欲转身。

眼疾手快的米朵这次没有让她得逞，她凶恶地抬起一只手直指她的鼻子："童婼，你要是再这个样子我就跟你绝交。"

可见，她这句话的威慑力是大大地有，童婼当场弃械投降，无辜地抬起脸："朵朵，我可以不去吗？"

米朵将头摇得跟拨浪鼓似的："上次你不舒服我们就没去成，这次没得商量，我们非去不可。"

童婼无奈地叹气，还在考虑着要不要做最后的挣扎。米朵却先她一步制止了她的想入非非："童婼，你要是再说不去之类的话，我们的友谊就玩完了。"她绝对不是在吓唬她，她米朵也是说到做到的主。

"我知道了。"童婼扯扯唇角，露出一个比哭还难看的笑容。两手的胳膊肘撑在书桌上托住下巴，似乎在思考今晚如何早早退场。

米朵微眯着眼睛犀利地瞅着她，洞察力十足地一眼就看出了她的小心思，将自己那张不算倾国倾城却也算清秀可人的脸凑了过去，郑重地宣布："今晚，你一步都不可以离开我。"

童婼嘴角抽搐地抬眼看向她，米朵挑了挑眉宣告了她的了然。在这样的情况下，童婼像泄了气的皮球那样耷拉下了肩膀，心想：交了一个那么了解自己的朋友真不是什么好事。

米朵没有时间去安慰她被自己伤害的心，她将童婼搞定后迅速跑去收拾衣服洗澡，等一下她要化一个精致的妆，选一套漂亮的裙子，带一张令人遐想的面具去参加化妆舞会，今晚可是"勾引"一个男朋友回家的好时机，她当然要全力以赴。

童烨看着她欣喜地抱了衣服就闯进浴室，嘴角顿然再次抽搐起来。米朵是她的好朋友，说得确切一点是从小一起长大的青梅竹马，她翘一翘屁股自己就知道她要干什么，更何况她已经不止一次说过今晚要将某某追到手了。至于名字嘛，一时半会还真想不起来，从小到大她对别人名字的概念很薄弱，要不是太过亲近或者熟悉的人，她通常不会刻意去记。

转过头看着桌上被米朵扔得乱七八糟的课本，她伸手拿过来，然后摆回原位。不知为何，她突然对它就丧失了兴趣，抬头看着窗外湛蓝的天空，她想：今晚一定会是个晴朗而美好的夜晚。

毫无征兆，脑海里倏然跳出了那个夜夜在梦里陪伴她的孤冷背影。她没有惊慌地将之快速挥散开去，而是开始期待他们能够再次相遇，然后勇敢地走过去告诉他她的名字，不让他们就此断掉交集。

那天回到寝室，她将这次的相遇和自己内心的悸动告诉了米朵。米朵当时还笑了她好长时间，说她总算春心动了，要不然她会认为她冷感。最后经过自己的外表描述她百分百确定："要是真有这个人，一定不是我们学校的。"说完，米朵还啧啧有声地感叹她的情路注定多磨。

说句实话，她真的相信米朵的话，相信他不是她们学校的学生。因为以米朵那些遍布各个年级各个系的眼线，要知道这样一个手执盲杖的盲学生实在是轻而易举的事情，更何况以他本身出众的外表，令人叹息的双眼残疾，要是在这个学校，想必早已是无人不知无人不晓的风云人物了。

难道真的如米朵所说，她的情路注定会坎坷？可是她有很强烈的预感，她和他即将会正式见面。

霓虹的彩色灯光在夜空下闪耀，热闹的氛围从宽阔的足球场草坪上延伸开来。春天夜晚的天气还是带着一丝寒冷，但却丝毫不阻止热情的同学们对化妆舞会的期待。

坐在寝室的童婵难得享受着安静，其实这些安静算是米朵对她的恩赐，只要等到时间到来，不管自己是不是愿意，她都要被揪上场去参加那该死的化妆舞会。

现在寝室的"左邻右舍"都很安静，她知道没有人像她这样不合群，这样每时每刻都期待安静的氛围，而现在四周的安静显然全都是奔化妆舞会的结果。清晰的思绪莫名变得紊乱，有丝焦躁在体内升腾，闭了闭眼睛没能压制住，她只好站起身走到阳台呼吸夜幕下清新的空气，眺望前方，眼皮垂下，突然莫名一悸。

是他，那个身影是他。

她的脸上浮现出雀跃的欢喜，像发现新大陆一样转身就跑出了寝室，哒哒哒快速下楼的声音在昏黄的灯光下清脆地响起。冲到刚才看见人影的樟树下，却不见有人，她不死心地向四周寻找，依旧不见半个人的影子，失望骤然扑来，她颓丧地低下头靠在樟树上。难道刚才是自己的幻觉？

"嘿！童婵。"

突然，有人跳到了她的面前，吓得她抬起头睁圆眼睛，然后就看见米朵笑嘻嘻的脸。一见她吓得不轻的模样，米朵的愧疚感油然而生："对不起童婵，我是不是吓到你了？"说着，她就伸手过来轻拍着她的背，也不管这样的举动对惊吓是不是管用。

"我没事。"过了好一会儿，童婵才回过神摇了摇头，看着她只顾着关心自己，便不确定地问，"我们不用参加化妆舞会了吗？"

果然，经过她这么一提，米朵总算转为她熟悉的样子——毛毛躁躁，她重拍了一下自己的脑门："哎呀，我都差点搞忘了，现在化妆舞会肯定开始了，我们快点回去换衣服，要不然他都要被别人拐跑了。"说完她拖了童婵就往宿舍楼上跑。

童婐不由自主回过头去看刚才她们待的地方，虽然知道突然之间自己期待的人不可能就出现在那里，但她心里还是燃起了一丝希望，希望自己转身的一瞬间能够看见那抹身影，可最后她终究还是失望而去。

回到寝室，她急急忙忙换上了米朵安排的衣服，然后就被拉着向化妆舞会跑去。待她们跑到现场，一张张面具在她们的眼前晃动，米朵抽回拉住童婐的手，将一个面具塞到了她的手中，说："童婐，快点将面具戴上。"她说着自己已经戴上那张白雪公主的面具，复而，她又扯了下来，将童婐手中的面具夺了回来，将白雪公主面具塞到了童婐的手中，自己戴上了那张定做的柯南面具。

"朵朵，你在干什么？"童婐不解，米朵不是早早就相中这张白雪公主面具了吗？还想着在化妆舞会上将她的白马王子拐到手，而她现在穿的衣服也是配得上白雪公主形象的。不过在这样天时地利的情况下她还临阵改变主意，实在很正常。

"我很喜欢柯南。"米朵嘟起红唇委屈道。

童婐这才恍然大悟，她都差点忘了眼前这位姑娘是柯南迷。现在倒好，米朵为了柯南舍弃了白雪公主，看样子这都是自己的错，因为这张柯南面具是她坚持定做的。

穿梭在化妆舞会的人潮中，童婐一路跟着米朵披荆斩棘从这边人海中跑到那边人海，又从那边跑回了这边，来来去去好几趟，在她跑到差点断气前，米朵这才泄气地蹲坐在一处阶梯上。那幽怨的叹气声让累得上气不接下气的童婐又不忍置之不理，微移了几步干脆坐到了米朵的身边，用胳膊肘推了推她的手臂，很自讨没趣地问："没有找到吗？"

米朵不理她，只是死死地看着地板，想必现在是既失望又伤心。设计好的情景没有办法演了，想好的台词也没有办法说了，无比怄气。

"我们再去找找嘛，这里同学这么多，当然不能一下子就找着。"童哗在她耳朵边安慰道。她实在看不惯米朵精神不济的样子，以前不管多大的事情，她从来不会泄气。

她能够想到安慰人的话只有这么一句，但米朵依旧闷闷不乐，对她的话也是置之不理。这下子童哗不知道要怎么办了，难不成一晚上都坐在这里跟着她精神委靡？束手无策之下，她一咬牙就对她说："我帮你去找，戴小矮人面具的对不对？我现在去找，你在这里等我。"话音刚落，她没等米朵反应过来就冲到了人群中。米朵瞪大眼睛看着她走远的背影，倏然无比地感动。

她的童哗真的是好人，她没交错她这个朋友。既然好朋友都不放弃帮她找小矮人，她怎能这么没出息地放弃呢？她要振作精神继续找，眼线明明跟她说他来参加化妆舞会了，除非他胆敢骗她，要不然她就不信自己找不到他。

原本童哗很自信只要有心就一定能够找到小矮人，但是走在人群中，看着一张张让她失望的面具，她慢慢变得焦急起来，当下觉得自己这样坐以待毙不是正确的方法，所以现在她改为逮着人就问："有没有看见戴小矮人面具的人？"一个个问下去，她希望在自己没有看见的情况下别人能够看见，让找到他的机会更大一些。只是没想到改变方法也没能收到想要的效果，看着被她拉住的人一如第一个那样地对她摇头，她每问一人脸上就徒增一丝不安和焦虑。她多么害怕找不到他，害怕看见米朵失望的表情，她不知道米朵是不是喜欢极了那个男孩，但她知道她一定要找到他。

之所以答应参加这次的化妆舞会，完全是因为愿赌服输的结果。既然他王梓跟周霆打赌，失约了上个星期的好友聚会，这原本是他稳赢不输的，但突发的意外，最终让他没能准时赴约，从而让他这个素有"爽约大王"之称的名号，在圈子里更加地响亮。

现在好不容易脱离了那几个最佳损友独自远离人群透透气，他真是

第 1 章 遇见他是今生最美的意外

庆幸打赌来的是化妆舞会。要是脸上没有这张面具的遮挡，他知道自己肯定会身处被人观赏的处境。

虽然一直知道今晚会无聊到想早早离场，不过既然在打赌之前就已经许诺过，必须到化妆舞会散场的那一刻，而现在又不会有任何人打扰，他只能勉为其难地留下。

这是他前一个小时无聊的感受，在一个小时后，当那个逮着谁就询问的女孩出现在他的眼前时，她就勾起了他莫大的兴趣，尤其是听到她毫不嫌烦地重复那句："有没有看见戴小矮人面具的人？"他的笑意更加深浓了，原来她在找他。

童婼几乎绝望，她不敢说现场的同学问了全部，但至少也问了大半，可没有人告诉她有见过戴小矮人面具的人。烦躁顿时升到最高点，平静的表面即将宣告瓦解，她松开刚刚问完的同学的手，一脸沮丧地站在原地，茫然看不见胜利的感觉真的糟糕透了。现在她不知道自己该不该继续像无头苍蝇那样寻找，但如今似乎也没有比这更好的办法。

身心的疲惫让她需要休息一下，四处看了一眼，童婼打算找个地方坐下来，至少应该补充一下体力才能继续寻找那个她见都没见过的男人。谁知脚步才刚刚迈出，肩膀却被人拍了拍。她不解地转过头，映入眼睑的面孔让她一时反应不过来，怔怔地看着比她高出一个头的男人，那张她几乎找了一个晚上的面具，这会儿，出现在了她的面前。

这算不算皇天不负有心人？

"你……"她大脑一片空白，不知道要说什么，抑或是激动得说不出话来。她看着他，很想伸手触摸他的面具，可最后还是忍住了。

"听见你找我。"王梓唇角微扬，透过那张薄薄的面具，他看见她的眼睛泛着泪光。

她点头如捣蒜："对，我找你，我找你找得好辛苦。"

010

"对不起，我不知道。"

童婵摇头，表示没有关系，可是眼眶里的泪已经不由自主地滑落，像疯子一样找了他这么久，终于找到了，这种感觉居然让她感动，米朵一定会高兴的。

王梓静静看着她滑落的眼泪，伸手将她拉进怀里。不知为何，看见她哭泣他好心疼，这是一种他从来没在其他女孩身上得到的感受。他不是没有看见过女孩在自己面前哭鼻子，但是却没有哪个有她带给他的冲击力。他双手用力地抱紧她，轻声安慰："不要再哭了，我就在你面前。"

隔着几层衣服从他身上传来的体温，让童婵感动的泪水及时收住，眨了两下眼睛，闪电般的电磁劈过她的大脑。终于意识到有个陌生男人抱住自己时，她整个人已经像石膏一样动弹不得，垂在两侧的手缓缓抬起，呼吸变得小心翼翼，双脚不着痕迹地向后退一大步，终于挣脱了陌生男人的怀抱。得到自由后，她惊恐地睁圆眼睛："你是谁？你干什么？"这句话她完全是用吼的，路过的同学纷纷向他们投以打量的目光。

王梓被童婵措手不及地推开后，忙稳住身子，待她咆哮完，他复而跨前了一步，微勾的唇角漾着愠怒："是你找了我半天，现在居然来问我是谁？"但看她的眼睛，他觉得她是真的不认识自己。那她为什么找他？

童婵短路的大脑总算运作正常，满腔的怒气慢慢被心虚压下，她有点不好意思地看着他，贝齿咬住下唇，然后开口："对不起，我……我……"弯弯的柳眉聚起，还没等她理出一句话，她的手臂突然被人握住，接着就被人拉了向前走去。

缘分就像注定缠绕而上的蔓藤，想拦也拦不住。多年后，童婵依然清晰地记得今晚发生的点滴，想抹也抹不掉。

"现在你可以说了。"王梓拉着她来到一棵大树下,自己靠在大树上双手环抱于胸盯着她。

看着他慵懒斜靠的姿势,童婥一时没有弄明白他这话的意思,怔愣看着他半晌,被他的靠姿一时迷惑了心神。

白雪公主的面具虽然阻挡了他觑探她如今可能蛮有趣的表情,不过他并不急着打破沉默。而且她面具下的脸庞挑起了他莫大的好奇,他看人从来不看表面,但如今浅蓝色连衣裙配一件薄外套的她,弱不禁风的模样看起来真的迷人极了。王梓笑而认真地盯着她,那不点而朱的嫣红唇瓣,他想,她的主人一定不会知道它的诱惑力有多大。

辽阔的天际,只有几颗微弱的星星点缀,远离化妆舞会的喧嚣,让他们之间的气氛更显静谧。童婥不知道何时就沉溺在他深如大海的眼眸里,他的眼睛像是无底的深潭,一旦对上,即是万劫不复。

当她回过神,就见他唇角的那抹玩味,尴尬让她的脸瞬间红透了,还好有面具遮挡,要不然她会恨不得挖个地洞藏进去遮羞。她稳住情绪赶忙开口说:"我同学找你很久了,你跟我去见见她吧?"现在化妆舞会差不多结束了吧?米朵一定非常急着见她的"小矮人",她必须尽快将他带到她的面前,然后自己就能功成身退。

"你同学?"王梓眯眼。现在他是搞清楚她找他的目的了,原来是受人之托。眼瞳闪过一丝不快的光芒,他放下叠在胸前的两手,一步步趋近她,在距离她一步之遥处停下,伸手一拉,就将他们的距离降到零。

童婥完全没有搞清楚现在的状况,当他胸膛炙热的温度将她的手变得灼热时,她的脑袋才慢半拍地发现被一个男人抱在了怀里。她抬起眼眸,就开始挣扎:"你干什么?放开我,你快点放开我。"长到二十岁,她从来没有被除了父亲以外的男人拥抱过,现在眼前这个看似优雅的男人,却不容她拒绝地抱住自己,她越挣扎他就越不肯放开她。

她急得都要哭出声来了,她不是没有遇见过像流氓一样的男人,但是每次米朵都会出来替她打抱不平，将那些打扰了她的男人用各种她想都想不到的方法吓跑。现在她是期待米朵的出现的，那样她就能替自己阻止眼前男人的"暴行"；但是另一方面她又害怕她的出现，要是现在这个样子被米朵看见，她是跳进清水河也洗不清了吧？她们不能像大部分友情那样因为男人而破裂，米朵是她唯一交心的姐妹，任何人都不能成为她们友情的阻碍。

为了不让人看见他们的纠缠，也为了尽快从他的钳制中挣脱出来，她抬脚一狠心就向他的脚盘踩去。在他将注意力稍微移开之时，她双手用力挣扎一挥，两人同时向后踉跄了几步。她总算解救了自己，可是"哒"的两声，两张原本戴在他们脸上的面具摔在了地上。

原来在她用力挥手时不小心挥掉了他脸上的那张"小矮人"面具，而他也在她的挣扎中将她脸上的面具挥落了。

两人同样惊愕和好奇，待他们各自站稳，就同时向对方看去。

一刹那，两人的视线交汇在空中，在昏黄的灯光下他们审视着彼此的真实面目，双眼里翻涌着各自不同的情绪。

王梓眼里写满惊艳，那是因为她和他想象中的一样美丽，美得犹如水仙花一样清秀典雅。童婼眼里写满诧异，那是因为他的模样和她魂牵梦萦的他一模一样，在那个春雨过后的楼梯转弯处他们擦肩而过，那时他看不见她，如今他看见了。

"是你——"童婼激动得嘴角都在颤抖，双手用力按住胸口，泪腺在欣喜感动下蠢蠢欲动，眼眶升起的雾气刹那间模糊了眼睛。

王梓蹙眉看着她无比激动的样子，突然觉得她变脸的速度已经成为他的困扰，现在她到底又在演哪一出？听她的语气，怎么像是认识他似的？难道刚才她装成不认识，就是想要在他面前上演欲擒故纵的戏码？

"原来你小子在这里。"一个带着笑意的声音突兀地从前方响起，及时打断了他的思绪。他抬眼看过去，就对上周霆玩味的视线和他调侃的笑容。也不知道这小子到底来了多久。

童婂听见声音，原本要滑落的眼泪神奇地停在了眼眶。她回过头，看见一个带着黑框眼镜浑身散发儒雅气息的同学，站在了她身后不远的地方，用一种玩味得近乎露骨的眼神打量着她。有那么一秒，她浑身觉得不舒服，似乎是因为他那意有所指的视线。

看着她急急撤开的视线，周霆忙说："我似乎打扰你们了。"说完还非常诚恳地向他们一鞠躬表示歉意。

童婂的脸颊瞬间烧了起来，要不是昏黄的路灯让人看不真切她的羞怯，她会毫不犹豫地挖个地洞躲进去避难。

"已经结束了？"看着她那一脸若隐若现的羞赧红晕，王梓越过她看向周霆。这句没头没尾的话自当是因为周霆能听得懂才说的，不过语气却严肃得像是第三次世界大战的到来。

周霆耸耸肩，听出了老友严肃的震慑力，随即收了收打量美女的目光："我们就等你，这不四处找你来着，不过看样子……"

他话还没说完，王梓挪步向他走来："我们走。"说着，伸手就将他劫持而去。

童婂目送着他们的背影消失在视线范围，怔愣的视线就这么久久地胶在他离去的方向。心里有种失落感，她应该上前向他介绍自己，至少她应该知道他的名字。可这么重要的事，她最终还是遗忘了，那么，他们会再次断掉交集吗？

当米朵像疯子一样在校园内找了童婂半天后，远远看着她一步步向自己走来，在那一刻她不知道自己是怎样的心情，她从来不知道一个女人在她的生命里这么地重要。

她冲上去劈头盖脸就冲童婂吼："你到底跑哪里去了？找不到你就回来不要找了嘛，我没有说一定要找到他！一个男人而已，怎么比得上你的安全？现在化妆舞会都散场多久了，你都不知道要回来，这样子你不知道我会担心你！"

她的眼泪早已夺眶而出，上前抱住童婼："我不能失去你这个朋友，不管发生任何事情，你在我眼里都是最重要的。"

童婼原本恍惚得不知道自己身在何处，经过米朵煽情的"告白"，她总算从遥远的云端回到了地上，眼泪情不自禁地宣告决堤："对不起，我不是故意的，我真的不是想要你担心。对我来说，你在我心里一样地重要，就像我的家人一样重要。"

米朵点头，拼命地点头。

没错呀，她们从五岁那年就开始相遇，然后一晃眼十五年过去，从不谙世事的小女孩长成亭亭玉立的公主。米朵打开了她的心结，让她走出自闭，十五年的时间让她们彼此依赖，彼此信任，彼此形影不离，她们都把彼此融入了各自的生活和生命中，就像身上永远不可割舍的一块肉那样珍贵。

那夜，童婼和米朵抱在一起哭了很久。在无人的足球场，黑夜静谧的昏黄路灯下，她们肆无忌惮地哭笑着，然后笑够了、哭够了就挨着坐在台阶上对着满天的星星聊曾经、谈未来、话男人、论女人……所有的女孩聚在一起谈论的，她们通通津津乐道地侃侃而谈，俨然放纵自己做了回"三八"。

多年以后她们才知道，这个世界也许什么都会改变，但唯一不变的是她们的友情，任何挫折永远无法撼动她们如坚石一样的信任。

就连一向大大咧咧的米朵也不会想到，她会如此看重和童婼的友情，以至于毫无条件地退出。

周末是美好的开始，经过昨晚的哭泣和大笑，继而聊到今早差点天边露鱼肚白，她们才跑回来补眠，所以两人都没有在预定的时间起床。

她们之所以呵欠连连地从床上弹跳起身,完全是童烨的手机铃声倏然大叫了起来,而她的铃声则是红遍大江南北的《忐忑》。米朵吓得心里一个哆嗦,"咚"的一声从床上滚了下来,睡眼惺忪地擦了擦眼睛,就看见同样惊吓过度坐起来的童烨。那首在人刚睡醒时绝对不太适宜聆听的歌曲还在不依不饶,米朵的火气立马就上来了,她弹跳起身对着怔愣住的女人吼:"童烨,你给我接电话。"

童烨一听河东狮吼,即刻手忙脚乱抓了手机就结束了铃声的荼毒。

"喂!我是!"她应着。

"哦!好的好的,我现在就去还。"简短的两句话后,童烨结束了通话,接着将手机甩到一边。她瞄一眼板起脸的米朵,然后就听她狐疑地问:"图书馆?"

童烨点头,接着仰躺回床上,现在她的眼睛有点肿,声音也有点沙哑,昨晚的疯狂俨然得到了报应。但是再看看那边的米朵,那明亮的大眼睛周边没有一丝红肿的迹象,刚才听她那尖锐的吼叫声也绝对不能称为沙哑,所以得出结论,遭"报应"的人只有她童烨一个。

"童烨,把你手机拿给我。"米朵突然不知为何走过来索要她的手机。

看着摊在眼前的手掌,童烨自动自发上缴了自个儿的手机,顺便问:"干吗?"

"把你那首惊魂铃声换下来。"米朵眼里是视死如归的神情。

童烨扯了扯唇角,唇边立即漾起浅浅的笑意。想当初是谁一定要将她的手机铃声换成《忐忑》的?还不是她米大小姐,当初还冠冕堂皇地说,她的性格就像《忐忑》这么个性,所以和她是绝配。现在倒是把她自己吓了个半死,现在好了,她总算知道错了。

在图书馆值班同学电话的提醒下,她总算如期地交还了上上个星期从图书馆借回来的书。看着那位同学拿到书那刻如释重负的模样,她不得不重新暗下决心，下次一定要记得如期归还借出来的书。但是每次她也是说说就忘了，不知道为什么对某些事情她的记忆力真的坏得没话说。

微笑着告别那位同学，一转身，童婞就撞上了一个坚实的胸膛，一抬头，她立刻怔愣在了原地。

清风吹拂，春分已过的天气有时依旧沁骨如寒冬。就如今天，太阳爷爷不知道躲在哪里逍遥去了，浓厚的云层遮住火热的太阳，顿然让世界失去五彩的色泽，站在林荫一角的纤弱身子在微风中瑟瑟颤抖，没有了阳光的照耀，就连一旁的杜鹃花都失去了美丽的光彩。

站在童婞对面的男子，用一双比太阳更璀璨的眼睛注视着她。她的双手在发抖，可她不觉得冷，因为今天她穿上了厚厚的粉红色中外套，之所以颤抖，是因为她自己在紧张。

这样近距离而且光线还算十足地凝视着他，她才发现真实的他比她梦里的更加迷人。薄而性感的唇角微微上扬，深邃如海的眼瞳熠熠生辉，细碎的短发清爽地垂在额前，这样的他看起来阳光美好得让她却步。

"没想到我们这么快又见面了。"王梓看了她好久后终于平静开口，原本他酝酿了一句"你好"，还好没有脱口而出，要不然连他自己都觉得青涩如小男孩。

今天遇见她是一个意外，虽然他从昨晚分离后就开始期待和她重逢，可是这样的重逢突然来得太快，快得着实让他有点措手不及。

"对的，你好！"童婞说，波澜不惊的语气看不出她心里的想法。没想到他觉得青涩的话出自她的口，呈现出那么得体的效果。

他扯动唇角笑了，不等他开口，她已经接续："我叫童婞，你呢？"她说这句话时，心儿怦怦跳得猛烈，期待已经大过于羞赧。

"原来你就是童婥。"他轻声说。

她在 E 大并没有足够响动的事迹，也没有宛若天使般的外貌，而她却只波澜不惊地对他点了点头，似乎一点也不惊讶他听过她的名字，因为有那么一次意外，她将自己推向瞩目的高度。

他挑眉再颔首，然后说："我叫王梓！上次我市举行的大学服装设计比赛，我一直很想看一下冠军的庐山真面目，居然能在众多设计学院的高才生中脱颖而出，而且还不是这个专业的学生，这真的很厉害。"

对于他一长串褒奖的话，她只将注意力集中在他的名字上，王梓，王梓，王梓……

她在心里念叨着这个名字，一遍一遍，直到心口划过一丝甜蜜。这个名字她很熟悉，当然 E 大的每个师生也都很熟悉，他是十项全能，他是金字招牌，他是 E 大的风云人物。

他为学校荣获的大大小小的奖项无以计数，可她就是那个住在深山里的怪胎，只闻其名，从未见过其人。

现在想想，她觉得自己会是 E 大里最后一个知道王梓庐山真面目的人。说羞愧倒是没有，只觉得刚刚好。

"你在想什么？"王梓看着她好久，可她似乎并不知道，一个人沉浸在自己的思绪。

"对不起！"她尴尬地红了脸，没有想到自己发呆的窘样会让他看见。

"没关系，你还有什么要说的吗？"王梓笑得极其温和，脾气好得没话说。

"有！"

童婥在心里大声地答，可她只是盯着他，没有说话，直到好久后，她说："没有。"说完垂下头，不知道在想什么。

王梓点头，似乎她的回答在他的意料之中，他倏地伸出自己修长的

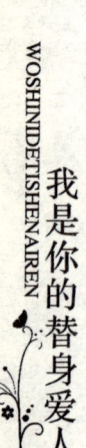

手:"很高兴认识你。"

"我也一样。"童婼伸手和他相握,意料之中,他的手温暖得就像热水袋,让她全身上下的冰冷一下子荡然无存。

"我还有事,先走了。"他向她告别,看着她点头,他转身离开。

看着他离去的背影,记忆中那个单薄的身影,和他的不由自主重叠,一下子真切地把她带回了第一次遇见他的那天。他一定是他,除了第一眼的感觉,他们的外貌几乎一模一样。

酝酿过的天空突然飘下细雨,这样一来,雾气浓重的世界增添了一丝诗意的美。

门外细碎的脚步声响起,打扰了站在阳台上观雨的童婼。转过身,不出意外,她见米朵从外面走了进来,她湿淋淋的头发让她骤然一愣,接着回神走上前关心说:"下雨都不知道要躲吗?你看都淋湿了。"她抽了干毛巾想帮她擦擦头发。

米朵伸手接过她的毛巾,二话不说卷了干衣服就向浴室走去。童婼听到浴室的门关闭的声音,才从她拒绝的震惊中回过神来。

她看向浴室的门板,陷入了疑惑。今天发生什么事了吗?还是她惹她生气了?可是她并没有印象哪里惹到她了,今天出门时还好好的,怎么几个小时过去就变脸了?

她坐在椅子上,打算等她出来问问清楚。

她这么想着,米朵就从浴室走了出来,她看着她,她无视她。

不过她不生气,微笑站起身走到她身边:"朵朵,你怎么了?遇到什么不开心的事了吗?"

米朵坐在了自己的位置上,过了好久,久得童婼都以为她不打算回答她了,她才说:"没事。"

"不,一定是发生了什么事!你告诉我,到底发生什么事了?"敏锐的直觉让童婵对她的回答心存怀疑，跟她这么多年的青梅竹马，她可从未给她脸色看过。

米朵看她一脸事情大条的样子，莫名积压在胸口的火气慢慢散去："童婵，我真的没事。"她站起身，伸手抱住她的肩膀，"谢谢你！"真挚诚恳。

无缘无故的道谢，让童婵当下大脑短路："谢我什么？"她可不记得最近有做对她有益的事情。

"不管发生任何事情，我们都是最最最最最好的朋友，永远不变。"她将脑袋靠在童婵的肩膀上，在一场爱情中没有三个人的位置，那么，那个退出的人一定是她。

童婵看她的样子，越来越不放心，伸手拉她到身前，很焦急地说："朵朵，请你告诉我发生什么事了。我知道一定有，你不要再骗我，你也说我们是最好的朋友，那你有什么事情是不能跟我说的呢？"她执拗地非要从她嘴里听到原因，要不然她怎么放心。

"你相信吗？"米朵咧嘴一笑，脸上全是甜蜜的笑容，不等童婵猜想她这么说的原因，她就自动自发揭晓了答案，"我恋爱了。"

童婵被她轰得大脑短暂性空白，当疑惑像泡泡一样冒上心头，她问："和谁？"

"前几个星期我不是告诉过你，有个和我同系的男生在追我吗？就是他。"米朵一脸的甜蜜，幸福得让人无话可说。

"唐克永！"看她点头，童婵却眯下眼，心里有个声音适时冒出来，米朵话里的真实性有待证实，强烈的第六感让她对此更加地怀疑。

昨天一夜的小雨过后，从女生宿舍莉园走去教学楼的路上，那一摊摊水洼让走在路上的同学们左弯右拐。在那么一大群同学中，童婵就是其中一员。

突然一辆自行车呼啸而过，让正在出神的她吓得脸色铁青，脚步不自觉停下。自行车滑过的冲力激起了路面的一摊水洼，恰恰刚好溅到她的身上，黑灰轻纱雅致上装和复古波点纱裙上全部是雨水。她低头审视了自己半响，怀中紧抱住课本的双手有气愤的力量在汹涌。她像呆头鹅一样愣在原地，才想着自己只能这样认衰，没想到一辆自行车一个漂亮的急刹就停在她的面前。顺着视线看过去，就见一个带点抱歉的帅脸在眼前晃动。

"不好意思，刚才似乎把水溅到你衣服上了。"他很诚恳地道歉，但是童婼却听着很冒火。

"什么叫似乎？你把水溅到我衣服上的事情是事实。"她大声地强调。没见过这么不会讲话的家伙。

"好！是事实。我叫顾南泽，现在有什么可以帮到你？"他自知理亏，而且做错事他绝对不会抵死耍赖。

他这么一说，童婼倒不知道要说什么了。叹了一口气，她觉得自己今天肯定是为了米朵的事情才神经错乱的，对一些平时自己不怎么在意的事情而咄咄逼人，那样强势的感觉让她觉得不像自己。

"没什么了，你可以走了。"她不想再把时间消耗在陌生人身上，今天的课她不能翘了，现在赶过去应该还来得及。

其实非要追究她不正常的原因，必须提到米朵，没事干吗一大早就用真相将她轰得想要住医院。虽说她不是那么了解那个叫唐克永的人，但是他的花名在外在E大早已经不是秘密，就算她再怎么深闺简出还是略有耳闻，现在她最好的朋友跟他混在一起，她怎么可能不焦急？

如果真要追溯事情发生的经过，那还要从今天早上开始说起。生物钟准时的她在今早起床刷牙洗脸时，就看见一个男人站在了女生宿舍的楼下，管理员大妈应该还对他投以了敌视的目光，但他就是像在那里生了根似的一动不动，向上看的视线刚好和刷牙刷得满嘴白色泡泡的她对个正着，想必他关注的楼层是她这层，可她不记得自己认识这样一个满头金发像个不良少年的男人，那唯一的解释就是他找她寝室的另一位——米朵。

见这架势，她急急忙忙、神经大条地将在被窝里的女人挖了起来。米朵跑到阳台边向下一看，唇角就是一抹醉人的甜笑，然后对着楼下的人说："等我一下，马上下来。"

这姑娘三两下就搞定了刷牙洗脸这种大事，将昨晚就选好的衣服套上身，对一脸呆滞的她说了一句："我先走了。"然后就火速冲下楼，约会去了。

震惊过度的人大脑都会有点短路，童婼跑回阳台上就见他俩亲昵地抱在一起，接着男人就拥着米朵的肩渐行渐远。

至于他们后来去哪里鬼混了，她自然不会知道，心里的不安在那会儿开始就没有停下。唉……她叹了一口气。

"你干吗叹气，为了刚才的事吗？"一个男声在她耳边响起，她愕然地眨了两下眼睛，像个机器人一样慢慢向左看去。

眼睛一眯，这个人怎么还没走？

第 2 章 一簇火热燃烧在她的心上

生活充满着很多的变数，就如这一秒才下定决心躺在被窝里长眠，下一秒他就坐在了离学校不远处的咖啡馆端着咖啡得瑟。原因很简单，只因一通十万火急的电话，为了不让"爽约大王"的名号更为响亮，王梓从床上跳起来后抓了外套就往这里冲。

踏进咖啡馆的大门，没有看见任何一个熟人，他心里也就放心了，随便找了个位置坐了下来。

心里还高兴着这一次总算没有失约，而且还比任何一个都早到，想必这一次他要为自己争回面子了。可是当时间一分一秒地流逝，咖啡也喝了不下三杯，看了看挂在手腕上的手表，不好的感觉突然袭了上来。

难道……

他从口袋里掏出手机拨了一通电话出去，电话等了好一会才接通，待手机里传来那个熟悉的声音，他就迫不及待地吼："周霆，你现在在哪里？"如此大的吼声，惹来了咖啡馆里其他客人的注视，但现在他可管不了其他人的感受，他的直觉告诉他，他被人整了。

而接着周霆那爽朗的笑声印证了他的猜测："哈哈哈……梓，你在咖啡馆是不是？哈哈哈哈……"

周霆根本就不是在询问他，而是认定他上了自己的当，这个臭小子总算被他设计了一回，而且还是在众人承认可以整人的日子。

"周霆——"王梓咬牙切齿，他一定要让他还回来，他们走着瞧。

知他者，周霆也，他一下子就明白他这样咆哮的用意，那是叫他小心点呢！可是王梓似乎忘了一些事情，所以他必须提醒："梓，今天是愚人节，你把气消消，开个玩笑呀，一年中难得有个愚人节。"他这话的间接意思就是，一年中难得有个光明正大整他的机会。

王梓听到他如此说是更为火大，愚人节？他不但被他整了，还不能生气？

周霆听对面没有声音，挑了挑眉，知道是暴风雨到来前的平静，想要保命最好赶紧识相地结束通话，免得等一下当炮灰："对了，我还有点事，就不和你多说了，谢谢你让我今天过得这么愉快。"说完，电话切断，一挂断电话他立即抱住肚子笑得人仰马翻。

对于他最后那句"谢谢你让我今天过得这么愉快"，让王梓简直想立刻雇人将他给灭口，要不是看在理智还在的分儿上，那个臭小子根本逃不过此劫。

浑身带着气焰地付了咖啡钱，他转身就向门口走去，还没走到门口，一个男人和一个女人就拉扯着撞了进来。

根本难以说出自己的愤怒，童婥明明跟他说了好几次她必须去上课，可是这个男人就是鸭霸地将她拉出了校门，往这间E大的同学们最喜欢来的咖啡厅走。她一路上从没停止过挣脱他的想法，可是以她的力气还是只能像傀儡一样被拖着往前走，用他的语言来说："既然犯了过错，就一定要补偿。"所以他不肯放过她。

但是，她已经不止一万次地告诉他"没有关系"，而他只是充耳不闻，继续一意孤行。让一直没有暴力倾向的她，都好想给他一拳。

咖啡馆的门被他们撞开，那个拉着她的男人大喊出声："王梓哥，好巧在这里遇到你。"童婥正巧抬头，就和对面的人四目相对。

心情会因为天气的缘故而变得郁闷，也会因为一些无关紧要的人而

变得糟糕。今天给人的感觉风和日丽，有一丝淡淡的清风拂过，大地温暖如春。王子祈应约走进了一间咖啡厅，在走到门口的那一刻就感觉到令他蹙眉的声音，虽然眼睛无法看见，但却让他的耳朵更加地敏锐，二话不说，他丢下咖啡厅里等待的人就转身离开了。

一个盲人走在路上会不会惹来无数好奇的目光，他不知道，因为他从未有荣幸尝试当那个观赏的人。一个眼睛看不见的人，从来都只是别人同情或者好奇的对象。

从小到大，他独独不缺的是人的同情，一些自认为古道热肠的人的同情心在他面前泛滥，他们不知道，那时，他想得最多的是，他们的无知。

那些人对母亲指指点点的鄙视和唾弃他从小听到大，这些都没有影响到他半分。他知道自己冷血，也知道从有记忆起他希望自己是孤儿，对于妈妈这个人，这个名字，薄弱得甚至不曾划过他的脑海。一定要有很深的感情才能让他对他人的谩骂或者污蔑有所反感吧，显然他对她没有。

这个世界除了自己，他不会爱任何人。二十岁被外人看成幸运地回到王家，一个据说是他亲生父亲的家，充满权势与财富的富贵人家。

心里的轻蔑不需要理由就这样表现在了脸上。他理所当然地接受了他们给的最好的物质条件、奢侈生活，而对那些可笑的王家继承人课程他光明正大地拒绝，他们的咆哮或者劝告对他来说不值一提。

有人说他阴鸷、怪僻、黑暗，其实他们都是对的。自从五岁那年连续高烧不退导致双眼失明后，他的世界就没有了光明，自尊心那么强的他从此沉默寡言。他不怪母亲袖手旁观让他自生自灭，因为他相信这是自己人生必须经历的磨难，去责怪一个对自己毫无感情的女人实在不是他会做的事情。

他可以对任何事情、任何人无感，但独独对他的双胞胎弟弟总是无缘无故地带着个人情绪。他不喜欢他，甚至可以说是讨厌，能被自己讨厌，这已经是他才有的例外了。

"Boss，现在去哪里？"车子平缓地行驶在宽敞的柏油路上，坐在驾驶座上的是他的专属司机杜宸睿，没有人知道他除了是他的司机以外，还是他这三年精心挑选出来的心腹。

"你说呢？"他不答反问，声音低沉而沙哑。跟在他身边那么长时间，他知道杜宸睿能明白自己话里的意思。

他是在排名世界四大赌城之首的拉斯维加斯的街头遇见杜宸睿的。那时杂乱的脚步声从他身边走过，而他并不害怕那些个个拿着砍刀的打手会不小心伤到自己，或许没有人像他那么大胆，亦或没有打手像他们那么懂道理，除了那个目标以外，绝不会伤害任何一个无辜的人。

他从来不是一个有同情心的人，但是那天在杜宸睿差点被砍成两半时，他救了他，还阔绰地替他还清了五千万的赌债。当时他是出于同胞之间的举手之劳，并没有想过要得到杜宸睿的什么回报。虽然他没有想过，但不代表杜宸睿就没有这样想，每天紧跟在王子祈身边，不需要他同意就当起了他的保镖。王子祈知道杜宸睿是一个知恩图报的男人，既然他那么有诚意，他没有拒绝，最后他带着杜宸睿回国，从此他就是自己唯一信任的人。

当然，能够成为王子祈信任的人，那还需要一些惊险的过程来加以确定。

如果帮他挡一刀是杜宸睿认为这是自己应该做的事情的话，那他毫不犹豫帮他挡第二刀、第三刀……甚至差点丢掉性命："如果不是你救了我，我早已死在异国他乡的街头，所以从那一刻开始我的命就是你的。"当时王子祈就明白他是一个值得交心的朋友。

活到二十三岁，他从来没有用过朋友这个词，其中不需要是一个原因，最重要的是这个词的含义太过沉重，不是任何人都能承受朋友的背叛，所以他现在唯一的希望就是杜宸睿不会有背叛自己的一天，要不然……

走进这栋欧式的豪宅，管家打开门恭敬地对王子祈行了一个礼。虽然他一如既往地看不见他的举动，不过他却笑得极其冷酷，笔直走了进去。身后紧跟着杜宸睿，他礼貌地对管家行了一个礼，接着又是管家还礼。

他徐徐走到楼梯口停了下来，他在等，等楼上的人慢慢走下楼，等跟在身后的杜宸睿和管家啰唆完。

咚哒、咚哒、咚哒，杂乱的脚步声后，有人停在了他的面前，那强烈的气息让他想忽视都很难。

"见到长辈，你不知道叫人吗？"王家的大家长王倡生拄着拐杖英姿飒爽地站在他的面前，挺直了腰板。虽然年过七旬，不过他的身子骨却比年轻人还硬朗，那双眼瞳炯炯有神。

王子祈当然知道他是在跟自己说话，只有跟自己说话的时候他才会用这样厉声厉气的语气。他明知道自己不会回答，却还是不死心，要在他面前摆摆王家大家长的架子。

他一声不吭，依旧在等，这次他没有等多久，杜宸睿走上前来扶住了他的手，然后对王倡生点点头，就领着他朝楼上走去。

看着他对他依然如三年前般抗拒，甚至这三年来跟家里的人没有说过半句话，王倡生第一次或许有愤怒的情绪，三年了，就算再怎么高的怒焰也该熄灭了。

"Boss，今晚想要吃什么？"走进王子祈的卧室，杜宸睿惯例地询问每天特定的问题，对于王子祈一问三不答的态度他已经不再陌生，他怀疑，除了跟他一天会说上几句话以外，王子祈不曾跟其他人说过话。

王子祈没有及时回答，他就是这样，不管是问今天天气怎么样或者吃饭没有，他都要沉默个几分钟才会回答，甚至有时都不会回答，说不上来是不是在思考，可能这是他的习惯。

"你做主。"他向身后的大床躺去，合上眼睛，闭目养神。

杜宸睿点了点头转身离开卧室，这也是他的习惯，吃晚饭前休息一会。等他将晚餐准备好，他也就醒了。

这三年跟在他的身边，除了知道他Boss的性格很孤僻以外，那就是他那些用一卡车也装不完的习惯了。不过他却打心底对他很敬佩。

兰湖公园深处有个很大很大的湖，湖水清澈见底，还有一群如尾指般大小的小金鱼，人们一走到护栏边，那些可爱的小鱼就会争先恐后地游上来和你嬉戏。站在湖边上，张开双臂就能再现泰坦尼克号女主角那个唯美的画面。

不知道是公园的建造者有意让这里贴近校园，还是大学的建造者想要让学生除了感受校园的清新外，还能感受社会的生活气息，所以兰湖公园离E大不是太远。每天，这里除了成群成堆聚在一起的学生，就是学校里的一对对让人艳羡的情侣，在E大周围还坐落着好几所高校，所以兰湖基本上每天都被大学生占据了。

每次走在兰湖的林荫小道上，童婼都会有不一样的感受。记得第一次走进这里是自己一个人，那时急急匆匆的，根本没有来得及感受这清新的气息，只觉得焦急和急迫，因为那一次是为了找一位同学的缘故。原本以为第一次会和米朵这个大大咧咧的家伙一起来，而且她们也说好了，可是米朵却食言了。

记得那次她还气了米朵好久，说她没有信守承诺，一气之下说出跟她绝交的冲动话语。米朵知道童婼一定将自己当成真正的朋友，真正当你是朋友才绝对忍受不了食言。所以当时她道歉了好久好久，还免费当了童婼一个月的小跟班，最后童婼才勉为其难原谅了她。接着她们就冲进兰湖公园，为它拍照，为各自留影，那时的感觉快乐得近乎无忧无虑。当然，除了五岁以前，童婼的生活基本是公主级别的待遇。可记忆是很奇妙的东西，不愿意提起的事情不代表不记得，对于五岁以前的种种，她依然有模糊的记忆，深藏在了不愿被人触及的深处。

这次是她第三次走在兰湖公园的小道上，现在的心情居然是紧张的。只因她旁边还走着一个人，这个人的存在让她根本没有任何心思去注意昏黄路灯洒耀下的兰湖是怎样地美丽。

"你很不自在。"突然，她旁边的王梓说话了，迷人的深瞳在昏黄的路灯下迷离地注视着她。

童婼瞪大眼睛看着他，忽地不好意思地垂下了头，没想到他还长了一双火眼金睛，居然一眼就看透了她。

"也许我的邀约让你吓到了。"他猜测，觉得现在他们之间需要略微的言语沟通。

"没有，我只是第一次跟男生走在一起，所以有点紧张。"她没有说谎，虽然很多人已经证实她算是美女级别的女孩，但说来也奇怪，从学生涯这么多年，居然没有一个男孩跟她表白或者追求，当然，她不认为那些时常堵住她回家之路的痞子们是有追求她的意思。

王梓意外地挑挑眉，笑道："原来我是这么地荣幸。"

童婼笑了笑，紧接着是一阵冗长的沉默。为了让自己的紧张消退一点，她抬起头看着四周，一路上走过，几乎每一张石凳上都有人的身影，那么热闹的兰湖，现在她才感受到。

对于她来说，今天的一切都来得太突然了，最先被一个叫做顾南泽的人不由分说拉着往咖啡馆走去，挣脱未遂的情况下和王梓在咖啡馆门口撞上，在他和顾南泽和乐交谈中她知道了他的爷爷原来是E大的校长。在得知他叫王梓那一刻，她就知道他出身的家庭非富即贵，可万万没想到他的爷爷会是E大的校长，毕竟学校里没有听到任何流言飞语。

顾南泽被一个电话 Call 走了，剩下来的他们只是微笑没有言语，偶尔说一下天气，提一下咖啡，围绕他们之间的都是一些浪费口水的话题，直到最后要离开时，他才提出来兰湖公园走走，没有理由，她欣然就答应了。

童婥回到寝室，寝室里的灯是亮着的，这表示米朵已经回来。打开门，果然看见她躺在床上敷面膜。见童婥回来，米朵抬头瞅了一眼后又接着她的美容计划，顺便废话一句："你回来啦！"

童婥"嗯"了一声关上门，虽然很意外米朵这么早就回来了，不过这也不是什么大惊小怪的事情，她还是不要像刘姥姥那样少见多怪的好。

她脱下外套放到床上，伸手整理凌乱的桌面，脑海里不由蹿起刚才和王梓漫步兰湖的情景。他们两人不知道是不善于交谈，还是一遇上就成了闷葫芦，反正一路下来，他们沉默的时间远远比攀谈还要多得多。可说来也奇怪，这样冗长的沉默，并没有对她造成困扰，相反这样的感觉美好而让人心动，像初恋的第一场约会。而他似乎跟她一样的。

她扬起唇角微笑，脑海突然又闪过一些事情，转过身，一步步朝米朵那方走去："朵朵——"她叫她。

米朵现在正躺在床上按摩脸部肌肤，听见她叫唤睁开了眼睛，骨碌碌的眼睛转了一圈，才问："叫我干吗？有什么事情等我面膜敷完了再说吧。"

"我想我不能等你敷完面膜再说。"童婥倚靠在她的床架上，歪头看她。

米朵听她这语气，被迫停下在脸上蹂躏的手坐起身来："发生什么大条的事情了？"她只露出一双好奇的眼睛，这双眼睛正紧张地看着她。

"我今天遇见王梓了，而且还跟他在兰湖转了一圈。"说这话时，童烨密切关注着米朵的眼睛变化，似乎想要在她的双眼里得到心中疑惑的答案。

米朵只呆了一呆，随即扯下面膜笑得异常灿烂："真的，那后续怎么样？"她一脸三八兮兮地凑了过来，似乎认定了有什么后续发展。

童烨白了她一眼，没有被她转移话题，正色着问："朵朵，你是不是很喜欢他？在化妆舞会还因为找不到他而难过，那为什么……"

"童烨！"米朵不等她将话说完，"遇见了自己真正爱的人，喜欢就显得像非得到不可的公主裙，你一眼看上了，非要得到，可那仅仅是一种心理作祟，也许满足虚荣心后，你就会将之踢开，因为那不是爱。"

她一脸的认真，童烨无话可说，这个时候自己心里居然很不合时宜地冒出一丝欣喜，也许在问的最开始，她等的就是她的这句话。

突然地，她觉得自己真的像个小人。

"对不起！"她开口道歉。

米朵伸手支着下巴，赤裸裸的目光直盯着她："你喜欢王梓？"她大胆猜测。

童烨看了她一眼，一句话不说转身就走。米朵的声音不依不饶直追着她："我说童烨，要是喜欢那就要追呀！有一句话是这么说的，男追女隔座山，女追男隔层纱，我非常看好你，你们走在一起想想都觉得合适。"

童烨火速拿了睡衣走进浴室。"喂，童烨，我是说真的。"嘭的一声，是浴室门板回应她的声音。

米朵支起双手撑住下巴，叹了一口气，一仰头蒙住被子打算睡觉。可被子下的她思维清晰，想的却是：大二快要结束了吧，时间过得真快呀！

忙碌而筋疲力尽的考试过后，火热的夏带来了暑期的长假。童烨和米朵的家都在本市，所以自然是包袱款款相携回家。

米朵说她这个暑假要去加拿大 HAPPY，还费尽三寸不烂之舌想要童婼跟着她前往。以往只要米朵提议，她一般不会有异议，可是在一次谈话中米朵一不留神说漏了嘴，原来这趟加拿大之行，唐克永也会一同前往。

为了不让自己深陷一千瓦电灯泡的尴尬局面，童婼委婉地拒绝了。不管米朵说什么，她依然执拗地坚持最初的决定。

回到家的当天晚上，童妈妈就亲自下厨准备了一顿丰盛的晚餐，坐在餐桌上，一顿温馨的晚饭下来吃得三人一阵热泪盈眶。一家人自从童莉出国在外、童婼大学寄宿开始，能够坐在一起吃饭的机会可谓少之又少，所以每一次她们回家，总是会有一次沉默的感动弥漫在餐桌上。

晚餐后，童婼坐在客厅和童爸爸、童妈妈闲聊，和乐融融的情景让她的心很是满足，接着米朵打来电话。

"你是说你明天就起程去加拿大？干吗走得那么急？"原本她以为至少她们会出去 SHOPPING 几天，没想到今天才回到家，米朵就说明天要出国去玩，真的是典型的见色忘友。

"你可以考虑跟我一起去，那你就不用舍不得我了。"米朵愉悦的声音传了过来，那边有点嘈杂，有人问了她问题，她不耐烦哒哒哒跑上了楼。

"我说了不去就是不去，你要我说多少次？"电灯泡不是好当的，她可害怕有人用"你很不识相"的眼神看她。

"放心啦，唐克永不是那样的人，他不会嫌弃你。"米朵关上房门，一屁股坐到床边，在登机前一刻继续游说她。

那你当我嫌弃他好了……童婼没有敢将这话说出口，只是叹了一口气："朵朵，祝你旅途愉快。"

米朵这边沉默了一下，最后跟着叹气："童婼，也祝你暑假愉快。"

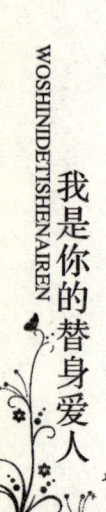

不要伤心，一个多月的时间很快就会过去，我很快就会回到你身边的。我允许你在想我的时候打电话给我，不管任何时候我都不会不听你电话，所以尽管来骚扰我。"

她这些话让童婳又是一阵感动，原本气恼的心情一扫而光。她们又聊了几句，才挂了电话。

突然，一阵微风吹拂过窗前紫色的风铃，漾起丁零丁零清脆美妙的响声。童婳收好手机来到窗前的书桌旁，右手抬起拨弄了两下风铃，让如乐曲一样的声音更为清亮悦耳。

她记得这是米朵在她十五岁生日那年送给她的，每年的生日米朵都会陪她一起过，今年似乎要例外了，她甚至不曾想起下个月是自己的生日。

米朵出国那天，童婳没有去送她。一来她忘了问时间，二来那天她疯狂地通宵上网，导致第二天下午两点才爬起床。后来她打电话过去，电话总是处在无法接通中。

拿着电话她常常会在想，是不是米朵这家伙生她的气了，所以故意不让她打通。后来想想又觉得自己太自以为是棵菜，明明现在米朵有人作陪忙得不可开交，哪有那个闲工夫理她这个老友。可是谁说过只要自己打电话给她，她在任何地方几点钟都会接的？

有点愤怒地将那只泰迪熊可怜地打倒在地，她抓了包包打算出门走走。自从没有了米朵为她安排户外活动，整整一个月她都窝在了家里吃饱了睡，睡饱了吃。好几次童爸爸看不下去，找了她去长谈，说不管怎么样每天都要出去走走，就算在别墅门口走走也比成天闷在家里好。

后来她就听话乖乖照做，可没坚持几天就不了了之，相反以前成天被迫出门，今天她很有出去逛逛的欲望。

还没走到大门的玄关，她包里的手机意外响了起来，都整整一个月没有响过了，来电铃声现在听起来甚是陌生。可她更好奇是谁打来的电话，等拿出手机看了来电显示，脑海拼命搜索关于这个名字的记忆，最后摇摇头弃械投降，接起："喂！我是童婼。"

"童婼，最近可好？我还想着都一年没联系了你会不会换了手机号码，没想到今天一打却打通了。"手机那头传来的是一个娇柔腻人的女性嗓音，要是发起嗲来世上不会有哪个男女受得了。

关于这个声音，童婼一下子就想到了一个人，刚好脑海闪现的名字和刚刚来电显示的一样，原来是她的高中同学沈薇薇，那个被同学唤作"嗲声女王"的校花。

"我最近挺好的，自从毕业我们都没怎么见过，今天怎么会突然想起我来？"她的心情一下子好了很多，双脚自动自发地退到客厅沙发坐下。

"今天我生日，我打算找以前高中的同学出来聚聚，你一定要来。"沈薇薇说。

她的话刚落，童婼脸上的笑容僵了一秒，随即恢复："我看看。"

"我当你答应了，对了，米朵的电话怎么打不通？你帮我叫上她。"

那边有翻电话簿的响声，看样子这次沈薇薇的生日将会热闹非凡。如果她没有记错，沈薇薇每年的生日都是如此铺张的。以前同班的女生都不太喜欢沈薇薇，觉得她仗着自己有几分姿色就在男生面前发嗲，仗着家里有点儿钱就随便炫耀，尤其每次生日甚是隆重。虽然个个都暗地里一肚子鄙夷，可每次她请大家参加自己的生日会从来没有人不去的。

说到底都是羡慕惹的祸。

她和童婼的关系说不上好，而她似乎也没有特别要好的朋友，每次她请客，同班同学从没有哪个是她会漏请的，所以一年后的生日也不会例外。

只是很可惜，今年一定要漏掉一个人。

"米朵去加拿大了，可能没有办法参加。"

"这样呀，那你一定要来，要是不来的话，我会叫车去接你。"一年了，沈薇薇的行事作风依然和当年一模一样，表面看起来柔柔弱弱的，骨子里还是挺霸气的。

童烨知道她的暑假过得太索然无味了，没有米朵精心的安排，她不知道如何才能让自己每一天都过得充实，突然之间，米朵的重要性就体现了出来。

在这暑假所剩无几的日子里，她知道必须让自己的生活变得有味道一点，至少等到米朵回来，她不会一声不吭只听着她喋喋说这个暑假的快乐。而且今晚她不应该待在家里，因为她有个强大而不得不出门的理由。

所以毫无挣扎，今晚八点她准时出现在了FIFTH KTV，身上是随意的打扮，虽然是最早到的，可看不出她对这次聚会有什么期待。

"童烨，你在这里坐一下，我去打个电话。"沈薇薇今天注定是大忙人，从童烨来到这里开始，她就接了不下十个电话，嘴角扬起嘲讽的笑，这是对自己笑的。

在这个世上除了爸妈，想必没有谁会记得今天也是童烨的生日，当然这是她的原因。高中三年，除了米朵以外，从来没有任何人知道她和沈薇薇同一天生日，而那个原本知道的人现在也忘记了。

过了不一会儿，包厢的门被人推开了，高中的同学一个个应邀前来，宽敞的包厢里一下子挤入了不少人，清冷的空气也因为挤入的人流而变样，自哀的思绪也跟着戛然而止。

几个女生一进门看见坐在沙发上的她，欣喜地走过来："童烨，好久不见，没有想到你也来了。"说话的是高中时的学习委员，现在的她和以前像变了一个人一样，美丽不可方物，初见她走过来，童烨还一时没反应过来，等她开口说话才想了起来。

"童婼，你还是和以前一样漂亮，我真的太羡慕了。在我们班女生里就你天生丽质，皮肤好得都能掐出水来。"某女虎视眈眈直盯着她的脸看，那眼睛里闪耀的光像是恨不得立刻去整成她那模样似的。童婼记得她以前就对自己的皮肤赞不绝口，没想到一见面还是免不了一番啧啧称赞。

她只能用微笑作答，C女推了推鼻梁上的上千度的眼镜，问："米朵怎么没跟你一起来，听说你们现在也一个大学？"

"她去加拿大玩了。"她回答说。

她点了点头，大门再次打开。这次是寿星女沈薇薇进来，身后带着一拨男女同学，以前相处比较好的立即迎过去拥抱，有几个男生走到她们身边，一阵熙攘的谈话声在包厢里慢慢蔓延。对于坐在她们身边的几个男生，童婼并没有太多的印象，能搭腔的话也就一句都没有，可旁边几人倒聊得不亦乐乎。

沈薇薇不知道是什么时候出去的，等再次回到包厢时，她一脸幸福地对大家说："今天我跟大家介绍一个朋友。"她侧过身，一个高大俊挺的男人站在了大家面前。

童婼想过千万种惊喜的场面，就是万万没想到会在这里遇到他，站在门前的人是王梓，他的脸上一如每一次看见他那样挂着温暖的笑容。"他叫王梓，是我的好朋友。"沈薇薇对大家郑重介绍。

她话说完，他对大家点了一下头："大家好！"他侧头和沈薇薇相视一笑，当转头再次面对众人时，终于发现了她。她看见他的笑容有一秒停滞，随即笑得更浓。

童婼不知道游戏是怎么开始的，她只知道自己上了一回洗手间回到包厢，包厢里就有了此起彼伏的起哄声，在嘈杂的声音中她看见王梓和沈薇薇被包围在了中间。王梓手中拿着酒，温和的模样一点也没有受周围人的干扰，他的唇边甚至依然挂着浅浅的微笑。

一个洪亮的男声突出重围突然叫嚷着："亲一个，亲一个。"站在一旁的其他人跟着有节奏地喊了起来，就连在场的女生也疯了似的喊上了。

她看向那个叫嚷的精瘦男子，他兴奋的模样让她空白的大脑浸入一点思维。她明白现在的现场有多么地火热，不管他们叫嚣哄闹着什么，她清晰地听到众人要求接下来发展什么。

他们要王梓吻沈薇薇，也许她必须承认一点，在刚才没有去洗手间前，她就听到几个女人唧唧喳喳地在她身边探讨他们可能密切的关系，也亲眼看到被人讨论的男女主角亲昵的模样，还有好事者调侃他们是一对的声音，沈薇薇娇羞的模样，王梓只笑不语的神情，一切都让她不安。看不下去之时，她急冲冲跑去了洗手间冷静情绪，万万想不到回来会面临更加尴尬的场面。

耳朵边萦绕的起哄声更加地响亮，看着王梓脸上并没一丝不耐烦或者不愿意的表情，她不知道哪儿来的勇气，大步向起哄的最中心走去，推开碍眼的人群，挤进人潮，右手顺利握住了他的手。一瞬间，包厢里的空气在她的突然掺和下凝固，每一道目光齐刷刷地向她看来。

童婥的呼吸有点急促，包厢里一刹那似乎静得只剩她紊乱的呼吸声，她看着王梓，双手紧紧抓着他的衣袖，然后在众目睽睽之下拉了他往外走。

在包厢的门被关上的那一刻，里面呆滞的众人才清醒过来，一瞬间唧唧喳喳沸腾地议论着。沈薇薇眼中转动着迷茫的光芒，在场的每一个人似乎都想不到童婥居然认识王梓，而且从刚才的举动看来，他们应该有不一般的关系。

运动细胞一直是童婥缺乏的，没有跑多远，她就气喘吁吁扶住一墙角用力呼气，反看一旁气定神闲的王梓，他的呼吸一点都没有急促。

他扯出唇角一个好看的弧度来到她面前，黝黑的眼眸定定看着她渗出薄汗的侧脸："没想到在这里会遇见你。"

这句话在他们看见对方时就该说了，放在这里说怎么听怎么别扭。童婼喘气喘够了直起身，对上他眼睛的瞬间忙尴尬地撇开头。

"今晚夜色很美。"她仰头看着星光点点的天空，无比陶醉地深呼吸，似乎想要留住如今的美好。

王梓跟着抬头："的确挺美。"

这么美妙的夜晚，童婼心里却突然一丝伤感："对不起！"

"为什么？"王梓看她问。

"对不起，在没有经过你同意就把你拉出来。刚才要不是我，大家应该在里面玩得很开心，是我扫了薇薇的兴，扫了大家的兴。"

王梓眯眼定定看了她五秒，突然就轻笑了出声。

童婼皱了皱眉，一脸的严肃，然后说："今天也是我的生日。"

她的话一出，王梓立即敛起了笑容，听她接着说："每年会替我过生日的人，今年也忘记了我的生日。"

她的语气有点伤感，从他这里看去，能够看到她眼眶里闪着水雾。就这么一瞬间，他真切地感受到了她的孤独，一阵怜爱自心里升起，伸手倏然拉住她的手："走！"

童婼被他以快速的步伐拉着向前奔跑，根本没有时间让她开口询问要带她去哪儿，只能理所当然地尽量跟上他的步伐。

童婼没有想到王梓会带她来兰湖，而且她不明白他带她来是为了什么。

他一路牵着她的手步入大门，昏黄的路灯柔和地映照在他的侧脸上，一时之间让她觉得很不真实。

因为学校已经放暑假的原因，大部分学生都打包行李回家了，所以如今的兰湖显得寂寥而空旷，放眼望去，只有微风和天上明净的月光陪伴兰湖的一草一木。

不知何时王梓停下了脚步，童婼听见身后有急促的电铃声漾来，紧接着她一回头，一辆电瓶车的车灯打照在她的脸上，车光刺激她的双眼令她微微侧头。车上的男人下来拿着一个看似蛋糕的盒子，他将东西交给了王梓，王梓付了钱后，他骑着车子头也不回地离开了。

童婼看着他手里的东西，原本的疑惑一下子明了："你……"

"我们过来这边坐。"王梓一直拉着她的手，亲昵的举动没有令他们任何一方觉得尴尬。

他们一同坐上冰凉光洁的石凳，王梓打开蛋糕的盒子，小心翼翼在蛋糕上面摆满蜡烛，然后点燃每根红蜡烛，童婼的双眼瞬间映照出蜡烛的小火苗，一簇一簇，火热地燃烧在她的心里。

"童婼，生日快乐！"王梓放下打火机，温暖地冲她笑着。

不需要酝酿，她的眼眶刹那蒙上水雾，她直直看着王梓："谢谢你！"

"生日是不可以哭的，来，快点许愿切蛋糕。"王梓一边自然地伸手将她滑落的泪珠抹掉，一边催促道。

童婼点点头，双手合十，闭上眼睛，心里默默许了一个愿。

"许了什么愿？"王梓看她睁开眼睛连忙问。

"说出来就不灵了。"童婼神秘一笑，拿起切刀将蛋糕切成很多份，很大的一块她递给了王梓。

"谢谢！"他说，眼睛里闪过狡黠的光。

童婼露齿一笑，刚想伸手帮自己盛一块，一抹凉飕飕的奶酪就抹在了她的脸上。她愕然抬起头，就见王梓笑呵呵地说："寿星一定要抹得满脸蛋糕才吉利，刚才你又哭了，所以必须抹多一点。"他说着又挖了一点抹到她脸颊的另一边。

童婵沉默地看他，突然就慧黠娇笑，在王梓为她的笑恍神时，她将手中的蛋糕扑到他的脸上。蛋糕滑落，奶酪黏在了脸上。一看他滑稽的模样，她笑得无比快乐，哈哈大笑弹跳到很远的地方，指着他的脸抱住肚子笑抽了。

"好呀，你偷袭我。"王梓的玩心大起，伸手拿了一块蛋糕就向她走来。童婵一看，转身就逃。

一下子，静谧的兰湖因为他们的欢声笑语而热闹起来，一阵蛋糕袭击战，伴着紊乱的追赶步伐后，是一个投降的声音。

"我不敢了，我不玩了，你放过我吧，我真的不敢了。"童婵很可怜地被他抓住，脸上黏兮兮的蛋糕让她觉得太狼狈，赶紧权衡利害后宣告投降。

"我再信你就是小狗。"她已经不止一次向他投降了，可哪一次都是骗他的，等他放手，她就会在他猝不及防时弄得他满脸黏兮兮的，这次他坚决不理她说什么。

"我这次真的不敢了，我发誓。"她举起左手很像模像样地对天念叨了几句。至于说了什么，他是没有听清楚，不过姑且看她这么有诚意，他又一时心软将手松开了。可只是一刹那，童婵一得到自由，就弹跳起身伸出魔爪在他原本就混乱的俊脸上一阵蹂躏，恶作剧得逞，拔腿要逃。可王梓早有防备，长手一捞，揽住她的纤腰，她的挣扎让他疲惫的双脚一个重心不稳跌倒，两人双双摔倒在了地上，而且跌的刚好是男上女下这种暧昧的姿势。

童婵看着他的眼睛，灼灼的眼睛让她内心翻江倒海，她应该快点将他推开，免得等一下发生什么擦枪走火的大事。脑海里虽然是这么想的，可是动作自始至终没有执行，四目相对，似乎彼此都在期待什么。

王梓的脸慢慢在她眼眸里放大，他一寸寸靠来，在即将吻上她的唇刹那，他一个偏移，嘴巴靠在她红透的耳旁，灼热的气息吹进她的耳朵："我们交往看看吧！"

连童烨自己都意想不到，她会这样毫不犹豫就轻易点头说好，以至于两人一时没有反应过来就呆愣在了原地。

王梓总算回过神来，一手轻轻将她嘴边不小心滑入的发丝捋向耳后，微笑的眼瞳里映照着她傻愣的脸。这个是她答应的，可她自己却久久没有在这个震惊中回过神来。

她身上的重量骤然减轻，王梓移开了自己的身躯，伸手将她拉了起来："你是清醒的吗？"他调笑着问。

她嚅了嚅嘴唇，不等她开口，他却接着说："不管你刚才是清醒的还是迷糊的，反正我听见你答应了，你赖不掉了。"

"哦！"她轻应着，双眼直直看着他那双迷人的眼睛，双手不自觉伸了过去，手指遮住他的双眼，然后慢慢刷过，唇角慢慢绽放一个微笑，张开双臂，她将脸靠在了他的肩膀，嘴巴轻声呢喃，"我总算找到你了。"

这晚发生了很多让童烨意想不到的事，尤其她没有想到，这辈子谁都可能忘掉她的生日，就米朵不会。

那天，米朵急匆匆从加拿大赶回来，在途中差点因飞机故障而遭遇险境，还好最后福大命大躲过一劫，所以九点十分她才抵达Ａ市。原本打算给童烨一个惊喜，没想到在童家等了整整一晚上，居然都没有等到她的人。抱着那份早早准备好的礼物，她沉沉睡去。

第二天一大早，当童烨回到家，看见躺在自家沙发上熟睡的女人，她是当下惊愕地杵在了原地。

也许童烨的气息让她太过熟悉，米朵下一秒就睁开了眼睛，坐起身看着站在门边的童烨，她站起身："你回来啦？"

"朵朵——"她嘴角激动地轻颤。

米朵慢慢走过来，递上了自己抱了一晚上的礼物。"童烨，生日快乐。"复而补充一句，"虽然晚了一点。"

童烨激动得连同她手中的礼物一并伸手抱住了她："朵朵，我以为你忘记我的生日了，我还怪了你很久，在心里一直生你的气。"

"那从这一刻开始你要记住，米朵会忘记任何人的生日，就是不会忘记你的。"

童烨拼命点头，昨晚的意外还洋溢在她的周围，一大早又是一个惊喜等待着她，她都不知道要怎么感谢老天爷才好。

早餐过后，童烨郑重其事地将昨晚的事情告诉了米朵，以前不管什么事，她都会第一时间跟她分享，这次也不会例外，她想第一个得到她的祝福。

米朵听完她的话，脑海里慢慢消化了十秒，严肃得有丝冷酷地唤道："童烨！"

童烨乍看她的表情有点吓到："朵朵你……"

"童烨，太好了，我就知道你和王梓会在一起的。"峰回路转，米朵激动欣喜地抱住她蹦跳起来，像是自个儿捡到五千万似的，嘴巴拼命说着祝福的话语，俨然明天她就要嫁给王梓的架势。

那天，米朵异常兴奋，拉着童烨逛遍了每次她们逛街会去的地方。看着米朵的笑容，强烈的第六感让童烨不安，她总觉得米朵有什么事情是隐瞒着自己的，可她怎么找也找不到那个答案。

晚上，她们在天台静静地观赏星星，喝酒作乐，为了纪念即将结束的暑假。看着米朵一瓶接着一瓶地喝着啤酒，童烨多次想要阻止，可是却被她一句"今晚不醉不休"又硬生生堵了回去。

童烨没有喝很多，一瓶啤酒她连一半还没有喝到，其中因为她不胜酒力。米朵没有强迫她，因为知道她酒量浅，可她从来就不会因为没有

042

她陪着喝酒而失去雅兴。米朵大口大口喝着，一边跟她说话一边喝，喝到带上来的啤酒都精光。米朵已经醉醺醺，摇摇晃晃还去拿那瓶她从家里带来的名贵红酒。

瓶盖开启，红酒的香浓飘散开来，米朵走回来对着她呵呵傻笑，这瓶红酒童婞滴酒未沾，全数倒进了她的肚子里。看着总算安静趴在她的腿上呼呼大睡的米朵，童婞不由自主呼了一口气，将她遮住脸蛋的乱发捋开。米朵有一头乌黑柔顺的秀发，一直是她可望而不可即的，忽地，米朵的手抓住了她的，紧跟着听见她迷醉的轻喃："你爱王梓吗？你爱的人不是拄盲杖的男人吗？"

她的话让童婞的身子僵硬了一下，原本不想深入探讨的话题被她轻易勾了起来，可最后她还是接受自己的解释，她恢复冷静轻轻将米朵的手拉下，仰头看着辽阔星空说："也许那天他是心血来潮想要扮演一次盲人，也许因为跟某人的某种约定而不得不如此装扮。我那天看见的就是他那张脸，一模一样的，所以没有人比我更确定他就是我要找的他。"

除非这个世界上有一个和他长得一模一样的人站在她的面前，要不然她不会让任何人否定自己的笃定。现在她才发现，自己多么害怕找不到理由去解释这个疑惑，只因她害怕再次失去他的踪迹。

第3章　至少他应该知道她的名字

生活就像永不休止的沙漏，无路可退。偶尔的感冒就像生活中必不可少的添加剂，多了也发愁。

王子祈没有忘记自己站在这里听了多久，但他等的人没有到，等的车也没有来。现在他脸上戴着白色的一次性口罩，一副加宽的墨镜，还有一根无时无刻不握在手中的盲杖，整张完美的脸就这样隐匿在这些饰品的下面，让人难以窥探他真实的面目，也让人看不到他如今对旁边那幕啼笑皆非的三角恋嗤之以鼻。

从昨天开始他就感觉身体有了微微的异样，却没有想到是感冒到来的前兆。其实感冒在他看来从来都不是大事，就算不吃药他依然能够生龙活虎。他是一个只关心自己问题的人，他从来不关心其他人的事情，能够引起他的注意完全是因为避无可避。

好朋友——好朋友的男朋友——

他的唇角扬起了一个不太明显的弧度，在这个选择题面前，有人会在抢了好朋友的爱人后，去恳求好朋友的原谅，又或许根本没有一丝悔意，眼前这一幕就是抢了好朋友的男朋友后完全不觉得有错的版本。

爱情，是一份让他从不稀罕的东西，所以自然就把这一场好戏当成一场闹剧去听，听罢了也就忘记了。灵敏的耳朵听见了熟悉的汽车引擎声，他知道自己可以离开了。

一个转身，一道冲力撞上了他的手臂，盲杖毫无防备地脱手而出，恼怒在眉宇间凝聚。可是，撞到他的人眼疾手快地帮他将盲杖捡起递到了他的手中，满怀歉意地向他道歉："先生，对不起，对不起，我不是故意的，因为我在赶时间，所以不小心撞到你了，真的对不起，请你原谅我。"

是个女孩的声音，他能够猜出她大概在二十岁左右，也能够想象到她那张溢满抱歉的面孔，还有她焦急地想要得到他原谅的模样。

很难想象，他居然会对一个陌生的女孩产生这样的联想，这是不该出现的意外。他不是一个难缠的人，只要足够诚意的道歉，他完全会无条件地接受。

"Boss，你没事吧？"杜宸睿这时候走了过来。在他将车子驶过来时刚好看见这幕，不过他想，这只是人一天中无可避免的插曲。而且，他确定他的 Boss 和他有一样的想法。

"没事。"王子祈简单明了地应了一句，侧身就向车子走去。杜宸睿扶着他，转头示意仍然站在原地的女孩可以走了。

童烨感谢地点了点头，没有多想就转身朝前面奔跑而去。在她跑开时，正在上车的王子祈倏然停顿了下来，杜宸睿不解地问："Boss，有什么不对吗？"

他没有说什么，直接坐进了车里。有什么不对吗？他在心里喃喃问着自己，似乎是他的感觉让自己觉得不对，他居然很想去认识那个女孩，至少他觉得自己应该知道她的名字。这是多么奇怪的想法。

童烨气喘吁吁地跑到指定地点，就看见倚靠在广场围栏边环抱双臂的王梓。他的悠然自得和她的上气不接下气形成了鲜明的对比，尤其在看见他旁边的那辆自行车后，她终于知道她被他耍了。

"你……耍我？"她质问他，气得脸红脖子粗。当然在很大程度上是因为她刚才拼命奔跑的缘故。

而且她记得自己在路上还撞到了人,虽然看不到被她撞到的人是怎样一种表情。因为那时他戴着口罩,眼睛戴着墨镜,可谓是全身武装了起来。可是她想他应该是有点愠怒的,况且他手中的盲杖还被她撞脱了手,当他沉默而宽容地放她一马后,她的脑海却倏然闪过一些画面,画面太快,以至于她根本捕捉不到到底是什么样的画面闪过了脑海。现在想想却让她困惑不已。

"你在想什么想得这么入神?"王梓饶富兴味地盯着童婼看了半天,她皱紧了眉似乎在想一些重要的事情,觉得彼此已经沉默够久了,他也就开口了。

"呃?"童婼抬起头来,迷惘地看了他半响才会意他问了她什么,"对不起,我只是在想刚才来时撞到的那个路人。"她低下头看着路面,思绪依旧萦绕在那上面。

"哦?"王梓将这个字拖了好长,突然坏心地将脸凑到她面前,"现在你是来跟我约会,你怎么可以在我面前还想着别的男人,你不觉得这样太对不起我了吗?"他用很受伤的语气向她控诉,那一副委屈的模样着实让伤害他的人觉得罪孽深重。

童婼觉得他好夸张,不过却笑得异常灿烂:"你怎么知道我撞到的是个男人?"她可是完全出自好奇才问的,绝对不是因为很开心他略微刻意的吃醋。

"我是天才,自然没有任何事情能够瞒得过我。"他毫不吝啬地对自己大加赞美,令童婼毫不淑女地翻了翻白眼:"原来你这么自恋。"她说着,和他并排靠在人来人往的广场围栏上。越来越觉得这里不是一个浪漫的约会场所,至少毫无男女约会经验的她都觉得土毙了。

"原来你才发现,看样子你要多多注意一下我。"王梓冲她眨眼,然后忽地抱出一个泰迪熊大公仔。

童婼一看,就惊喜地顺手接过:"限量版的,我找了好久,你在哪里买到的？"每个女孩心中都会有某种情结，而她对泰迪熊就存在着这样一种情有独钟。任何一款她都希望收集回家，而眼前这款她已动用所有的人脉和途径都无法找到，没想到现在就在眼前了。

"刚才在等你时，在那个商场赢来的。"王梓指着前方那个大型商场对她说。

童婼将泰迪熊紧紧抱在怀里，那宝贝的模样让王梓满意地笑了。只有他自己知道，为了这款东西，他用上了在学校里辩论大赛的口才，最后再给点金钱诱惑，他才最终得到了这个商场不售卖的限量版公仔。当然他这么费尽心机，完全是得知童婼对泰迪熊有一番情有独钟。

看着她，他挑挑眉勾来一臂抱住她的肩膀："我说过今天要带你去个地方的。"

童婼看他，就见他骑上自行车，拍了拍后座："上来！"她点点头，乖乖抱着泰迪熊坐上自行车后座。

自行车穿过拥挤的大道，顺利抵达目的地。童婼从自行车上下来，看着前面大门上刻着"精神病院"四个大字，她不解地回头看着王梓。王梓将自行车停好在墙边，拉了她走了进去。

"你为什么带我来这里？"她挨近他询问道，其实她并不是对里面的人有什么排斥，有他在她不会觉得不安，只是好奇他带她来的目的。

"带你去见个人。"王梓回头冲她一笑，似乎是想要缓解她的不安。

童婼耸耸肩，不再问问题，而是紧跟着他的步伐。一个穿着工作制服的男子不一会儿领着他们来到一个绿树成荫的庭院，他对王梓点点头转身离开了，王梓牵着她笔直走向不远处背对着他们坐着的人。

"徐奶奶，最近好吗？"他们走近她身边，王梓松开童婼的手蹲下身问道。

"儿子，我的儿子，你来啦，快坐下，让我看看。"徐奶奶一见王梓，整个人就激动起来，双手捧着他的脸仔细地端详着，突然咕哝一句，"儿子，你瘦了。"

"没事。"他拉下她的手，"可能最近熬夜吧。"他给出理由。

"那从今天开始不要熬夜了，我知道你能干，可是身体垮了，你公司几百人要怎么办呢？听妈妈的话，每天准时睡觉。"

王梓笑着点头，童婥呆呆地看着眼前的这幕，突然就乐呵呵地笑了。听见她的轻笑，徐奶奶像是现在才发现她，侧头板着个脸问："你是谁？干什么偷听我和我儿子说话？"她紧张地张手抱住王梓，敌视地瞪着她。

"我忘了介绍了。"王梓拉下她的手，站起身伸手拉住童婥："你不是要我带女朋友过来看你吗？她叫童婥，我的女朋友。"

徐奶奶冷静了下来，直直盯着童婥看着，越看越欢喜，她伸手拉住她的手："你是我儿子的女朋友，你真漂亮。"她抱起一旁白茸茸的小狗送到童婥的怀中，看着可爱的小狗，童婥接过，"她叫魔尼，我的女儿，我相信你会跟她相处愉快的。"

王梓摸了摸魔尼的脑袋，替童婥说："会的，你的女儿那么可爱美丽，没有人跟她相处不愉快。"他说完转头对童婥眨眨眼。

童婥明白他的意思，应了一句："对，我会和她相处得非常愉快的。"她露齿一笑，脸颊有浅浅的酒窝。

徐奶奶坐在摇椅上快乐地看着草坪前跟魔尼玩得不亦乐乎的童婥和王梓，脸上有从未现出过的满足。不远处草坪上逗得魔尼追赶的童婥突然凑到王梓面前问："她到底是谁呀？你怎么会认识她的？"她可不认为正如老奶奶口中出的，他是她的儿子。

"在我三岁以前，我和徐奶奶是邻居，但也就是我三岁那年，徐叔叔突然一场车祸去世了。去世时徐叔叔还没有结婚，徐奶奶只有他一个儿子，突然痛失爱子让她一时接受不了，后来精神出现了问题，他们家的亲戚将她送到了这个精神病院。三年前一次偶然的机会，我在这附近经过遇见了偷偷跑出来的她，一眼就认出了徐奶奶，现在每个星期我至少要来看她一次，她的家人已经对她不管不顾了，我现在是她唯一的亲人。"王梓抱起魔尼冲着童烨笑着，"这是我养了很多年的小狗，我想徐奶奶在这里太寂寞，就拿来陪伴她。魔尼不是谁都能相处好的，可第一次送来时，它就很黏徐奶奶，我想这是命中注定的。"

童烨接过魔尼抱在怀里，一手抚摸着她白亮柔顺的毛发，嘴角微微勾起："我跟它相处得也不错。"

王梓笑，挨近她说："所以我们在一起了。"

童烨瞟了他一眼，不予置评，可心里却泛起丝丝甜蜜，她没有想到第一次约会他会带她来见他重要的人。也许在他决定跟她交往时，他已经决定要将他生命中每个重要的人介绍给她认识，这是对她、对感情重视的表现，她怎能不幸福。

阴霾是今天最显眼的字眼，阳光渗不透云层，几乎将整个世界笼罩在灰暗中。王子祈今天觉得特别地累，他不想将这样的委靡跟前几天到现在一直没好的感冒画上等号。虽然这已经是明摆着的事实，倔犟的他还是不愿意相信自己居然连个感冒都打败不了。

杜宸睿已经不止一次苦口婆心地建议他去看医生了，但是他却坚决一意孤行。医院在他心中是禁忌，也许这是任何人都不知道的秘密，连他自己也将它深埋在了心底。

将今天异常唠叨的杜宸睿打发出去帮他到学校请几天假，他从早上开始就一个人待在卧室里休息。可身体越来越不适，已经干扰了他的正常思维，混沌的大脑根本理不清思绪。他坐起身，伸手摸索到桌上的杯子，就将冰凉的半杯开水喝了下去。他感觉到了额头上的灼热，到这个时候就算再怎么不承认，他多少还是意识到自己前几天的小感冒已经变成了发烧。而他最痛恨的就是自己发烧,这是一个多少让他不堪回首的回忆。

撑起身子戴上墨镜拿起盲杖就向卧室外走去,他需要出去透透空气,来驱散全身上下的烫热。房门打开,一个脚步声让他停了下来,微微蹙眉,他的鼻子是灵敏的,他能够闻出家里面任何一个不被他关心的人身上特有的味道。

"你是要出去吗?"王梓看着面前和他长得一模一样的双胞胎哥哥,虽然自己对他不是很了解,但是多少也有注意他会走出卧房完全是要出门的缘故,要不然就算在房间里发霉到死他都不会走出半步。从他三年前走进这个家开始,他似乎没有在他的家人面前说过任何一句话,就算是一句简单的哼哧都不曾有过。尽管如此,他每次遇见他还是会跟他说话,就算他从来没有回应过自己。

以往不会回答的人,在今天他极度疲惫的时候更加不能奢望他能破天荒开口。王子祈直接往一边挪步,他能够准确地算出在这里向他那方走什么样的位置不至于绊倒在他面前出糗。他从来都是小心谨慎的人,如果没有十足的把握他根本不会轻易移动半步。

也许是双胞胎间有一种难以说明的心有灵犀,致使虽然王梓和他二十岁以前没有生活在一起,但他还是一眼就感应到了他心中多么不想被自己看小。

唇角微勾,在他即将越过自己时,王梓伸手将他拉住,侧头说:"我们是亲人,亲人之间至少应有最起码的语言交流,何必将我们拒之千里呢?我们不会害你,我们只会关心你。"当然,他不妄想就这么几句话就将他如铁的心说动,况且这些话已经不是他第一个说了。

手中传来的灼热体温让王梓顿时皱起了剑眉:"你发烧了。"他肯定地说。

王子祈甩开他的手,现在最不想听见的就是这句话,他充耳不闻地

向前移动脚步。

以前也许王梓会就此让他走，但现在说什么都不能让他走了，他拦住他的去路："你现在要去哪里？发烧的人不是都应该留在家里好好休息的吗？我现在就去打电话给吴医生，你好好给我回房间去。"他冷然关切地命令道，这样的口气让王子祈感到了前所未有的好笑。

"滚！"他破天荒从薄唇里溢出这个字，再次甩手，强势向前走。

王梓看着他冷漠的背影，伸手掏出手机直接拨了一通电话出去，虽然没有再阻止他离开的脚步，但是这不代表他会对他的发烧置之不理。

昏睡了不知道多久，他总算醒了过来。伸手触碰到的陌生被褥让一向毫无安全感的王子祈惊慌地坐了起身，鼻端充斥着浓重的药水味道让他的理智几乎失控，他的脸色比原先更加地惨白，双手慢慢紧握成拳，他用尽全力才能站起身来，这个时候病房的门打开了。

"Boss，你醒了？"杜宸睿一见王子祈，欣喜地跑过来。

但王子祈的脸色难看得近乎冷酷，他沉着声音质问："是你将我送进医院的？"对于这件事情，他发现自己根本难以抑制体内的怒火。他不常这样毫不保留地生气，那么地熊熊燃烧。

"不是我，是梓少爷。"杜宸睿实话实说，几个小时前接到王梓的电话他也万分意外，当他说明打电话给他的原因后才知他的 Boss 被送进了医院。

王子祈将牙齿狠狠地咬紧，过了好一会儿才说："走！"

杜宸睿看着王子祈向病房外走去的背影，很想叫他好好留在医院，可他脸上明显厌恶的表情又让他不敢多话。他三两步跟上他的步伐，选择了沉默。

原本打算回来拿件外套就去医院看望下午突然晕倒的王子祈，可没想到一回到家就意外看见站在房间门口的他："你怎么回来了？"

听见身后传来的声音，王子祈慢慢转过身来，脸色从医院醒来至今都没有缓和过来，现在又听见他的声音可谓是雪上加霜。

他以为自己有什么权利来质问他？就凭他是他双胞胎弟弟的身份？那未免太高看自己了。就连整个王家他都不放在眼里，更何况是一个无足轻重的王梓。

"你收拾行李是干什么？"王梓看出他的愤怒，视线越过他朝房内看去，就见杜宸睿正带着几个人帮他整理行李，他这是在告诉他，他正打算搬出这个家吗？

"梓少爷——"杜宸睿听见他的声音从里面走了出来，"Boss决定搬出去，我已经跟老太爷说了。"他向他解释。

不过他的举动换来王子祈的不满："慢吞吞地在废什么话，收拾好了我们走。"不想再面对令他厌恶的人，王子祈说完就向前走，就如很多次那样从王梓身旁走过，毫无驻足。

杜宸睿指挥着搬运工将整理好的行李向楼下抬去，待他们离开后他才对王梓说："我们先走了。"

"宸睿——"王梓突然叫住他，他转头看他，他才说，"好好照顾他，顺便帮我跟他说句对不起，我不知道他不喜欢医院。"话末，他抬起脚步向自己的房间走。

劳斯莱斯在一处叫做卉迪的小区里停了下来，几个人将行李利落地向指定的楼层搬上去。这是杜宸睿在王子祈下达要搬出去的命令后以最快速度找到的处所。虽然说是最快的速度，但是对于周边的环境、住户的资料和小区的安全，他没有一样落下，都做了最详细的了解才决定买下这里。

新的学期已经开始两个星期了，童婼和米朵已经荣升为大三的学生，可两人却迟迟没有进入学习的状态，也许是都收获了爱情的缘故，想要在这美丽的校园编织一个爱的蓝图。

不知道是不是各自都忙着恋爱无暇注意对方的缘故，童婼今天早上对米朵顿时大为惊艳了一把，她觉得她变了……变得更为漂亮了。

"童婼——"米朵突然从镜子前转过头来喊了她一声，童婼稍微回神，就听她说，"你干吗对着我流口水，难道你最近性取向变了？"

童婼一听，脸顿时绿了："我哪有？"她辩驳。

"那你干吗一早上都对着我看？似乎对我很感兴趣的样子，你说，我能不怀疑你？"米朵完全是臭美型的，说这些话时她脸上的表情是如此地心安理得。

"我觉得你变了。"童婼一边翻白眼，一边徐步走来，站在米朵身边看着她依旧在自己脸上抹着粉，从头到脚再看了她一圈，一手抵着下巴，饶富兴味地直瞅着她。

米朵终于完成了最后一个步骤，放下了手中的唇彩，她抬起经过化妆后更为大而闪亮的眼睛，那扑闪扑闪的睫毛像蝴蝶的翅膀，笑容迷人："真的吗？你觉得我越来越漂亮了吗？可是我觉得我一直都是这么漂亮耶。"她嘟起红唇对她抛媚眼。

童婼侧过身靠在她的床架上，双手环上手臂，对于她这副极度臭美的表情显然是想要无视，嘴巴不免有所念叨："你只是跟我去逛个街，你需要把自己弄得像是去选美一样吗？你自己算算，你都化妆化了多久了，做你男朋友还真要等得起。"

"没错，你果然是我的好姐妹，做我男朋友第一个条件就是要等我，等不了向我抱怨那就拜拜。"她倒是毫不掩饰自己臭美的时间，站起身抓起一旁的包包，长手一勾，挂上了童婼的手臂，"我们可以走了。"她笑嘻嘻地拉了她就往外走去。

今天是她们大二开学两个星期以来第一次姐妹相邀逛街，自从各自有了男朋友后，不要说出去逛逛，就连在寝室能够撞上都成为了微乎其微的事情。

以前她们有想过各自恋爱后可能会因为缺少交流，从而慢慢淡却这份浓厚的友情，为了避免发展到那一步，她们一致决定，不管以后多忙，一个星期都要挤出一点时间两人好好聚聚，来弥补一下这份对彼此都具有深重意义的友谊。

当她们走出校门向前面的公交站走去时，已经上午十点。虽然对于漫无目的的逛街来说还不算晚，但是在这当口却发生了意外，一辆摩托车突然不知从哪个方向冒了出来，一把扯了米朵手中的包包就向前飞奔而去。

童娆还在惊愕当口，米朵已经有了条件反射下的举动——直接撒腿追了上去，嘴巴还大喊："站住，抢我包包的贼给我站住！"可是双脚的速度又怎么比得上摩托车，不到一会儿的工夫，飞车抢劫党就已经遥不可及，眼看就要被他们逃走。

米朵也不知道哪儿来的毅力，她看了一眼四周就相中了一辆女式摩托车，而且刚好那辆摩托车的车钥匙还插在车上，真觉得天助她也。她没来得及向车主说借用，就直接骑了摩托车向前追赶而去。童娆惊愕地看着她犹如火箭一样冲出去的背影和车影，心里大叫一声"帅"，但是嘴巴却不得不担心起她的安全来："怎么这么冲动，要是发生什么意外怎么办？"

车水马龙的道路上，人流穿梭的人行道上，一辆女式的摩托车猛烈地向前飞奔。那加到最大的速度惊吓到了路人，纷纷看着她如一阵风从身边冲过去后，才后怕地捏了一把额头上的冷汗，顺便目瞪口呆地看着如火箭一样勇猛的女超人背影，那英姿飒爽的身影着实惊呆了一大票目睹的男女老少。

米朵不知道自己到底在这座城市制造了多少交通麻烦，也不知道自

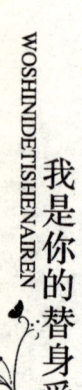

己在道路上这样一飙赢得了多少钦佩的粉丝。她脑子里只有一个念头，就是那两个抢劫犯别想逃出她的手掌心。虽然她从小到大没有远大的抱负，也没有为民除害的美德，但他们敢在太岁头上动土，那就别想就此逍遥法外，她一定要将他们逮住。

事实证明，只要下定了决心的事情老天爷都会眷顾你。心里再三衡量了他们照现在这样行走的路线，无论怎么走都必须经过的是那个转弯处，她抄了捷径打算将他们在那里一举截获。她的信心如加到最大油门在爆满，嘴角轻蔑地勾起："你们休想逃出我的手掌心。"

"嗡咻"一声利落的路面旋转，然后车子漂亮而平稳地停在了她追赶了差不多一个小时的摩托车面前，他们终于被她堵在了墙角。她的气息还在微喘，但瞪向他们的视线却犀利犹如冰箭，尤其是那只抓住她包包的手，要是眼神能够杀人，那个人一定马上断气。

两个原本在惊愕当中的抢匪这才从事实中清醒过来，他们被人逮住了，而且看她的样子他们是难逃法网的。

他们能不能不要这么背，不就是新手入行第一天，他们怎么就这么被抓住了！而且抓住他们的人不是警察，不是男人，而是一个看起来弱不禁风的女生，她现在正威风凛凛地驾着那辆帮她逮住他们的摩托车用眼神藐杀他们。

"把我的包包还过来。"米朵怒喝地冲他们吼，无法抑制的熊熊怒火直直往头顶上蹿。

拿着她包包的男人，不，照米朵的猜测，她觉得他们都不够成年的年纪，最多十七岁的样子，根本不能称之为男人，最多也就是两个乳臭未干的臭小子。在他们应该待在学校好好学习天天向上的时候，居然出来做这些犯法的事情，看样子小小年纪已经走上了歧途。今天她就代表生他们养他们的父母将这两个不学无术的臭小子送去警察局悔过，但是不管如何最要紧的还是她的包包。

"快点把我的包包丢过来。"她见他们不知道听话,立即重复了一句。

拿着他包包的男孩惧怕地瑟缩了一下手,正打算乖乖照做,驾着摩托车的男孩显然比较老练,他按住他准备扔去包包的手,低声说:"不要给她,给了我们也逃不掉。"

好吧,米朵承认自己没有打算放过他们,但是他们未免太看得起她,怎么就认定她一个弱女子一定制伏得了两个正在崛起的男孩?看样子她能追上他们将他们堵在这里已经让他们心里没有底气。哈哈……天助她也。今天她就将他们法办了。

世事难料,原本意料之中的事情却因为一个人的出现有了变数。

米朵完全没有想到这样的突如其来,一个骑着黑色机车的男子在她正准备接过包包时,突然冲上来将她差点到手的包包夺了过去。

她当下就跳脚地瞪向那个男子的背影,而原本被她围堵在墙角的两个臭小子这时欢天喜地地对着那人喊:"天哥——"他们像看见救星一样等待他甩手叫他们先走一步。

突然杀出来的程咬金让米朵很恼火,而面前这两个小子又对他这么尊敬,想必是他们的老大。一想到这里,米朵不由自主咽了咽口水,从来没有跟社会上的不良少年打过交道的她难免有点怯场,就算她平时再怎么凶神恶煞也比不上他们这些混惯了刀口的人。

被唤做"天哥"的男子一个漂亮的转身就正对了他们,一抬头,米朵就立即倒吸一口气,眼睛不由自主瞪大。

他他他——长得还不赖嘛。

一头比她还长的头发用皮筋绑在了背后,坚毅的轮廓,薄唇紧抿,带着些许忧郁的眼神正上下打量着她,灰白色的T恤外还搭一件浅黑色的衬衫,穿在身上的牛仔裤被剪裁得坑坑洼洼,显然是自己设计后的结果，痞气的笑容外加她在他手臂上惊鸿一瞥的纹身让她更加确定他绝非善类。

"你们两个先走。"他看着米朵，话却是对着正等待指示的那两个小子说的，声音略微带着磁性，万分地好听。

待在墙角的两人听见天哥的命令，不到一会儿的时间就在米朵的眼皮底下溜走了。米朵气急，却只能眼睁睁看着他们逃离而去。不要说现在她的包包已不在他们的手中，要是真去阻止，她也未必能阻止得了，毕竟现在已经来了个看起来就很不好对付的帮手。

转过身来面对着那个始终似笑非笑的男子，她突然扔下手中的女式摩托车站直身子。

沈告天看着她的一举一动，包括她脸上稍纵即逝的胆怯，可是他并不打算说些什么来揭穿她。

米朵有点苦恼地皱眉，她现在表现得还不够明显吗？她已经投降地扔掉了摩托车，他是不是也应该识相一点将她的包包还给她了呢？

看样子他应该是个理解能力很差的人，那么，她只能用声音告知他："麻烦你把我的包包还给我。"她说。

"我为什么要还给你？"沈告天冷冷地问。

这个人是怎么回事？难道不知道抢劫是犯法的吗？现在看他一脸不知道悔改的样子，很难想象他手下的小弟会有悔过的一天。

"那是我的包包，当然要还给我。"她有点动气，却强制自己冷静下来，免得遭受什么不测。说来也太奇怪，这里光天化日居然没有半个路人，该死的，她开始怀疑这是他故意制造的结果，因为在她的记忆里这里不算太过偏僻。

"麻烦你去警察局领取。"沈告天已经失去了跟她继续废话的耐性，他将手中的包包随手挂在了车头上，随即启动摩托车就从她的身边冲过去，完全不需要再听她辩驳什么。他就这样扬长而去，剩下米朵自个儿站在原地瞪着眼睛像个白痴。

当傍晚的路灯伊始,昏黄的光泽洒在来来往往的车辆和行人上时,童婼和王梓两人焦急万分地赶到了警察局。警察局的门还没走进去,米朵却已经从里面出来,手中拽着的是早上被摩托党抢劫而去的包包。

童婼三步并作两步迎了上去:"朵朵,你没事吧?要不要去医院检查一下?"她上上下下打量着她,生怕她受了伤还硬撑着。在一个小时前她接到了警察局打来的电话,一听说她在警察局,她的心"咯噔"一声,瞬间害怕得没有了主意,立即拿起手机打给了她最信任的人——王梓,现在看她没有什么事,她的心才稍微平静了些。

在她英勇无敌"抢"了别人的摩托车追上去,童婼的心就一直忐忑难安。虽然米朵的"抢劫"行动让她废了很大的唇舌才说服那个被"抢"的女人放弃报案,还略微赔偿了她的损失才无奈地小事化无,但是她那个时候束手无策得都不知道如何是好,唯有先报了警,等待警察叔叔对她的支援,自己回寝室等待消息。可米朵一定不能够了解担心得近乎休克的感觉是怎样地难熬,在等得焦头烂额时,童婼几乎将能想到的神仙都念上了一遍,只希望能多少保佑她能平安回来。

"以后不要再这么冲动,你知不知道你这样追上去很危险?你是个女孩,不是女超人。"她没等到米朵回话,自个儿就开始对她说教。

"好了,童婼,最重要的是现在她没有事。"站在一旁的王梓开口说,在童婼准备彻头彻尾说教一阵子前阻止了她,毕竟现在不是说这个的时候。

而他这么一说话,总算拉回了米朵神游在那个骑着机车的不良青年身上的思绪,涣散的视线放到了童婼脸上,然后侧头看了一眼说话的王梓。

"童婼——王梓——"她唤他们一声,然后重重地吐气,似乎是心口憋了好大的一口气总算舒缓了出来。

"你没事吧?"童婼和王梓对看了一眼,伸手就摸向她的额头,很怀疑她是发烧了。

米朵拉下她的手,有点气恼地说:"童婼,你知不知道,我今天真的背得很,看样子不看皇历出门真的不是好习惯。"她说着率先朝前走去,将童婼和王梓甩在身后,拦了一辆计程车就扬长而去。

"她今天到底受什么打击了?"当米朵搭的计程车淹没在车水马龙中,童婼才懵懂地问着一旁的王梓。

王梓笑了笑,抬头看了一眼几乎黑下来的天空,伸手牵起她的手:"这些都不重要,重要的是,我们该回家了。"说着,他拉着她就向前跨步。童婼抬头看着他在昏黄路灯映照下好看的侧脸,唇角倏然扬起,原本积压在脑海里的烦恼瞬间烟消云散,这样豁然开朗的感觉真好。

今天的客人让王子祈意想不到,他原本以为自己搬到这里不会有任何人知道,但她的到来让他除了知道自己失策了以外,还知道杜宸睿的嘴巴越来越不严密了。

他不需要去看她来来回回都在他的屋子里做了什么,他只需要听就能够听出她在帮他收拾房子。整间房子能够收拾的东西可谓少之又少,他从来不是一个邋遢的男人,而且他知道自己还有那么一点洁癖,所以,他不需要任何一个佣人来帮他打扫房子,他自己就能收拾得很好。

但在他屋子里走来走去的人显然完全不认为是那么一回事,径自在他面前大扫除了起来。忍耐是他根本不需要刻意就能很好把握住的,所以她才能这样肆无忌惮。

他不说她,也不赶她,更加不会生气。他在等,等那个制造出这些的人来将这一切收拾掉,还他一个原本的安静。

显然,老天爷是疼惜他如此倨犟的忍耐的,所以他没有等多久,大

第 3 章 至少他应该知道她的名字

门外就有了响动,接着是杜宸睿熟悉的脚步声,再接着是他的声音:"Boss!"

杜宸睿看着他冷酷的脸,看一眼因为他的到来而停下收拾动作的幕宛思,从而他知道了他 Boss 脸色难看的原因。

"阿睿,你来啦,我倒杯水给你。"幕宛思不去理会早已因为她的到来而焦灼的气氛,她放下手中的抹布就熟门熟路地去倒水。

杜宸睿想要上前阻止,但是没有来得及,只能随了她。视线看回 Boss 的脸上,然后就听见他冰冷地开口:"你弄出来的事情,快点给我处理掉。"说完,他站起身,徐步向卧房走去。

刚好倒完水走到厨房门口的幕宛思听到了王子祈的话,怔愣地听着他丝毫没有感情的话语,她的心一点点开始抽痛,接着眼眶氤氲雾起。

杜宸睿看见她难过的模样走了过来,接过她手中的水杯放到一旁,说:"我送你回去。"

"不——"幕宛思抓住他的手臂不要他转身,"我想再留一会儿,就一会儿,不会太久的。"她用哀求的语气恳求他。今天她好不容易鼓起勇气才敢站在自己亲生儿子面前,他还没有跟她说一句话,她怎么能心甘情愿地离开?这么一离开,想必再想踏进这里就很难了。她不能离开,她要跟自己的儿子再待一会儿,就算相对无言她也愿意。

"我想你应该走了,以后还会有机会的。"

杜宸睿的最后一句话算是给了她往后的希望,她看着他,充满期待地问:"真的还会有机会,我真的还能再来看他?"

杜宸睿没有说话,只是肯定地对她点点头。幕宛思笑了,擦了擦眼泪,吸了吸鼻子:"好,我走,我现在就走。"她在一旁拿起包包就向门外走去,似乎害怕自己离开得慢一点就会被他收回见儿子的机会。杜宸睿看着她的背影,他知道自己这是给了她承诺,一个必须履行的承诺。

那次抢包包事件也过去一个星期了,米朵除了在警察局门外的样子和话语让人觉得很不正常外,这一个星期她基本和以往没有什么两样,依然拼命地翘课,依旧整天跟唐克永出去约会,甚至有几晚还彻夜不回。当然童烨不会像个欧巴桑那样指着她问到底为什么彻夜不归,也不想要找碴儿,她当然很高兴米朵没有留下什么抢劫后遗症,但每每一想起警察局门外她说过的那句话,她就会被好奇吞噬,好奇于那天她到底遇到了什么样的人,让她觉得很背。

但不管她怎么直接询问或者诱哄,米朵就是闭口不谈那天她追上去到底发生了什么。

对她没辙,那童烨就只能将好奇烂在肚子里,但今天米朵阵阵的反胃现象让她不但疑惑不已,甚至开始有了不祥的预感。她走到洗手间门口,米朵这个时候正巧走了出来,她立即拉住她坐入椅子严肃地问:"你'大姨妈'这个月来了没有?"

米朵没有抬头,只是低头看着自己的双手,一句话也没有说。童烨这会儿是更加焦急了,跳了起身:"你到底听到我问你话没有?你倒是回答我呀。"

"童烨——"米朵慢慢抬起头来,眉毛皱紧,一副欲言又止的模样。

"到底怎么了?"童烨全身上下的神经都紧绷了起来,那个自己不确定的答案在这个时候变得更为清楚,"难道,难道你……"她看着她的肚子,要是真的如她猜测的这般,那事情不只是大条这么简单了,那还关乎一条人命。

"好像是真的。"米朵的脸皱成一团,说完咬住自己的嘴唇,突然好想哭,这几天自己简直倒霉到家了。

"你买试纸验过了没有?"童烨可是比她还想哭,问出这句话时她的嘴唇都在拼命颤抖,声音是磨着牙齿从牙缝里迸出来的。

米朵低着头摇了摇,表示了她的回答。童烨一看,立即拉起她就往外走，米朵疑惑："干什么？"

"去买试纸。"她没有回头，而是直截了当地答。

拖着米朵风风火火冲出校门，不到五分钟的时间又风风火火地跑回寝室，一进门，童婖就将米朵推进了洗手间，让她快点将该干的事情给干了。

现在距离她进去已经半个小时有余了，可到现在她却还没有出来，这可着急死了站在洗手间门外的童婖。她忍耐到了极限，抬手就对着门板拍了两声："朵朵，你到底好了没有？"验个孕现在需要这么长的时间吗？她到底在搞什么鬼？

嘎，门打开了，米朵面如死灰的脸映入了她的眼帘，她伸手将她拉到身边："怎么样，怎么样，中了没有？"

她这话问完好一会儿后，米朵才有了思绪，她抬头看着焦急万分的童婖，紧紧握住她的手臂，最后才勇敢地点了点头。

这个回答已经够了，童婖已经非常明白她要表达的意思。"是他的？"她小心翼翼地开口。

米朵这次没有犹豫就直接点了点头："童婖，现在我要怎么办？你告诉我，我该怎么办？我心里现在好乱，怎么办？"她的眼泪直接从眼眶里滑落，她揪住童婖的手当成救命的浮木。

"朵朵，你先冷静一点，冷静一点。"童婖将焦躁的她按坐在椅子上，"不该发生的事情已经发生了，那我们不能自欺欺人当做没有发生过，现在我们只能勇敢面对。朵朵，你坚强一点，我觉得你还是将这件事情告诉唐克永，毕竟他是孩子的爸爸，他是有权知道这件事情的。"

"不——"童婖话音刚落，米朵就大声咆哮了出来，那挂满泪花的脸庞现下是一点血色也没有。童婖完全没想到米朵会因这句话这么地激动，整个人都被她震在了那里。

"不可以让他知道，就算让他知道他也不会要这个孩子。"米朵眼泪直流，倏然抬头握住童烨的手，"所以，童烨，求求你，你不要将这件事情告诉他，我不想要他知道，我不要他知道。"

童烨还能说什么呢？现在她能够拒绝她的恳求？不，她做不到，她只能点点头，无奈而痛心地答应她。

其实她不知道自己那样做是对还是不对，她只知道自己无法拒绝米朵的乞求，那么她们只能走一步算一步了。

时间悄无声息地流过，总是平静得没有任何痕迹。这天，童烨跟王梓相约两点在离他们学校不到十分钟车程的书店门口见面，不到一点她就拿了包包坐上公交车来到了书店门口。当然，她知道她早到已经不止一点点，自然明白跟她相约的王梓不会像她这样神经质。她随便坐在一处阶梯上拿出准备好的矿泉水喝了一口，抬头看一眼天空，今天阳光不算太过强烈，就算坐在毫无遮蔽的地方也不会有丝毫炎热。童烨左手托着下巴静静等待着，她看着一双双从自己面前走过的鞋子，然后猜测是怎样的人从面前经过，不曾抬头看一眼，只是喜欢这样无聊的猜测。

突然身后一阵熙攘的说话声，她依旧一动不动地坐在那里，不想去理会任何和自己无关的人或者事情。只是世事难料，一个人突然不小心踢到了她，她被迫回头看了一眼，没想到是个男人。见她回头，他立即礼貌地道歉："对不起。"

她摇摇头表示没关系，正打算跳过这个插曲，一个声音忽地跳进耳朵。不是说这个声音是多么地好听，也不是说这个声音她怎样地熟悉，而是这个声音所叫出的名字让她倏然一愣。向那个来声处看去，正好看到了和她仅有一面之缘的男人，那一头金灿灿的头发尤其让她印象深刻，这个人不是别人，正是米朵的现任男友唐克永。

而现在这个不良少年的怀里正抱着一个和他一样有着金灿灿头发的女子，那亲密的举动让她不由自主地皱眉。童烨目不转睛地看着他，看着他们在她的眼前调情对笑，身边还有一群狐朋狗友唧唧喳喳大庭广众下要求他们来个舌吻，这也正是他们闹哄哄的原因。

忍耐已经到达濒临失控的边缘，童婼这样目不转睛的瞪视也终于赢得了那一大群人其中一个的注意，八卦男突然凑到唐克永的面前指着她说："克哥，你看那边那小妞已经盯着你看了很久，是不是你原先的马子？"

那方全部的视线齐刷刷都看了过来，童婼只冷漠地盯着站在他们中间的唐克永，带着满腔无处可发的怒气。接着还是他搂着怀里的小妞向她走了过来："我们认识吗？"他还算懂礼貌地问了一句，显然这已经让旁边的阿三阿四不可思议地瞠目结舌。

"不认识，不过我朋友跟你很熟。"童婼将"很熟"加重了音，脸色怎么也缓和不下来。

唐克永还没有说些什么呢，旁边的女人倒很不客气地朝她吐槽："认识我们克哥的人很多，你不报上你家朋友是谁，我们克哥怎么知道是不是如你说的很熟。"她将涂着粉红色眼影的眼睛向童婼瞪了过来，似乎在警告她什么。

童婼懒得和她这种根本认不清事实的人说这么多，她直接看着唐克永说："请你以后离米朵远一点，我不想她因为你受到任何的伤害。"

旁边的人一副看怪物的眼神看着她，觉得她实在是太过胆大，居然这样跟他们的克哥说话。反而是唐克永很平静，他脸上还有一丝笑容："我记得我在哪里见过你，刷牙刷得满嘴白色泡沫的……"

"请你记住我的话，自觉离她远一点。"童婼已经不想跟他再说下去，也更不需要他套近乎，径自打断他未说完的话，说完转身，但手突然被人拉住。锁眉回身，是刚才踢到她的男人，他略微礼貌地冲她笑着。童婼才想着什么事情呢，他就伸手轻轻将她挂在自己衣服上的包包拉链解了下来，看到这里，她顿时抱歉起来："对不起！"

"没有关系。"杜宸睿轻声说。然后他等的人朝他跑了过来："宸睿哥哥，你要的书，我全买到了。"

这是个看起来挺青涩的小女孩，她手中捧着比自己高出一头的书，歪头探脑对着前面的杜宸睿笑着，然后他接过她手中沉甸甸的新书，感激地说："谢谢！"

小女孩抹了抹脸上和额头上的汗水，眼睛异常明亮，摆了摆手："不客气，不客气。"

"小溪，你快点回去吧，代我向你爸爸问好。今天真的谢谢你，下次请你吃大餐。"杜宸睿微笑着伸手摸乱了她的秀发，那模样像大哥哥宠爱小妹妹。

"我……"被他唤作小溪的小女孩看着他转身离去的背影，开口像是要说什么，但没有来得及，他已经跑到那辆等候已久的轿车前。

小溪耷拉下肩膀，眉头皱了好几层，最后叹了一口气，正准备移步回家，一个转身和童婼撞个正着。她条件反射地向后退了一步，睁着晶莹的大眼睛看着童婼，见她正目不转睛凝望着宸睿哥哥离去的方向，小溪不免小心谨慎地问："你有什么事吗？"不会是爱慕宸睿哥哥的人吧？

童婼将视线拉回小女孩的身上，被她这样莫名其妙一问，自己倒觉得不解起来："我没有事呀。"她脸上有写着有事吗？

"那你干吗对着宸睿哥哥发呆？"小溪一点也不相信她，脸上依旧是对她防范有加的表情。

"我觉得我在哪里见过他。"但却不记得在哪里。童婼心里补充了一句。

第 4 章　灯光洒映在她倔犟的脸上

说句实话，做下这样的一个决定绝对不是心血来潮。对于米朵来说，一个小生命在自己的肚子里孕育是一件在现阶段难以承受的事情，她不打算为自己所做的事情负责，也不打算哭得死去活来地去哀求孩子的老爸负责，那她站在医院手术室门外的意图就变得异常地明显。

她怔怔看了半响手术室的门，紧张的情绪一直萦绕在身上，在她踏进医院的那一刻就不曾退去。在这个关键的时刻不知道为何，她突然有种想逃的冲动，可是她不能让自己有反悔的机会，尽管心颤抖得犹如9.0级地震，双手依旧紧紧掐住长椅，不让自己轻易移动逃走的脚步。

一只温暖宽厚的大掌倏然搭上她的肩膀。她紧紧盯着地板，知道对方在犹豫要不要再说些什么话，过了好久之后是她率先开口："我的心意已决，不要再说劝我之类的话。"她的语气是如此地坚决，这让一旁的王梓无话可说，直接将心里未开口的话化作一声叹息，收回自己的手，心里开始预测让她这样做的所有不妥之处。

其他的就不用说了，就童婞那关他就已经很难交代。她和米朵是这样好的朋友，想必不会答应让她这样做。这也是米朵预料到的，以至于不得不央求他支开童婞，恳求他陪她来医院。

她的心情他能够理解，并不想一个人孤零零地来，也不想遭受别人的白眼。虽然别人不会说些什么，但毕竟一个未结婚的女孩没有任何朋友的陪伴来堕胎多少让人觉得可怜，最重要的是，别人心里一定会轻蔑地看她吧？

而现在这些理所当然转移给了他，医生再三跟他说孩子很健康，妈妈也很健康，要不是什么特别的原因最好还是不要拿掉孩子，希望他们能慎重考虑。当然医生那充满希望的眼神自始至终胶在他的身上，似乎很想听到一句从他口中说出的"我们要这个孩子"。

在医生看来，他是一个男人，他应该为自己所做下的事情负责任，要是没有足够的能力承担后果，就不要轻易做下错事。但在他看来，他只是一陪伴者，朋友的央求让他不得不妥协的陪伴者。他可以给她安慰，可以给她勇气，唯一不能给出的是对这条小生命去留的决定，而且最大的遗憾是，孩子的妈妈很坚持这条小生命不该出生，而他这个并没有很多发言权的人，早已在来医院前就将话全说完了。对这件事情毫无参与的他，根本没有能力改变这个早已注定的命运。

只是他不知道，对于米朵来说，她自始至终只想到要他陪，只要他在身边她就会觉得很安全。曾经她是这样幸福地想过，有一天他会这样陪着她来医院产检，只是命运弄人，一切都变了，变得面目全非，没有缘分也好，有缘无分也罢，她只能用这样小小的哀求圆满心里的遗憾。

就在这时候护士出来喊她的名字，她勾了一下唇角，最后还是没有笑出来。看一眼已经站起身来的王梓，她转身，向手术室走去。

当童烨站在一栋非常眼熟的别墅门外，很惊悚地发现自己不知不觉回到了家，而这到底是怎么发生的？回忆渐渐飘回两个小时前，记忆告诉她，在两个小时前她跟着一个叫做小溪的女孩来到了这里，而她还惊愕地发现，她们居然是邻居。

"姐——"一声清脆爽朗的声音从身后传来，童烨立即转身，就见童莉丢掉行李和高跟鞋扑过来，"真的是你呀姐，你是在这里接我的吗？"她的热情差点让童烨招架不住，后退一小步勉强站定。她已退开，

第4章 灯光洒映在她佝偻的脸上

一脸兴奋地拉着童婥向别墅内走,"我都好久没见你了,还有爸妈,我今天突然回来你有惊喜不?"

童婥睁大眼睛,一句话也说不出来,还搞不清楚状况的她任童莉像个大姐姐一样拉着她回家,曾经她认为自己比童莉小,而童莉强悍阳光的性格显然让她在这个认为里愈陷愈深。

打开大门走进别墅,家里只有静悄悄欢迎着久未归家的童莉。平常这栋别墅只住着童健海和阳梅,也就是她们的爸妈,童莉从五岁开始就出国求学住在加拿大的小姨家,自从读书以来一直只有寒暑假才回来两趟,可以说是常年不在童健海和阳梅的身边。至于童婥,虽然考上的重点大学依然在本市,但离家也有两三个小时的车程,而童健海和阳梅一直对温柔娴静的她的生活独立能力表现了一丝堪忧,虽说她在五岁那年遇见米朵后就慢慢打开了自闭的心结,但是十五年过去,她从来没有离开过他们独自生活。以至于在爱女心切的父母眼中,大学会是锻炼她独立的最好时机,反而没有一般家庭的父母强烈要求孩子们有空回家看看的死命令。

这也就使得童婥为了让父母安心,总是常常控制住自己回家的次数。其实她是一个十分恋家的人,但在这个非常时期她只能选择好好跟学校为伴。就算她从来不认为自己有生活不能独立的嫌疑,说得更确切一点,她甚至被米朵说成独立能力无人能敌,依她的话来说就是,就算将童婥丢到大街上,她是能活得比任何人都好的人。

脑海里潜藏的回忆一闪而过,五岁那年,那个垃圾堆,一切都证明了她活下去的能耐。

虽然她很好奇爸妈为何会对她产生那样的担忧,但她从不曾开口问过他们原因。

"看样子,爸妈这个时候不在家。"童莉倒了两杯水走了出来,一杯递给她,一杯自己咕咚咕咚就倒进了肚子。

童婵靠在沙发上，早已确定家里半个人影都没有。这么大的一栋别墅只住着两个人，说不冷清那是骗人的，而童健海和阳梅喜欢什么事都亲力亲为，从来不曾请保姆或者管家什么的，这也就为这偌大的别墅平添一丝落寞，却永远不失温暖的气息，这是家的感觉。

虽然她暑假才待在家里一个多月，可现在呼吸着这里熟悉的气息，心还是会一点一点温暖起来，笑容绽放在嘴角，心里有道声音在说，回家的感觉真好。倏地，童莉惊喜的声音传进耳朵："姐，你快过来看，那个男人长得好帅。"

童婵有点鄙视这个妹妹，她这辈子又不是没看见过帅男人，居然还能大惊小怪成那样，况且她是个"见过世面"的人，在国外混了那么久难道还能混假的？

她心里这样想着，脚步倒也快速走了过去，但显然，她刚才心里那番看不起人的说辞被老天爷偷听到了，当她走到窗前，外面不要说帅哥，就算是个人都没有，侧头看向妹妹，童莉忍不住对她嘀咕："你走太慢了，人家走进隔壁了。"她的口气可是为她充满着可惜。

童婵笑，然后说："没关系。"这个世界帅哥很多，况且她身边就有一枚，王梓就是大帅哥，当然现在不是将她有男朋友的事情宣传出去的时候，要不然她不会有好日子过，一个童莉就能问得她发疯。

"Boss，我们可以走了。"杜宸睿从别墅里走出来，身后跟着穿着公主裙打扮可爱的小溪，她现在一脸笑容，高兴得都找不着北了。

她的宸睿哥哥要请她吃饭，这真的太好了。虽然之前他行色匆匆说要过几天再来，那现在他是来弥补她的吗？

王子祈转过身面对他们，小溪一愣。"祈哥哥？"她怀疑地惊呼，接着欣喜地冲到他面前，抱住他的双腿，兴奋地仰起小脸，"你怎么到现在才来看我？要不是宸睿哥哥偶尔会来找我，我都会无聊死。"她大声地向他诉苦。

爸爸肺癌住院，她天天回家都是面对着空荡荡的房子，她好害怕，有时她更加愿意留在医院和爸爸待着，但爸爸总是将她打发回来。她从来不告诉他和宸睿哥哥晚上自己害怕得晚晚都哭鼻子，因为她已经十三岁了，她要学会坚强。更何况他们已经帮她那么多了，不能再麻烦他们，爸爸是这样跟她说的。

王子祈的线条慢慢柔和下来，他伸手摸了摸她的头："对不起，因为最近祈哥哥也生病了。"这种温柔的声音他除了对小溪说过以外，不曾有第二个，这个杜宸睿太了解，也不觉得突兀。

"啊，祈哥哥你还好吗？要不要紧？"小溪紧张兮兮地对他上瞧下瞧，她现在最怕听见的就是生病之类的话，那会让她鼻子发酸，不需要酝酿就能哭上一整天。

"只是小感冒，现在没事了，不许哭。"王子祈难得的笑容惊现脸上，他捏了捏她的鼻子，"我们去吃饭，吃完饭去医院看你爸爸。"

"嗯！"小溪点头，然后三人向门外停着的轿车走去。

童婍刚好这个时候扶着突然闹起肚子的童莉从别墅走出来，看着妹妹抱住肚子难受的样子，她有点没好气地数落她："你这么大的人了，吃东西也不看看日期，那包牛奶已经过期差不多三个月了。"

童莉很无辜地抬起头来瞅她一眼，用小眼神抗议她的碎碎念。童婍接收到了她的抗议，也就停止了对她的进一步教育。眼眸一抬，前面的三人让她顿时一愣，那个不是她上次撞到的男人吗？让她很失望的是，这次她依然看不见他的样子，因为他正背着她坐进车里。不知道是什么原因驱使她丢下"奄奄一息"的妹妹脚步快速跑了出去，可是来不及了，在她跑到车子刚才停放的位置时，车子早已驶出去老远。失落席卷大脑，她居然好想看看他长什么样。

070

当童婶领着童莉来到医院，急急忙忙将她交给医护人员后，她总算呼出一大口气，整个人瘫坐在一旁的凳子上。她看了看时间，倏然想起应该打个电话给王梓，毕竟他今天放了她鸽子，怎么着都得质问一下他没有赴约的原因吧。

拿出手机拨出他的号码，在电话响起时，就在她不远处也有一个熟悉的铃声响起，接着电话接通，传入耳朵的磁性男声让她迫不及待地转头看去，站在前方不远处那个一手接电话一手插进裤兜里的男人不就是王梓吗？她站了起身，愕然地盯着他的背影。

王梓没有得到电话那头的声音，连忙怀疑地再唤："童婶？"刚才接起电话时，来电显示明明是她，怎么这会儿没声了？

"你往后看。"童婶不想浪费电话费，直接叫他转身，切断电话就向他走去。

王梓纳闷着转过身来，就见她抿着唇朝自己走来。他收了手机，顿然有大祸临头的感觉。

"你怎么会在这里？你生病了吗？"童婶一靠近就问，生怕他身体不适还隐瞒她。

"我没事，我陪朋友来的。"王梓笑得灿烂。隐藏在笑容下面的不安只有他自己清楚，他现在最希望的是米朵这个时候不会突然出现。可事与愿违，他才这么想着，一阵急促的小跑就哒哒哒向他们这方跑来，童婶转回身，就看见飞奔过来的米朵，而刚好看见她的米朵一个急刹车停在了她的面前。两人大眼看着大眼一句话没说，最后是米朵首先不可思议地问："童婶，你怎么会在这里？"

"这句话应该我问你。"童婶的声音变得森冷，盯着她的视线也寒光四射。

米朵不由自主打了个冷战，避开她的视线，低下头一副很心虚的模样，任谁看了都知道她心里有鬼。

"回答我,你来医院干什么?"

她大声一吼,让米朵顿时抬头:"我,我……"

童婼的柳眉越皱越深,一个不好的猜测直直浮现脑海,不解变成恍然大悟,伸出手指着她的肚子:"你,你是来……"

后面的话已经说不下去,她转头瞪着王梓,然后质问:"你是陪她来的是不是?"

王梓没有回话,这么一来,她是更加笃定自己的猜测:"你们两个杀人凶手。"愤怒地说完,她直接向医院门外冲去,早已忘记还留在医院里的童莉,更加忘记她留在国外太多年,对于这个她土生土长的城市陌生的程度。

"童婼——"米朵在原地大声唤了她一声,知道她在气头上就算将她拉回来也无济于事。看一眼站在原地的王梓,她有点愧疚地走到他面前,"对不起王梓,是我害了你。"

王梓耸耸肩表示没关系,反而比较好奇另外一件事:"你怎么跑出来了?"

"我,我做不到。"她用双手抱住自己的肚子低下头说道。

听完她的话,王梓足足怔愣了十秒才回过神,最后吐了一口气,很欣慰她最后能醒悟过来。

在外面冷静了半天,当童婼走进寝室,一进门就看见米朵,她胸腔里压下的怒火这个时候再次升了上来。尤其在看见眼前的她,童婼难以接受刚刚才扼杀掉自己孩子的人,居然还有闲情逸致对着手机那头不知是雌雄的人笑得那么销魂,她到底知不知道自己做了什么?

怒气已经全然覆盖了理智,她走上去一手就夺过了她的手机,"砰"一声是手机撞上墙壁壮烈牺牲的声音。米朵愕然看着怒气冲天的童婼,十分钟内都没有找着自己的声音,只是目瞪口呆地盯着她,一脸看见鬼的样子。

　　这不能怪她，只能怪平时童婼看起来太过温和而无脾气，但是有人这样说过，不常发脾气的人，当发起脾气来就一定有火山爆发式的震撼力。也许童婼就是这一类人。

　　平时丁点大的流言飞语根本激怒不了她钢铁的心，看起来很好欺负又好相处的样子，但真正发起脾气来，也许就会后悔激怒她。这种人最不好惹了。

　　米朵终于在震惊过度后回过神来，合上因被她震慑住而张开的嘴巴："童婼——"

　　"你还有脸叫我的名字！米朵，我真的对你太失望了！"童婼一听她开口就对她一阵咆哮，不只是话语，整个人看起来都对她失望透顶。

　　"我……"说不下去，米朵知道自己惹恼她了，可是她的怒气实在太有威慑力了，害得她现在心都扑通扑通直跳，像下一秒就会跳出来跟她说嗨似的。

　　童婼全身像镀着火焰一般，根本控制不住自己的情绪，她将米朵拉起身来："为什么？为什么？你为什么要这么残忍？她是一条生命，你怎么忍心就这样扼杀掉，为什么？"她将米朵的身子摇个不停，似乎想要将她糨糊一样的脑袋摇清醒。

　　她的一声声质问让米朵心如刀割，她难道就那么地不了解她，就认为她真的那么十恶不赦，那么铁石心肠？她的泪水潸潸滑落，那个样子的自己，看起来很柔弱。她一句话不说，也不去向童婼解释，她承接着她视线的审判。

　　"你为什么不说话？你说话呀。到底为什么要这么做，为什么？"童婼脸上的泪水不比她少，心如刀割的程度不比她浅，可她现在这样质问她有什么用，那个不让她接受的事实已经不能改变了。

　　米朵摇头，悲痛欲绝，最后哽咽着声音从嘴巴里迸出一句："我没

第4章　灯光洒映在她佝偻的脸上

有……"她开口否认。

可这样令童婼对她更为失望,以为她对自己做过的事情都没有勇气承认。她松开米朵的手,一步步后退的举动,已经证明了她此刻的心寒。最后转身,头也不回地跑出了寝室。

看着她冲出去的背影,还有那哐啷一声关闭的门,米朵伤心地坐倒在地,雨下的眼泪已经滑满整张脸,无力去擦拭。她只知道,童婼不相信她,她居然不相信自己,一直是她最为交心的她为什么不相信自己?她真的没有呀,就算曾经她真的有想过要将孩子打掉,可现在她已经不可能那样做了。

说句实话,童婼不知道到底几天没有见到王梓了,因为最近一个多星期自己都过得浑浑噩噩的。米朵在她们闹得不愉快那天就回家去了,这是她在留给童婼的纸条上面这样说的,以至于童婼郁闷的情绪持续到现在,也对王梓最近的"冷淡"都没有发觉,至少她还是记得自从她愤怒飞奔出医院后,他一直没来找她,也一直没打过电话给她。

而今天之所以会记起来,那完全是她心情极度郁闷,需要大包小包的零食来充实自己。可是在她觅食回来朝宿舍走时,竟看见他跟一个美女走在一起,偶尔谈笑风生的模样似乎早已忘了她这个女朋友的存在。她觉得很怄气,虽然她不认为这代表什么,但她就是气得差点头顶冒烟。

现在做错事情的是他,凭什么"出轨"给她看?就算是要"出轨",那个人也应该是她。

童婼越想越火大,越想越委屈,正打算是否要拨个电话叫个学长出来,学着他那样跟人亲密一把给他看时,女生寝室前的争吵声引起了她的注意。尤其是她听到那个熟悉的声音,心"咯噔"一声跳到了嗓门口。

拨开人群，看见前面拉扯在一起的男女，她的猜测得到了印证。"朵朵——"她想都没想就跑到纠缠不休的两人间，意图想要用自己的缚鸡之力解救米朵。

见自己的力气实在小得捏不死一只蟑螂，她转而对一旁不肯罢休的男人吼："唐克永，你给我放手！"

"你以为你是谁？现在这是我和她之间的事情，你给我闪一边去。"唐克永人高马大，手长腿长，最重要的是他力气很大。虽然年纪比她们都小一岁，但再怎么不堪他也是个男人。总比她们两个文弱女生的力气强大。他那一甩手，童婼是直接后退了好几步。

"唐克永，我和你没什么好说的，上午我已经跟你说过，我们分手。"米朵拼命挣扎，现下她只想要快点挣脱他的魔爪。他没有资格来找她算账，就算他是这个孩子的父亲也没有资格。

可是，唐克永根本不会放过她，他真的气极了，如果那些流言飞语是真的，她必须给他一个交代，就算他真的是个流氓，可也有拥有孩子的权利。手腕一用力，她不但没能远离他，而且直接靠他更近："我不在乎你跟我分不分手，但是你居然……"

"够了！"一声大吼在他没来得及说完时打断了他，他和米朵朝来声看过去，是童婼。

童婼直接冲上来拉开了他们，冷酷地冲他说："在这里再说下去对大家都没有好处，你已经不是小孩子了，请你为自己的行为负责一点。"

她说完，唐克永不但没有熄灭浓浓怒火，反而更加气愤："不相干的人都给我滚一边去，今天她不给我一个合理的解释，我不会放过她，她根本没有权利扼杀我的……"

"啪"，重重的一巴掌，惊呆了所有在场的观众，就连一旁的米朵都傻了眼，远远比唐克永凶神恶煞的模样要让她震愕。童婼打了他，文静的童婼居然会打人？

"你不配。"童婵大声冲他说完,转身拉了米朵就向女生宿舍楼走去,对于其他人的议论已经不在她的听觉范围之内。

沉默的气氛一直围绕在童婵和米朵之间,在她们走回寝室后米朵已经试图很多次开口说话了,可一看见童婵紧抿的薄唇上冰冷的弧度,她又硬生生将话咽回肚子里,最后撇开视线继续保持沉默。

而正在这个时候,等了一个多星期的电话,居然在童婵心情极度糟糕的今天响起,这只能说对方很不会挑日子。她面无表情将电话接完,抄起外套就想直接杀下楼。

可在她飞奔而出时,米朵及时拉住了她:"我没有打掉孩子。"

她的声音铿锵而有力,一个字一个字地敲进了童婵的心里,瞪大眼睛看了她好久后,才反应过来:"你……没有?"

米朵重重地点头,给她再肯定不过的答案。童婵看她笃定的表情,现下真的难以形容自己的心情,是欣喜是感动,抑或是其他,如果一定要说明,那似乎全都有。

外面现下正下着小雨,米朵来不及叫童婵带上雨具,她已经冲了出去。米朵躺回床上,看着天花板。电话是王梓打来的,前几天因为她的事情童婵还没有原谅他,虽然现在真相大白,但今天又发生了这样不愉快的事情,她真的很难不担心王梓的下场。

担心在心里像泛滥的洪水一发不可收,不行,她要跟去看看。

童婵顶着细雨直接跑到约定的地点——上次相遇的许愿树下,远远跑过来就看见双手环抱手臂靠在大树上的王梓。他低垂着头不知在想什么,一跑近他,他抬起头来,两人四目相对,谁也没有及时开口说话。足足对视了十秒,童婵忍不住了:"为什么?"她平静的表情下有一颗不平静的心。

王梓凝视着她,微弱的路灯下看见她的秀发和脸颊被细雨打湿。

"你怎么不带雨伞?"他问。

"忘了。"童婼很直接地回答他。

"真笨。"他却很简单地对她下了评语。

童婼一听，有点气愤。"你叫我出来就是想教训我一顿?"她火大地说，"要是这样，你已经教训完了，那我先走了。"她转身，冲向雨中。但没跑几步，手臂突然被他抓住。

王梓顺势将她扯进怀抱，双手紧紧抱住她，将脸埋进她的湿发里，贪婪地汲取她好闻的发香。

雨，不知不觉越下越大。豆大的雨瓣里啪啦滴落在身上，让人有点闷痛，他们站在雨中。

"你听我说。"

"我不想听，我不想听你说话。"童婼拼命挣扎起来，脸上滑落的不知道是雨水还是泪水。

"我只说一句，就一句。"王梓用力钳制住她的挣扎，死死抱着她，要她必须给他一个解释的机会。

"不要不要不要……"童婼抬手执意要捂住自己的双耳，那任性的举动像个小孩。

"你要我怎么办？米朵差点跪下来求我，换成是你，你会怎么办？她是你最好的朋友，她求我难道我不帮她吗？"王梓紧紧抱住她，不管她怎么拒绝都不放开她。

童婼放弃了挣扎，任他抱着自己："那你为什么没有告诉我米朵最后没有将孩子打掉？你让我最近几天像个疯子一样，你知不知道？"她知道自己哭了，这是委屈的泪水。

"对不起，对不起！"王梓没有想到，米朵会没有第一时间告诉她这个事实，要是知道这样，他真该第一时间来跟她说清楚，都怪最近学生会工作太忙，真是该死。

他这么一说，童婼的眼泪掉得更凶，双手拼命捶打着他的背，像是想要将最近几天里的怨气全都发泄在他身上。

"你打吧，你打吧，如果这样你能消气的话，我随便你怎么处置。"

童婼非常听话地又捶了他几下，最后将自己的手捶痛了她才放弃："别以为你这样我就会原谅你，你做下的错事可不止这一件。"虽然她嘴巴不饶人，可如果细听，就能听出她的语气已没有刚才那么冲了。

王梓终于松开了怀抱，看着她不解道："什么意思？"

"你自己想。"童婼还在赌气，她就不信今天下午才做过的事情他这么快就忘记了。

"我要想得出来我就不会问你了。"王梓无奈地叹了一口气。雨慢慢变小，昏黄的路灯直直打照在两人的身上，也洒映在她倔犟的脸上。

童婼看了他好一会儿，直至体内的怒火被冲刷得一干二净，她才凶着声音说："以后不许跟别的女生说话太过亲密。"她喊完后又小声地补了一句，"这样我会吃醋。"

经过她这么一说，王梓总算想起了今天下午跟某女同学曾谈过话，可这不是重点，重点是她说她会吃醋，唇角扬起微笑，他再次拥她入怀，紧紧的，久久的，最后轻声在她耳边问："我们和好了吗？"

童婼静静地靠在他的肩膀上轻笑："嗯！"

站在不远处凝视他们的米朵，脸上有着高兴的笑容，可眼眶里的眼泪怎么也控制不住地滑落。她抬起手用力擦掉，然后撑着雨伞转身朝来时的路跑回去。她知道他们和好了，这是她最想看到的，所以她真的好高兴。

她已不能回头了，她彻底失去他了，就算她现在努力也无济于事，更何况她根本没有办法去努力。原来她的心还会痛，就算接受了这个事实还是会让自己痛得难以呼吸。她第一个爱上的男人，注定没有办法开花结果，因为她知道自己的爱情对他不值一提。一个心有所属的男人，她只能送上祝福，更何况他心有所属的那个人是她最好的朋友，她认了，她和他做最好的朋友吧！

一个踉跄，右脚不小心拐了一下摔倒在地。老天爷没有为她这样退而求其次的大量而感动，居然在她如此狼狈的时候火上浇油，雨伞掉落在地，小雨慢慢淋湿她全身，嘴巴里的哭泣在祭奠她最美的暗恋。就今夜吧，就用今夜对他肆无忌惮地想念，过了今夜她将会彻底死心。

童婼趁着今天比较有空总算坐在了电脑前，查看了一下邮箱里的邮件。她曾经每天都有查邮件的习惯，但自从不太空闲后也就慢慢忘记了，一来发来邮件的人都是问好什么的，二来实在也没多少人知道这个邮箱的地址。但当她百无聊赖一条条刷过后，有一条署名为 ABC 的人发来邮件这样说：

亲爱的 Angel，想我没？为了不让你再遭受相思之苦，我做下了一个重大的决定，我决定下个星期六飞洋过海来看你。不要太感动，快把眼泪擦擦，记得到时候来机场接我，大约中午十二点我会抵达，要是你不准时来接我，到时候我被人拐走，看你良心怎么过意得去。

看完这封邮件，童婼将眼睛瞪得骨碌碌地圆，尤其在看见上面的日期后，她是即刻弹跳起身。掐指一算，下个星期六，这不就是今天吗？天呀，现在都一点了。

"阿嚏、阿嚏！"

童婼一转身，耳朵边一早上的喷嚏声终于找到了传出来的主人。米朵第 N 次摸了摸鼻子，觉得真的霉运到家了，昨晚被大雨那么一淋，当场见效，现在她头重脚轻难受得要死。

"你感冒啦！"童婼走了过来，伸手探了探她的额头，"天呀，好烫，你居然还不去医院。快，我送你去。"她拉着米朵起身，就往门外走，

第 4 章 灯光洒映在她侧脸的脸上

也不忘喋喋不休对她碎碎念,"现在你不是一个人,怎么还不知道要好好照顾自己,你要我说你什么才好。"

"我吃点药就没事了,我看你好像有事情要做,快点去吧,不要耽误了。"米朵可没错过她刚才弹跳起身神经大条的模样。

经她这么一提,童婼顿觉左右为难了起来,的确,现在她有火烧屁股的事情要赶去机场,但米朵这个样子她又怎么放心得下离开。

"我先送你去校医院,然后再去。"她思考了几秒钟后这样决定道。

"童婼,我自己去就可以,又不是太远,你快去办你的事情吧。"两人站在宿舍楼下,米朵苦口婆心地怂恿她不要管她,去做自己的事情。

"你一个人可以?"童婼也觉得去接 ABC 比较重要,毕竟人家来这里人生地不熟的。最重要的是他是个路痴,而她距离他抵达都快迟到一个小时有余了,现在她都开始担心他是不是闯进人贩子的口袋去了。

米朵重重地对她点头,绝对没有半分迟疑。

童婼妥协了:"那你有什么事情打电话给我。"米朵立即点头,向她离去的背影挥了挥手,转身看了一眼校医院的大门,决定还是不去了。

现在她最不想去的地方就是医院,那她去药店买点感冒药吃一下好了,她没那么娇贵,通常感冒药一吃就见效。打定主意,她轻松向离学校不远处的那个药房走去。可当她还没进门,一个人差点将她撞倒在地。米朵火气一上来,抬头瞪向那人。四目相对间,两人都明显怔愣了一下,模糊的记忆在脑海闪现,这个人她居然认识。

"司机,麻烦你开快一点。"童婼坐在出租车上如坐针毡,好不容易在手机里挖出了 ABC 的手机号码,但硬是拨了好久也没人接听。不好的预感顿然袭上大脑,这个白痴不会真的这么好骗,被拐走了吧?

心里担忧得都不知道怎么好,没想到司机大叔回头又给她一句:"你看,现在在塞车,没有办法快。"

视线透过前面的挡风玻璃看见前方塞得动都动不了的车子，童婼在心里暗咒一声，一边从包包里拿出钱包，一边问："司机，我在这里下车，多少钱？"

急急忙忙付过车钱，她打开车门就向前直奔，手中的手机一个劲地拨着那个滚瓜烂熟的号码。

当她终于依靠两只脚冲进了机场大厅，人潮汹涌得她都差点放声大哭。在这么多人的机场大厅里找人简直就是大海捞针、徒劳无功，可现下她还不能不找。

"该死的ABC，你倒是接电话呀。"她口中暗骂，脚步倒也毫不犹豫冲进人潮。

为了增加支援，童婼费尽口舌请求了机场里的广播援助，而她自己则像个无头苍蝇四处寻找现在也不知道穿什么衣服的ABC。她一路向前走，一次次回头或向前搜寻，她的耳朵充溢着广播飘出来的温柔声音。蓦地，眼角余光一闪，她停下了前进的脚步，慢慢侧头，走到二楼护栏边，眼眸微眯，那个身处在美女堆里若隐若现的男人，不就是她找得心急如焚的男人吗？愤怒顿时直冲大脑，这样的后果就是让她不顾一切向楼下的那堆人吼："ABC，你这个大坏人！"

瞬间，她的吼声穿透广播里好听的绵绵声音，也穿透机场里行色匆匆的行人低声的交谈。可是四面八方投过来的视线并没有让她困窘，现在她只是满腔怒火无处发泄。

正在被各国美女团团围住的男人听见了震天大吼，立即抬起头来露出了自己的帅脸。一看是那张熟悉的面孔，他立即不知死活地抬起手向她打招呼："哈喽，Angel宝贝。"

童婼见到他的嬉皮笑脸后更加怒火中烧，直接跨步冲下楼。围住他的女人似乎感受到了她身上的熊熊怒火，一个个自动自发让开路来。一站定他面前，童婼就一甩包包砸上了他的脑袋："你是白痴还是傻子，

081

到了都不知道要给我打电话吗？"她怒斥他。

吃了一记的 ABC 顿然抱住脑袋跳开，有点委屈地说："我手机里没有你的号码。"这能怪他？当然不。

童婥走上前作势还想给他一记，可这次他变聪明了，直接拔腿开逃，逃到有点距离才站定，说："Angel 宝贝，你变得暴力了。"他像个小孩子一样扁了扁嘴巴，完全是受尽欺负的模样。

可童婥不吃他这一套，也懒得跟他耍嘴皮子，她转过身，就丢下一句："跟我走！"

走进豪华酒店的 886 号房间，ABC 用嫌恶的眼神将那扇房门打量了好久后，才心不甘情不愿地走了进来。童婥转身盯着他脸上明显不满的表情，然后扯出淡淡的笑容，上前将他肩膀上的行李拿下来打算放到一边。她还没开口说话呢，ABC 就一个紧张抱住了即将被她放到床褥上的背包。看着总算回到自己怀中的背包，他惊魂未定地拍了拍胸脯，浓浓的眉毛打上几个结看着她："你一直是这样款待远方的客人的吗？"

童婥耸了耸肩："我这样款待你很失礼吗？"她不以为意地反问。

ABC 的浓眉又锁紧了一点，环视这个房间一眼，明显的嫌弃在眉心里积聚："你居然让来探望你的客人住酒店？你觉得这样不失礼？"他的尾音上扬，原本就贼大的眼睛现在因为气急败坏睁得更大。

"难道让你睡天桥底下就会更加有礼？"童婥对他一脸的愤怒感到好笑，说出的话有点像是跟他抬杠似的。

"你是来找我吵架的吗？"ABC 的中文一直很好，不只说得好，就连对句子的理解也很好。虽然他是地地道道的法国人，但从小他的爸爸就请了中国老师教他中文。

"不是。"童婥答，"但从你跟我走进这里开始，一直是你在抱怨我。"

"当然，你让我这个客人住酒店，我当然要抱怨你。"

"可这里不是什么杂七杂八的小旅社，这里全部的用品都足够地整洁干净，也足够档次。你要知道这里通常入住的都是有名的名人，所以我不认为让你住在这里有失你的身份。"童婍实在想不明白他到底在抗议什么，他要知道让他可以住进这间每一天每个房间都预定爆满的酒店是一件多么难以办到的事情，他现在却还有时间老找她的碴儿。

"足够地干净？"ABC对她这个说法是非常地敏感，尖锐的声音显示着他的不认同。

童婍挑眉，听出了他整个人的不淡定，心里略微沉思了一下，然后豁然开朗，这么久没见他，她都差点忘记他是一个有洁癖得人神共愤的人，上上下下打量了他一眼，没有说话。

ABC被她盯得浑身不自在，尤其还在她沉默的情况下，他是更加地不自在了，脸色难看地回视着她："我不要待在这里。"他将自己的坚持说出来。

"那你是想要住我的寝室？"童婍已经不想再挖苦他了，奈何他那一脸的不满意令她心里也开始冒火。

他依旧脸色不佳，直视着她脸上调侃的笑容，定定看足五秒，忽地咧嘴一笑："如果你的室友不介意的话……"

他的话还没说完，童婍就眯下了眼睛危险地盯着他。他立即将还没说完的话咽回肚子里，完全不敢再造次了。

看他还算识相，童婍也就宽宏大量地不追究他的不敬之罪，不过接下来她要把他安置到哪里才能让这个意见多多的男人闭嘴呢？虽然她很怀疑只有远在法国他自己的家才能让他满意，不过人在他乡诸多不便这是再自然不过的事情了，他最好尽早习惯。

"你给我站住！"

米朵追着前面的男人,在他身后大吼一声。他居然敢无视她,而且还有脸当做不认识她?

沈告天无奈地停下脚步,他不知道自己为什么会这么听话,但他知道自己今天出门忘记看皇历了,要不然怎么会重遇她?

米朵大步冲到他的面前,怒不可遏地瞪着他,纤纤玉指横在他的鼻下:"你还敢跑!我要逮你很久了,上次的事情你最好给我一个解释。"他上次不但坏了她为民除害,还拐了她的包包去了警察局。

对于她现在莫名其妙的样子,沈告天迫切地想要无视。只是他知道她不会让他有这个机会,唯有勉为其难开口:"对不起,我现在很忙,有什么事以后再说。"

米朵听他一说随即冷哼了出声,双手叉腰:"你以为就你忙吗?我也很忙,但你休想用这个理由一个道歉都没有就逃掉。"不碰到他还好,一碰到他,上次的事情就一股脑儿在大脑里打转,愤怒也一并积压在胸腔挥之不去。

"你有没有搞错?"沈告天剑眉锁了锁,薄唇紧抿,似乎对她这样当街叫嚣的举动表示着不耐烦,"上次又不是我抢了你包包,你应该算账的人也不应该是我。"说完侧身越过。他的动作之快,让米朵闪了一下神,待她回神,他的人已走到了对面街上。

她当场跳脚,就想拔腿追上去,可隔着车水马龙的车道,现下又是红灯,她最后只能站在这边对着他渐行渐远的背影念三字经。

可恶,最好不要再让我遇到你。她心里暗咒一声,虽然已看不见逃走的男人,可她的视线依旧胶在他离去的方向,似乎只要这样看着,他就会重新出现在她面前,然后让她修理。

沉重的步伐拖着因为感冒更为疲惫的身体,米朵伸出右手探上自己的额头,怎么办?好像有点发烧了。

她在心里默念,垂下手,依旧不打算去医院,看一眼前方的药房,

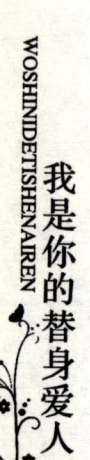

只能去那里买点药退烧。才刚刚从药房里买完药出来,她立即睁圆眼睛,实在难以置信居然会在同一个地点再次遇见他,这真的是孽缘呀。

心中这么悲催地想着,她的脚步已经向那个在三十分钟前就从她面前逃跑的男人走去。一靠近他,她立即开口:"原来你还知道要自投罗网,算你聪明。"她皮笑肉不笑地瞅着他。

沈告天看都没看她一眼,只是焦急地伸手拦出租车,刚才在那边就拦得他焦头烂额,没想到走到这里也一样没有好多少,毕竟到现在他都没有拦到出租车就是最好的证明。

"你哑巴啦?"米朵见他一声不吭,甚至都没发现她正和他说话,她不由自主火大起来。

耳朵边像苍蝇一样嗡嗡作响的声音实在太过扰人,他的自制力已经发挥到了极致,但一咬牙,他依旧不打算理会站在他身边的人,就算不看,他也知道是谁。

"喂!"米朵冲他大吼,只是为了挽回一点注意力,可没想到有另一声音突然在他们之间响起。

"告天,这位小姐正跟你说话。"沈母老早就看见站在他身边的米朵了,可米朵的眼睛似乎只看得见她的儿子,对她这个病入膏肓的老人完全没有发现。

医院里,米朵双眼直盯着那扇白色的门,安分守己地靠在墙壁上一筹莫展。斜瞟一眼离那扇门更近一点的男人,嫣唇抿了抿,她虽然很想说些安慰他的话,可他不一定愿意再听她聒噪了。

在天尚未黑之前,他的妈妈差点因为她喋喋不休的噪声误事吐血身亡,最后在他的一声大吼下停止,却让她对脸色惨白的沈母感到了莫大的愧疚。

当时他正为了拦不上出租车怒火熊熊,又加上她像苍蝇一样惹人

第4章 灯光洒映在她佝偻的脸上

厌，好容易拦下来的一辆出租车也被她念跑了，最后经过他犀利的瞪视，她总算知道自己现在正间接谋害他人。为了补救，她不顾自己的性命安危和肚子里的那条小生命，直接冲到车道上将一辆正载着乘客行驶而来的出租车拦下，不管三七二十一打开车门就将两人推进车子。最后因为她的半路拦截，司机大叔左右为难起来，迟迟没有开动的意思。米朵的火气咻的一声直达最高点，对着车上的乘客和司机就吼："你们要是耽误时间，人死了我跟你们没完。"经过她这么一嚣张，自然以生命为大的乘客赶忙对司机下了开车令，他们这才如愿抵达了医院。

可沈母已经被送进去很久了，却依旧不见出来，这让一直深深自责的她感到了一丝不安，要是人死了怎么办？那她这辈子岂不是就要在深深的愧疚当中过活？啊，老天爷保佑，老天爷保佑，一定不要让她死掉，保佑！

她双手合十虔诚地对着老天祈祷，而正在这时，门板打开，医生从里面走出，她和沈告天连忙走上前去，就听医生说："病人洗了胃，现在没有大碍了，你们可以进去看她。"

洗胃？

米朵奇怪地看了一眼沈告天，见他跨步走进去，便疑惑着也跟随进去。门一关，看见已经醒过来的沈母，她这才轻吐一口气。要知道刚才她可是被抬着进来的，当时差点没让米朵休克，还好现在没事了，要不然她将要遭受一辈子良心的谴责，看样子刚才她的祈祷收到了一点效果。

从自己的思绪中走出来，米朵就听见沈母说："你就不要管我，让我死了算了！你爸爸当年抛下我们母子跟别的女人走了，我含辛茹苦将你拉扯大，现在轮到你不要我了，我怎么这么命苦。"她一把鼻涕一把泪地控诉着口中的两个男人，而其中一个正坐在她的面前，一脸深不可测的模样。

"想当年我看上你爸爸什么,没钱没地位,可我还不是死心塌地跟着他。到后来我们创业有钱了,他就喜新厌旧一脚把我踢开。哎呀,我的命呀,就是苦,现在轮到你这样对我了,我死了算了,我死了算了。"她捶胸顿足拍着床榻叫喊着自己命运的坎坷。

米朵吐气没敢吐得太大声地站在门前,很难想象刚才还奄奄一息的女人,这会儿竟能这么催泪地上演一出感怀命运的戏码。

这到底是怎么急转直下上演起来的呢?

"你闹够了没有?"沈告天面对着母亲这样哭死哭活的样子感到头疼。曾几何时开始,她开口就会念着那个打他出生开始就抛妻弃子的父亲的不是,对于父亲的印象除了家里那张仅有的合影外就真的没有太多了。

沈母抬起脸来,痛心地看着儿子。他不但没有安慰她,还说她在胡闹,难道她这辈子就得不到任何一个男人的爱,除了那些批判以外她真的那么一无是处?

沈告天知道自己刚才的一句话已然伤害到了她,可他真的受够了:"你能不能找点有意义的事情做?一天到晚地赌,赌输了就让我这个儿子帮你还债,难道这就是你报复他的手段?因为我身上流着他的血,所以我理当承受他背叛你后给予的惩罚?"这次又是她欠下一屁股赌债,当那些人上门找碴儿在求助于他无果后,她选择了服安眠药一死了之。

她为什么总是那么残忍?不管在任何时候想到的都是她自己。而她除了想到让他帮她还债,从来不会放他在心里。

沈母看着他,没有摇头也没有承认,只是眼眶中的眼泪止也止不住地往下掉。

她想要否认的,她应该否认的,可他的指责字字敲进她的心里,似乎在最开始她曾有这想过,所以她根本不能理直气壮地否认。

第 4 章 灯光洒映在她佝偻的脸上

沈告天闭上眼睛，他根本不能改变自己身上流的血，也不能改变既定的命运，那他怎能不认命？

心中怅然地站起身，他现在要出去透透气，要不然他不确定自己会不会窒息在这里。可一转身，就看见站在门边的米朵，他随即怔愣了一下。

她到底在那站了多久，又听了多少？他怎么把她给忘了？真是该死。

他一脸阴郁地向她走来，整个人不愉快得就像是被她偷窥到了自己难堪的秘密。他忽视掉她一脸的好奇，侧身走出病房，一句话都没有跟她说，就像当她是玻璃般透明。

看着他渐行渐远的背影，米朵的柳眉微微紧皱，看一眼病床上自顾垂泪的人，她二话不说紧跟着走出病房，随着那个离去的背影方向快步走去。

当她走出医院，在医院外的草坪上总算寻到了那个背影，挑了挑眉，抿了抿唇，这才走了过去："嗨！我叫米朵，不知道你叫什么名字？"她伸出一只手，跟他说话第一次这么礼貌。

沈告天忽视她，他将视线放在遥远的前方，兀自沉溺在自己的思绪中。得不到回应的她锁了锁眉头，悻悻然将伸出去的手收了回来，随着他的视线望过去，一望无垠。

他到底在看什么？她在心里问着。

本想着就这样沉默也挺好，可旁边突然就传来了声音："你到底还有什么事？"

米朵侧头，感受到他语气里的不耐烦。她突然觉得自己实在是傻，明知道她和他有过节，居然还羊入虎口惹人嫌，真不知道自己是不是脑壳坏掉了。

好吧，既然她不受他欢迎，她也不会厚着脸皮死缠着他，愤愤瞪他一眼，转身就准备离开。

可还没踏出几步，她突然被他叫住，转回身就听他气死人不偿命地对她说："以后不要再出现在我面前。"

第 5 章 他们只是缺少必要的沟通

迫于无奈，童婼勉为其难地将 ABC 带回了家。推门进入别墅，眼前却是三人哈哈大笑的情景，坐在电视机前笑得尤为夸张的童莉第一个发现了他们，转过身来："姐，你怎么回来了？"

经她这么一问，童健海和阳梅这会儿也转过头来。意外地看着悄无声息归家的女儿，阳梅眼眶倏然就氤氲雾起，站起身就迎过来："婼婼，你总算回来了，妈妈好想你。"说完，就抱住了她。

她在她的肩膀上哭泣着，害得童婼也鼻子一酸，眼泪就要决堤，还好她努力忍住了，她已经不是小孩子了，怎么能说哭就哭，尤其还是在父母面前，这只会让他们更加不放心她而已。

童健海也走了过来，将已经抱做一团的母女拥进他温暖的怀抱。这次，童婼那忍了再忍的泪水还是没有收住，用力抱住爸妈，哭得像个小孩子一样。

多久了？多久没有这样尽情地靠在父母的怀里哭泣了？不是不怀念这样的美好和温暖，只是她不允许自己懦弱，不允许自己再让爸妈担心，毕竟这是父母一直想要看见的坚强呀。

童莉看着此情此景，眼眶含着眼泪也跑了过来，张开双臂靠在妈妈的背上。这个时候他们怎么能漏了她呢？就算她常年流浪在外，再怎么说也是他们之间的一分子呀！

温馨的氛围在宽敞的别墅里弥漫，温暖的气场，就算知道没他什么

事，ABC还是不由自主想要哭，也忘记自己是来这里干什么了。他们实在太让他感动，什么都没说，就这么抱在一起就让他想到了号啕大哭，不会是自己泪腺近几年被整得比较发达了吧？

过了好一会儿，抱在一起的一家人总算从彼此温暖的怀抱中出来，松开手。阳梅用手帮童婞擦掉满脸泪痕，右手也不忘替哭得鼻子都红红的童莉擦了擦眼泪。

大家都平静下来，童健海这个时候总算注意到了家里还有个外人，转头看着ABC。接到他的注视，ABC立即收起徐徐滑下的眼泪，吸了吸鼻子，原本帅气的脸因为红红的眼眶而变得孩子气十足。

"这位是……"

童健海开口了，童婞这才注意到自己将带回来的客人给忘记了，忙从母亲身边走过来："他叫ABC，是我的朋友，来自法国。"复而指着父亲对ABC说，"这是我爸爸童健海……"指着母亲，"我的妈妈阳梅……"指着妹妹，"我的妹妹童莉。"

ABC——点头问好，虽然他现在的过于礼貌和以往的热情度相比远远不够，不过入乡随俗他还是懂的，热情不是在哪里都会受用，有时候你过分突兀的热情会让人对你大打折扣，他想，他们不会太愿意让他表现出他欧式的热情见面礼仪。

说来也奇怪，一向对外客住进家里有一定敏感度的阳梅，却一口答应让ABC住下来，这让一路忐忑的童婞总算安心下来。将人交给家人，她就急匆匆赶回学校，虽然她最亲爱的妈妈再三挽留，可她却异常坚持地要回去。

拗不过她，阳梅只好将她送到门口，再三交代好好照顾自己的话。

坐在童健海专属的座驾上，看一眼沉默的司机老成，再斜瞟一眼旁边执意要跟过来的人，童婞唇角微扬："你是不是有什么事？"她问。

童莉将看向窗外的视线拉回，侧头看着姐姐，唇角绽放一个微笑，深深点了点头："对！"

"什么事？"童婍挑挑眉问了一句。

"上次你在医院丢下我的事情，你不觉得你该给我一个解释吗？丢下人生地不熟的妹妹一个人跑了，要不是我记得家里的电话号码，我可能已经被列入失踪人口名单了。"童莉说得满腔怒火，对上次被丢在医院里的事件仍愤愤不平，要不是她聪明，想必后果早就不堪设想了。

童婍听她这样一指责，顿觉自己罪大恶极，惭愧地低下头，一脸的歉疚。

上次的事的确是她的不对，就算当时自己不是故意的，她也难辞其咎，那童莉的指责她必然是要接受的。

见姐姐低下头，童莉知道自己已全然挑起她的愧疚感，一抹诡异的笑在唇角稍纵即逝，前面铺垫完毕，现在是直入正题。

"姐，这件事情我就不怪你了，我知道你不是故意的。但是你可不可以告诉我，上次在医院看见的那个女孩是不是米朵？还有旁边那个男人又是谁？我觉得我在哪里见过他，啊……"童莉说着说着怪叫起来，"那天在别墅外看见的那个男人，是他，是他。"

童婍完全被她给弄糊涂了，一会儿问东，一会儿又说西，她到底是不是因为上次被自己"抛弃"受刺激过大，导致脑袋有点异常呀？

"姐，你这么看着我干什么？"回神看见姐姐如此耐人寻味地盯着自己瞧，童莉当场就黑下脸。

"你没事吧？要不要我带你去医院检查一下？"童婍也毫不避忌，直接提出建议。

"什么？"童莉一时激动，当场撞到车顶，吃痛地抱住脑袋，悲愤地瞪着她，"我没病，我干吗要去医院？我是说真的，上次在医院和你站在一起的那个长得很帅的男人，那天我在我们别墅门外也看见过，而且我不是还叫你看来着吗？是你自己跑得慢没看到而已。"

童婼的眉毛原本挑得高高的在听童莉怎么自话自说，可听到最后，她的眉毛反而锁了起来。

童婼记得上次童莉曾有过看见帅哥大惊小怪的情景，而她现在却如此笃定地说自己那天惊叹的男人是王梓，那天王梓曾经在她家门口走过？可那会儿他不是一直陪米朵在医院吗？

"姐——"童莉见自家姐姐沉思下来，不由自主唤她。

童婼拉回思绪，向窗外看了一眼，然后对她说："我到了，就先进去了。成叔，路上小心。"话音刚落，车子停下，不给童莉说话的时间，她打开车门就向外走。

没有得到想要的答案，童莉当然不可能就此打退堂鼓，她跟着从车子钻出来，小跑着追上想要脚底抹油的姐姐。没想到姐姐却自个儿识趣地停了下来，当跑到她的身边，这才发现了让姐姐停下脚步的人，而这个人却让自己瞪大了眼睛，这样近距离地注视这张加上这一次她一共看见过三次的帅脸，除了觉得更加帅气以外还是更加帅气。

受到除童婼以外的注视，王梓侧头看了一眼目不转睛盯着他的女孩，然后开口问："这位是？"

童婼看向一旁的童莉，这才注意到她的妹妹追出来了，连忙堆起笑容，拉过她说："她是我的妹妹童莉。"

"哦！你好！"王梓知道是她的家人，连忙伸出手来。

看见童莉迷迷糊糊地盯着人家看得两眼发直，童婼用力推了她一下。童莉却大惊小怪地冲她叫："姐，你干吗推我？"

童婼脸上有尴尬之色，不过还是勉强维持镇定，拉了王梓就向她说："他叫王梓，是我的……学长。"她略微地停顿，想了一个比较确切的词，最重要的是这个词不会惹来不必要的猜想。

王梓蹙了蹙眉，显然对她的如此称呼感到了不快，不过他想，他们只是缺少一次沟通而已。

"王子?"好配他的名字。童莉心里拼命认同着他的名字,在她看来,没有比这个名字更适合他了,看样子他的爸妈很有内涵哟。

其实童婼也不能训斥她的表情夸张,毕竟曾经她也这么夸张过。莞尔一笑,童婼不忘好心提醒一脸花痴的妹妹:"童莉,现在很晚了,你该回去了,不要让爸妈担心。"

"啊——"惊呼从童莉的嘴巴里冒出,然后眨了数下眼睛才明白了姐姐话里的意思,"我想……"

话还没说完,童婼就打断她:"不要我想了,快点回去吧!你不顾自己,也顾一下成叔,他也该休息了。"她一边说着,一边硬推着童莉到车子前,打开车门将她塞进去,然后用力关上,所有动作一气呵成,没有半点停顿。

可童莉还是不知道要安分守己,对着大步跟上来的王梓就喊:"王子,我见过你三次哟!第一次在我家别墅外,第二次在医院里,这是第三次,我叫童莉,你一定要记住我。"她的尾音回荡在寂静的夜幕下,车子已经载着她飞速向前行驶而去。

童婼对着她远去的方向有点哭笑不得,转过身来,看王梓笑得如此温暖,不由自主说:"我妹妹平常不是这样的。"

"你妹妹很可爱。"王梓说。

童婼笑,只是有时候似乎可爱过头了,比如说这次。

"只是我什么时候去过你家别墅外?"王梓突然抓拍到刚才童莉最后喊的话,不解地询问道。

童婼讶然,眼睛瞪大,他没有去过吗?

在这个时候包里的手机响了起来,她连忙接起,手机那头的话又是让她一惊。

风尘仆仆冲进医院的大门，在咨询处询问了相关信息，童婼和王梓就大步冲向电梯。可不知道是不是老天刻意捉弄，挂在电梯前那块"抢修中"的牌子让他们停了下来。对视一眼，童婼直接向旁边的楼梯跑去，王梓见状尾随其后。

跑上六楼，大气粗喘，没有来得及平静气息，他俩就一同冲进了病房。看见躺在病床上的米朵，童婼忙冲到她面前："你没事吧？这到底怎么回事？怎么会晕倒的？"三个问题，她劈头盖脸就抛了过去。

米朵抬起略显苍白的脸庞，有气无力地说："感冒加重，所以就不小心晕倒了。"

童婼一听，立即锁眉："你没有乖乖听话来看医生，对不对？"

见她如此了解她，米朵瞬间有点慌了，急急忙忙反驳："没有。要是我没来看医生，我怎么会在医院里？你这么问不是很好笑吗？"脸上扯开的笑容是想要掩饰内心极度的不安，千万不能露陷，要不然她肯定会被童婼念得耳朵生茧。

虽然她说得很有道理，但童婼还是心存莫大的怀疑，接着身后又传来一记王梓的质问："真的？"

米朵将视线看向他，实在有点不满："你们现在当我是犯人审，是吧？"一个童婼也就算了，现在再加一个，她怎么吃得消？肯定不出几个问题就被揭穿。

"我怎么看怎么觉得你不是生病会乖乖看医生的人。"王梓给出了非常客观的认定，但他这样一说完，就随即收到了米朵向他投去的飞镖。他就不能不火上浇油吗？

可是，老天显然嫌她这样糟糕的一天还不够糟糕，一声慵懒的声音从外传来："你来医院的目的似乎真的不是为了看病，而是不小心跟着我来而已。"话音刚落，一个人已站在三人的面前。

王梓转身，和来人四目相对，而后两人脸上同时呈现意外，王梓率先开口："沈告天！"

"怎么这么巧？"沈告天扯出一个僵硬的笑容问。

"对呀，我还以为你退学后就离开这座城市了呢。"有多久没有见了呢？似乎也就三个月吧。虽然他们是同学，可是熟识的程度不是太高，除了知道彼此的名字以外，真的没有其他的了。而王梓之所以会这么说，只是因为他的退学在他们系中造成了很大的反响，不但老师们对他依依不舍，就连同学们也再三挽留，学校甚至向他保证学费不需要他担心，而这些特例都只因他是一个优秀的人，学校只是想挽回这个难得的人才，可最后他还是坚持退学。有人说他离开了这座城市，可现在看来那些谣传真的所说非实。

沈告天不答只笑，对于那些他没有义务解释的事情，他从来不浪费时间和口水。

虽然了解不多，但王梓还是知道他的困扰。因为他也经常被人这样说三道四，像娱乐圈里耀眼的明星一样，一举一动备受关注，可明明他们什么都不是。

米朵好奇地盯着他们，他们居然认识，而且王梓还说他退学？原来他也上过学，还真的让她意外。

童婼将护送她们回来的王梓送到宿舍楼下，两人并排站着，她侧过身来，看着他好看的侧脸。感受到她的注视，王梓慢慢转过脸来，伸手过来握住她的双手。

童婼以为他有什么话要跟她说，静静等了好久，时间一分一秒地过去，还是没有等到他开口。两人就这样静静地凝视着对方，时间在彼此的眼波中渐渐流逝，这样冗长的沉默让穿着单薄的童婼感到了一丝寒冷，不由自主打了个喷嚏。

王梓唇角霎时扬起了一个温柔的笑，伸手将她拥进怀抱，鼻息间顿时充溢着来自她秀发上的淡淡洗发水的味道,在她耳边轻问:"这样会不会暖一点?"

"现在很晚了。"童烨小声地提醒他,也是提醒自己。刚才送他下楼时她瞟了一眼时钟,凌晨一点,现在又大约过去十五分钟,所以真的太晚了。

"你就不能不那么扫兴?"王梓敲了一下她的头,让她乖乖地安静下来。

吃了一记的童烨有点不服气,不免抗议:"你干吗敲我?"虽然不会痛,可她还是觉得有点委屈,干吗无缘无故对她使用"暴力"?

"你太吵。"王梓直接堵住她的话,"这样美好的夜晚,你应该安静一点,因为不是任何时候我都有想紧紧抱住你的冲动,所以你应该好好把握住这次机会。"

他在说什么鬼话?

童烨想要推开王梓重新将他审视一番,可奈何他并不允许她离开他的怀抱,所以最后只好作罢。

她将头轻轻靠在他宽阔的肩膀上,闭上眼睛,感受他带来的安全感,这是她的心一直渴望的安定。

知道她总算安静下来,王梓将她抱得更紧,唇角依然有笑:"原来这样抱着你的感觉这么好。"

童烨没有睁开眼睛,可听他这么说,全身顿时洋溢起一股幸福感,然后笑说:"你终于发现啦。"

王梓笑着充满了宠溺地吻了她的发,说:"我们应该这样相处的,就算在各自家人面前我们也应该这样相处,毕竟我们的关系是允许的。"

倏然明白他话语里更深一层的意思,童烨敛下唇角的笑意:"这是你今晚想要跟我说的主题,你在怪我对我妹妹那样介绍你是不是?"

王梓轻笑,这才松开了怀抱,他觉得他们应该面对面将这件事情说清楚:"难道身为你男朋友的我,不能怪你吗?况且我已经做好了跟你家人见面的准备,而你难道从来没有想过跟我家人见面吗?"

经过他这么一说,童婼乍时瞠目结舌。而她的表情足够给他一个明确的答案,说不伤他的心那绝对是骗人的。

"原来你真的从来没有想过。"他蹙着眉看着她五味杂陈的表情。

"其实……其实……"童婼突然有点儿慌,"我是没有做好准备,况且这么快见家长让我觉得太快了。"她想到什么说什么,脸上尽是愁云。

王梓倏然就笑了,笑得很让童婼惊悚,复而他又说:"我没有说要见家长,我也并不急着将你娶进门。我只是说如果你跟我的家人或者我跟你的家人遇到了,你不要排斥我们之间的关系。"

"王梓,你要我!"童婼暴吼,后半部分的话她完全忽略过去,她只知道他前半部分的话像是在示意她急着嫁给他,天知道不管她心里或者刚才的话里都没有这个意思。

在服装界七尚是在一夕之间蹿起来的服装公司,可如果有真正注意这间公司的人会知道,它是一家用了三年时间以瞩目的姿态跻身各大知名服装公司的。刚开始开办时公司只有三名员工,到现在已经是规模几千人的大公司,一年中想要进入这家公司的人才用无以计数来形容一点也不为过。可就是这样一家迅速成为就业者争相挤破脑袋的服装公司的开创者竟然是一个在校大四学生,这个谁也不得而知,当然更加没有人知道王子祈就是七尚的开创者。

这其中因为他从来没有踏进过七尚,从开办公司,到得到同行激烈排挤的现在,他从未踏进过七尚的办公大厦半步。这样让人捉摸不透而且神秘的主事者更让外界有了种种啼笑皆非的揣测,不是猜测他可能是某恐怖组织的一员,就是猜测他是黑社会老大,更有甚者猜测他是政府的要员,不是将他想象成权力大得可以只手遮天,就是将他想象成让人闻风丧胆。对这些王子祈从来不会有任何感觉，似乎他们谈论的人不是他一样。

虽然是这样，可他从未间断对七尚的主事。只要有重要的决定，杜宸睿会在第一时间向王子祈汇报，要是他能够自己处理好，他尽量不会去打扰他，但一个星期一次的汇报总结是必须的。

今天，当杜宸睿西装革履地走进卉迪小区，正打算在第一时间向他的Boss报告今天的紧急要事时，却迎头看见一对吵得不可开交的男女。他们争吵得很是激烈，要是没有人上前阻止，他很怀疑他们会打起来，所以在适当的时间他向上走，顺便开口："麻烦两人让一让。"他的过分礼貌让争吵得都拉拉扯扯的女孩停下了动作，侧头看他，气焰熊熊地问："你没看到我们很忙吗？"

杜宸睿微微一笑，点头："我看到了，也就是因为这样，所以不得不开口麻烦你们先让我过去。"

被米朵扯住的沈告天用力甩开她的手，然后二话不说向楼下走去，米朵怎么可能善罢甘休，立即冲他吼："沈告天，你给我站住。"

这次他没有乖乖站住，他脚步没有停下，甚至头也没回，一步步坚定地向楼下走去。

米朵立即跳脚，转头恶狠狠瞪着没有来得及离开的杜宸睿，冲他发飙："都是你不好，早不来晚不来，偏偏在我都要将他拉上去时才来，真是气死人了。"说完这话，她就气鼓鼓地噔噔噔向楼下追去。今天她非要跟他斗到底，他以为她帮他找间房子容易吗，居然还不领情，真是好心被当驴肝肺。

杜宸睿看着他们离去的方向好久，嘴巴才默念出三个字："沈告天？"最后将疑惑变成了然，唇角噙着笑，他慢慢走上楼。

用自备的钥匙打开门，他走了进来，一眼就瞧见站在窗前静默的Boss。他向他走过来，站在他身后三步之遥："Boss，我们七尚以'环保'为主题开展的服装设计比赛,致力于招揽优秀设计师的议案需要你明确的指示,大家让我来请示你现在是否通过这个议案?"

王子祈没有转过身,只是一动不动地背对着他,过了很久,他忽而才说:"我没有异议。"

简单而明确,让杜宸睿觉得像是用了漫长的时间才等到似的。对着他的背影点了点头,杜宸睿正打算转身离开,复而想到什么又说:"刚才我看见沈告天了。"

听到他的话,这边的王子祈总算挑了挑眉,沉默地等待他的下文。没有人比杜宸睿更加了解他,所以他接着说:"这次比赛一定要让他参加的吧?"这是一句问句,也是他心中的一种疑问。

"你说呢?"王子祈将问话抛回给他。

"我知道了。"这样就够了,杜宸睿很明白他的意思。

警察局里,米朵一双大眼紧紧瞪着旁边的沈告天,牙齿咬得咯咯作响,就可见她恨不得上前将他的鼻子咬断,真是不识好歹的臭男人,今天她真的气炸了。

她听人说他正急着找房子搬家,她就一片好心托自己老爸的关系帮他四处找,最后总算找到对她来说还算满意的房子。可他还没上楼看看,一听说她已将房子买下了,居然翻脸不认人,立即固执地打算掉头就走。她当然不能让他跑掉,死活将他拉住,要不是那个突然出现的程咬金……一想到中午那个打岔的男人,她的火气是更为旺盛。而眼前这个男人是绝对地令她想暴打一顿,居然报警说她骚扰他?这个死男人,他以为他是999黄金帅美男吗?不就长得人模人样,根本还称不上她眼里帅的标准。

"如果你们同意和解……"

"我不同意。"不等面前了解了来龙去脉的警察将话说完,米朵就直接拒绝他的提议。和解？想都别想。

沈告天面无表情，一句话不说。可他根本忽视不了旁边的女人死死地瞪着他的视线。

"你可以重新考虑一下。"调解他们的警察先生觉得，这不是什么大不了的事情。而且以他多年的警察经验，他觉得他们之间根本就是一场误会。多一事不如少一事，两人如果能马上握手言和对他来说是再欣慰不过的事情了，可依现在的情势看，貌似有一点点难度。

"嘭"的一声是双手重重拍桌而起的声音，紧接着是米朵无法抑制的暴吼："不用了，我不需要重新考虑，不和解，我绝对不会和解！"

米朵坐回椅子上继续瞪视着沈告天，她就是要看看他能撑多久。不说话？不要紧，她也不想跟他说话。不理不睬？没关系，她就瞪着他。

沈告天已经觉得浪费了很多时间在无聊的事情上了，虽然这是自己挑起来的。原本以为这样他就能够尽快摆脱她，没想到事与愿违，还直接将他困在了这里。

斜瞟一眼米朵，他最后慢慢将脸转过来看她。看见她挑了挑眉毛，他还没开口，她倒很按捺不住地喊："不和解。"

沈告天顿觉想笑，不过表面上依旧不愠不恼，最后开了口："你想在警察局里过夜？"

很坚定的眼神，很笃定的语气，米朵皮笑肉不笑："要在这里过夜的那个人是你。"

"当然，如果你还那么坚持的话。"

米朵听他这么说直接站起身来，很神气地睥睨着他，最后撂下话："那你就好好在这里反省，我累了，要先回去了。"

可还没转身，那个调解的警察就叫住了她："这位小姐，你还不能走。"

米朵原本以为不是在叫她，可基于好奇她转回身，最后看见他在看

第 5 章 他们只是缺少必要的沟通

着自己,不敢相信地指着自己的鼻子问:"我?"

警察重重点了点头:"对!"

米朵锁眉退了回来,不满是显而易见:"我为什么不能走?"

"因为这位先生也不同意和解,而你是坚决不同意,那么你们两个都必须留下来。"

乍看到米朵披头散发从外走进来时,童烨正喝着今早买回来的牛奶。一看到不明物体出现在门口,她直接惊骇住,不但打翻了牛奶,还直接弹跳上椅子,瞪着眼睛惊恐地看着会移动的物体,大声又颤抖着问:"是什么东西?"她害怕到都语无伦次了。

米朵将门关上,听见她的话后转过身,慢慢拨开面前遮挡视线的秀发:"童烨,你鬼叫什么?"

看清来者是谁的童烨连忙跳下椅子,冲到米朵面前就捏了她脸颊一记,听见"哎呦"一声痛叫,她才确定了这个事实:"米朵——"

"你干什么捏人家,很痛耶。"米朵气急败坏地捂住被捏疼的脸颊,不满的视线横着她。

"你怎么会弄成这样?你什么时候出去的?"昨晚回来就见她睡了,所以没有吵她,可今天她明明起得比米朵早,现在她怎么会从门外走回来?

一个意识猛敲上她的大脑,回头看向米朵的床铺,这才倒吸了一口气:"你昨晚没回来?"天呀,她到底是怎么回事,居然能够这么神奇地将床被铺成像是有人睡觉的样子?

"我没说我回来过。"米朵闷闷说了一句,跛着脚一步步向洗漱间走去。

童烨见状更为惊骇,冲到她面前拦住她:"你的脚怎么啦?"说着蹲下身子就去查看米朵的跛脚,她拉高米朵的裤脚,就见她脚腕处红肿一片。童婼站起身，不可思议地看着她，不免有了猜测："你跟人打架了？"她是不愿意这样猜测的，可看米朵衣服也破了，头发也乱了，就连脚也跛了，这是她不得不应景的猜测。

"你觉得我是那么不淑女的人吗？"米朵对她的胡乱猜测感到了不满，凶神恶煞地冲她反问。

"那你到底是怎么回事？怎么会弄成这样子的？"童婼满腹疑问地黑着脸问她。

米朵瞬间变脸，咬牙切齿地说："不要再问了，反正你记住我跟沈告天势不两立就行了。"说完直接跛进了洗漱间，只留下一脸茫然的童婼看着她拍上的门板。

这到底是怎么回事？

最近几天这个问题一直盘旋在童婼的大脑，就连跟王梓腻在一起时也瞬间走神，双手撑着下巴一脸呆滞地看着不明处。

坐在她对面的王梓将脸凑近她，深邃的眼瞳仔细审视了她一番，剑眉微扬，唇角弧度勾起，倏然抬手轻拍了一下她的脑袋。

突然遇袭，童婼抱住脑袋回过神来瞪着他，因为在图书馆，她不能大声发作，将脸凑近他，咬牙切齿问："干吗拍我？"他是越来越喜欢欺负她了，真是让她气愤。

"你知道你进入图书馆打开这本书第一页开始，就一直没有翻动过吗？"王梓也压低声音，修长的手指点了点她面前的那本厚重的书。

童婼低下头看着那本被他点住的书，果然是第一页，可她真的没有发现这个问题，她到底发呆多久了？

王梓见她有反省的迹象，伸手就拉了她向图书馆外走去。这样突如其来的举动让童婼措手不及，唉唉几声后只能跟着他的步伐走。

他将她拉到林荫树下，将她按坐在石凳上，然后两人面对面坐着："你是不是有什么心事？如果是，一定要告诉我。"

童婧抿了抿唇，最后说："其实不是我的事情，是米朵。"她说得异常认真，似乎事件很严重。可王梓却挑了挑眉，一脸泰然，只要不是关于她的事情，他都可以泰然处之，所以这不是问题，拉住她的手："她怎么啦？"

"她最近脾气异常火暴，而且老是三更半夜起来刷牙洗脸顺便做家务，我都快被她弄疯了。"童婧一说到最近几天过着的非人生活，就一筹莫展，实在是后怕了半夜三更被吵醒后耳朵受到荼毒的生活。

"这么严重。"王梓总算重视起这件事情来，毕竟已经干扰了他女朋友的正常作息，这势必也就是他关心的事情，"有没有找她谈谈，问问是什么原因？"他提供建议。

"我问过了，而且不止问过一次，可她每次的回答都是不要再问了，我没事。"她的回答也是让童婧颇为无奈的。这个时候她的脑袋突然灵机一闪，复而说，"但我想一定和沈告天有关，因为在她不正常前，她说过要我记住她和沈告天势不两立来着。"

如果想弄清楚米朵异常的真相，最直接的办法是找当事人问清楚。既然已经确定当事人不会给予任何一点准确的答案，那童婧只能选择放弃，最后接受了王梓给的提议，去找沈告天探探口风。毕竟让米朵再那样下去，身为同寝室的她也会跟着发疯的，为了自己能够继续正常，她唯有这样锲而不舍地探究下去。

原本说好王梓要陪她一起来的，可因为一通电话他临时有事先行离去，而独自一人前来的她却久久站在这间破旧的瓦屋前面。虽说沈告天不是什么吃人的怪物，可他们之间还是没有熟到可以无话不聊的地步，那现在是进去还是不进去？

正当她在原地踌躇不前时，身后传来一个声音："小姐，你有什么事吗？"

童烨转身，看见一位中年女人站在面前，见她走上前来，她才说："我找沈告天。"她亲切地笑着。

"有什么事吗？他现在不在家。"中年女人的眉毛挑了挑，上上下下打量起她来，衣服是名牌，人也长得还不赖，就是不知道她找他们家告天什么事。

"这样呀。"童烨是知道她没有骗她的，毕竟她在这里站了多久她是知道的，要是沈告天真在家，自然也就发现她了，"那我改天再来。"

她礼貌地行了一个礼，就想离去，没想到沈母却叫住她："等等！"

她回过头："要不你进来等等吧，我想他快回来了。"沈母这样说。

童烨想了一想，觉得既然来了，那就再等一会儿吧，说不定真的快回来了。

"好！"她抬眼笑着点头。

还没走进瓦屋里，就见里面一片凌乱，大大小小的杂物袋放满了每个角落，衣服、袜子随意丢置，来回扫了一圈，童烨最后还是没有找到可坐的地方，只能站在门边微笑着。

沈母转过身看她还站在门外，连忙堆上笑容拉她进来，虽然通常她没有什么羞耻心，可适当的时候还是要表现一下："不好意思呀，屋子有点乱，来这边坐。"她毫不犹豫地将那件占据了唯一一张凳子的黑色内衣扫落地，就将童烨按坐在上面。

童烨的笑有了一丝尴尬，可没有表现得太过明显，只是点点头，一声没吭。

她不知道沈母在什么地方倒了一杯茶端了过来，就又听她说："我是告天的妈妈，还不知道你叫什么名字呢！"

童烨的视线一直放在手中接过的那杯茶上，心里怀疑着，这杯茶喝下去的安全程度有多高，待听见她的问话也就抬起头："我叫童烨，阿姨你好。"一向礼貌的修养让她立即站起身来，可沈母的动作更快，直接又将她按坐回凳子上。

她神秘兮兮地凑过脸来:"你和告天是什么关系?"沈母对这个比较有兴趣,看她的衣着就知道她家里肯定挺富裕,要是她和告天是那档子事,那她就发了。

"我们算朋友吧!"见过一次面,也聊过一句,他们应该算是朋友的吧?

"朋友?"沈母声音拔高,显然不是怀疑她的回答,而是不满意。怎么可以是朋友呢?应该是男女朋友才对的呀。

"怎么了?"童婼感觉她隐隐的不满,立即询问道。

沈母发现自己的失礼,随即堆满笑容:"没什么,我就是觉得我们告天和你很相配,要是你们能够在一起就好了。"

童婼瞠目结舌,还没说话,就听见身后有人率先开口了:"妈——"

沈告天健硕的身子堵在大门口,让这间原本就窄小的房子更显拥挤。他跨步走进,伸手将童婼拉了起来,不理会屋里的另一个人,直接将她拉出这间房子。

沈母不但不去阻止,心里还窃窃欢喜,他们想要独处这是她更想看到的。

总算走到离家有点远了,他才放开她,转过身来:"你是来找我的?"

"对!"童婼点头。

"有什么事?"他一直不知道他们有熟悉到她不惜来这里找他。

"米朵的事。"童婼观察着他的表情,可他只是微微蹙眉,没有耐性再瞎耗下去的她立即说,"最近我觉得她很不正常,你可不可以告诉我,你们到底发生了什么事?"

沈告天看着她,感到了一阵好笑:"你觉得我和她能够发生什么事?"她不要再来烦他,他就阿弥陀佛了,哪敢和她发生什么事,那个女人简直天生就是来克他的。

"不对,你们一定吵架了是不是?"童晔可不是那么好糊弄过去的,直接猜测。

"既然这样,你觉得是就是吧!我还有事,先走了。"

他已经不想再就这件事情继续讨论下去,可童晔拦住了他的去路:"我今天一定要知道你们发生了什么。除了你,我觉得没有人能够回答我,况且她说过跟你势不两立,所以我有理由相信你就是造成她这个样子的主因。"

听完她的话,沈告天的眼睛闪过怒火,薄唇里溢出咬牙切齿的话:"跟我势不两立?"话末又觉得异常好笑,不由自主轻笑出声,可下一秒又俊颜冷酷,不再说话直接转身走人。

童晔见状有点不满,小跑着追上他:"喂,沈告天,你是不是要先回答我的问题再走呀!我都等你很久了,你这样子很不礼貌知不知道?"

倏地,沈告天停下脚步,转头看她:"看样子和她是朋友的都那么难缠。"

"什么?"童晔脑袋里闪现大大的问号,可他再次跨步向前走,回神就要追上去再接再厉,他却突然抛来一句:"我去学校找她说清楚。"

去学校找她说清楚?

啊!

童晔瞬间反应过来,连忙快步追上去。

沈告天大步流星地向前走,远远瞧见女生宿舍,一股难掩的怒火即刻爆发。在还没找到炮灰之前,他已经尽量克制住了。三两步走上楼,他不管别人异样的眼光,就向某宿舍的某楼层走去。他毫不绅士地一脚踢开面前寝室的门,当看见里面的情景时,他眼珠子差点掉出来,然后立即背过身去,很想当做自己从没看见过,可里面一声尖叫还是让他的自欺欺人破灭了。

　　米朵急急忙忙将还没穿上去的衣服穿好，甚至纽扣都多扣了两颗，觉得还是不太安全。她伸手一捞又套上了一件厚厚的外套，这才满意地点点头。就在这时，她听见外面有人不耐烦的声音："你到底好了没有？"

　　轰——

　　米朵气得整个人开始颤抖，转过身来，瞪向门边的那个背影："沈告天，你这个王八蛋。"大喊着就扑了过去，也不知道是哪里来的神力，她揪住他的衣领就拳打脚踢，又是撕又是咬的，像是近段时间的怒气一并发泄了出来。

　　当然沈告天不是任由她"欺负"的主，他的躲闪或者制止都让状况升级，最后大家看到的就是比世界大战还激烈的战斗，人员伤亡之惨重更是可想而知。

　　当童婼急匆匆赶到，他们已经大战了三个回合。现在两人都跌在地板上瞪着对方，头发乱糟糟的，衣服歪七扭八，脚上的鞋子东一只西一只，甚至一人的脸上都有了红红的抓痕，旁边围着的都是看戏的人。

　　天呀！他们打起来了？

　　为了尽快将事件掩盖过去，免得上明天学校报纸里的头条新闻。没有来得及多想，童婼就去扶米朵。

　　天，她到底有没有记住自己是一个有孕在身的人，居然还有活力跟人打架，简直就是不知死活。

　　心里对她有丝埋怨，可童婼也对自己感到失望，算到底，沈告天还是她招引来的。

　　童婼的心里还在自怨自艾，甚至不满地看一眼还在地上坐着的沈告天。就在她想着要不要叫他起来时，一道闪光灯在他们面前一闪而过，紧接着是无数道闪光灯在眼前晃过，再接着就是一个熟悉的人影跳到了他们中间，拿出小本子和笔，对着米朵好奇兮兮地想要在第一时间掌握第一手的娱乐八卦："米朵同学，请问你和这位同学是什么关系？为什么在这里打架？"

童晔没想到她这个资深校园狗仔队成员倒是手脚迅速，不免嘴角抽搐了两下，挡在米朵面前："颜学姐，不好意思，我想你误会了，他们没有打架，只是有点误会，我想他们解开就没事了。"

她将米朵推进寝室，转过身来，就见被她称为颜学姐的娱记将对象转移。

看着总算从地上站起身来的沈告天，那位学姐感觉他有点眼熟，不过她还是将问题向他问了一遍："这位同学，你和米朵同学是什么关系？你们因为什么事打架？还有，我觉得你有点眼熟，我们在哪里见过吗？"

她此话一出，旁边的人就议论纷纷，都将她视为看见帅哥就犯花痴的女人。虽然这绝对不是这个不按牌理出牌的资深娱记颜紫琼的一贯作风，可是眼前的男人就是帅呀，她后半段话又像极了搭讪，实在不能怪她们有这番想法。

童晔再次出现在颜学姐的面前，脸上是夸张的笑容："颜学姐，我是目击者和知情者之一，我刚才说的就是事实，请不要无视我的话语可以吗？"

颜紫琼皱眉，就算将她打死，她也不会相信童晔刚才的话，她是以为她这几年校园娱记是白混的？以她敏锐的触觉来看这件事，一定不那么简单，只要她锲而不舍，再接再厉，勇往直前，她相信真相就在前方等着她。

可还来不及将童晔拨开，她的克星就紧接着出现，撞开人群，他气喘吁吁地跑到她的面前，然后气急败坏地说："颜紫琼，你就不能有点合作精神？"

她瞟他一眼，有点懒得跟他说话的意味，嚅了嚅嘴："我说顾南泽同学，你的手脚不会再放慢一点？到时候你就不要在校园娱记的队伍里混了。"

顾南泽怒火中烧："你想都别想。"咬牙切齿向她宣告他的决心。

"我也希望你不要让我失望，毕竟我对你的期望还是很高的。"颜紫琼状似语重心长地拍了一下他的肩膀，可心里想的可不是那么一回事，最好现在他就滚蛋，免得碍她的眼。

"你以为我不知道你心里想什么吗？"顾南泽不是傻瓜，这个女人对他的敌意已经不是一天两天的事了，现在居然还厚着脸皮说对他期望很高，当他三岁小孩？

"我心里想的什么你最好不要猜，因为以你的脑袋是不可能猜得到的，我现在不想跟你废话。"她冷飕飕说完转过身，只见面前应该站着的两人已经不知道在什么时候逃之夭夭。她气火立即攻心，转头瞪向顾南泽，今天第一次在大众面前很不淑女地暴吼，"顾南泽，我遇到你就准没好事。"

第6章 爱情如果夹杂着善意隐瞒

童婼确定，跟沈告天啰唆了那么久，他一句也没听进去，这样的挫败让她噌一下站起身，目露凶光："你到底在想什么，你知不知道浪费口水的感觉很让人生气？"

沈告天叹了一口气，抬起眼皮瞅着她："那你干吗还要说那么多？"既然那样不说不就好了，真是奇怪的人。

"你以为我想说那么多的吗？要不是这件事情和米朵有关，要不是你惹她不高兴，我真的懒得跟你说话。"童婼压抑了再压抑的怒火眼看就要爆发，此时的她义愤填膺地双手叉腰。

"那我先走了。"沈告天站起身来，选择在她发飙之前识趣地离开。

童婼真的觉得这辈子的耐性都要用光了，身子挡在他面前："不行，你必须先告诉我，你和她到底发生了什么事？请你不要再让我重复问了行吗？"最后那句如果他有用心听，就能听出她愤怒下的哀求。

沈告天依旧冷淡，墨黑的眼瞳里是她纠结的脸庞，他的薄唇扬起邪笑："那晚，我和她过得异常刺激。这种事情，不用我明说吧，当然你可以直接去询问她。"话末，他潇洒地从她身边走过，唇角那抹恶作剧得逞的笑容来不及敛去。

站在寝室门外，童婼深吸了好几口气，才勉强镇定紊乱的心绪，打开门走进去。米朵正兴致勃勃看着不知道几年前买回来的漫画，一看见她回来，连忙丢开漫画迎上来："童婼，你还好吗？那个资深女娱记没有难为你吧？这辈子我就没见过比她还难缠的人，辛苦你了。"她殷勤地搬来椅子让她坐下来休息，顺便狗腿地帮她按摩了起来。

现在才来担心她的安危不会晚了一点点吗？

童烨心里这么想着，可表面也理所当然地接受了米朵的殷勤，这是自己应得的，她可不会客气。

要是米朵能够安静，识相地将她伺候得舒舒服服，她也就不去提那件让自己差点呕血的事情，可是她就是很不识趣。

耳朵边慢慢传来米朵小心翼翼的问话："童烨，沈告天走了吗？"而一问完她就停下了手中按摩的动作，屏气凝神等她回应，似乎对这个问题很关心。

童烨倏地站起身来，这让米朵措手不及，差点因为没有支撑而跌倒，还好命运之神很眷顾她，手下的椅子救了她一命。

"米朵，我现在要问的话很严肃，所以请你认真地回答我。"童烨盯着她，表情的确异常严肃。

看她脸色如此凝重，米朵也就换下嬉皮笑脸的表情，头皮虽然发麻，可还是点了点头，谁叫自己欠了她呢。

得到保证，童烨也就毫无顾忌了："你没有回来那晚，你和沈告天做了什么事吗？"她直截了当地问，已经不想拐弯抹角，而她也希望米朵知道坦白从宽的道理。

他们都是成年人，有些事情就连父母也管不了了，更何况是她这个朋友。

"这……"米朵为难地支吾起来，显然有些难以启齿的话不便公诸于众，总不能说他们在警察局也打了一架，而且自己还打输了吧？

"你说话呀。"见她这样犹豫，童烨就更确定那个不明确的猜测，不免对她火大起来。都到这个时候了，居然还想隐瞒她。

米朵眼神游离，脑袋想着的都是如何尽快转移话题，可人一心急万事都不顺，本来找话题是她强项，可这会儿怎么想也想不出，这让她觉得很泄气。

"不要再想怎么转移话题了，就算你们真的上床那也是你们的事情，你情我愿我不会说你，你已经成年很久了，就算是你老妈，也管不了你什么。"童晔实在看不下去，她就算想破脑袋也不愿从实招来，有没有她那么可恨的人。

"什么？"米朵睁圆眼睛，震惊得差点一口气没提上来，"这是谁说的？"哪个杀千刀这么胡乱造谣，这可是毁她名声的大事，别让她知道是谁，要不然他别想活着见到明天的太阳。

"沈告天说的。"童晔再次对她失望，都被她戳穿了，居然还好意思演下去，以前怎么就没发现她爱演戏呢？

"这个王八蛋。"米朵大喊，不像是恼羞成怒，倒像极了被激起了杀人的欲望。

童晔虽然对她的隐瞒感到不快，可从不想弄出什么人命，而米朵这样大的反应也让她重新审视了这件事情，不会是那个沈告天自己捏造出来的吧？

她心中这么一想，米朵突然就挣脱她的手，待她知道要阻止，米朵已经不知去向。童晔心里大喊一声糟，赶紧迅速追出门去。

黑色掩盖下的夜幕，让一间闪耀着七彩霓虹灯光的酒吧人满为患，充溢在耳朵的DISCO音乐，让体内的酒精发酵到蠢蠢欲动，张狂的舞姿在舞池里肆意地摆动。

"哐"的一声，是玻璃酒杯重击吧台的声音。米朵脑袋混沌地抬起双眼，对着前面那个看不清是圆是扁，是高是矮，是帅是丑的男人喊："再给我来一杯。"

男人看她一眼，觉得酒醉的女人惹不起，他也就识趣地将她的杯子再次倒满，见她咕咚咕咚像倒白开水一样灌酒，眼睛骨碌碌地盯着她桌面上震动的手机,经过思想的再三挣扎后总算拿起她的手机接听。

当沈告天依照酒吧服务员说的地址来到这里,就见米朵醉生梦死地在舞池里大秀性感舞姿,惹得其他人纷纷停下来大饱眼福和吹口哨,实在看不下去的他大步上前抓了她的手腕就往酒吧大门外拖去。

突然冒出来的人让米朵不满,使劲想要抽回自己的手,可以她的力气根本敌不过他的一只手。待他们走出闷热而震耳欲聋的酒吧,他将她摔到一边,看着自己衣服上被她吐上的恶臭难忍的酒渣,狠狠地瞪着在一边吐得大快人心的她。

"不会喝就不要喝那么多。"他忍不住对她嘀咕,没见过这么不要命的,只身一人来酒吧买醉,她也不想想自己能不能安全看见明天的朝阳。

虽说她没有什么本钱,但酒醉的男女很容易干柴烈火,天雷勾动地火,任何正常的后果都可能发生。

米朵醉酒,没有将他的碎碎念听进耳朵里,要不然肯定跳起来跟他厮杀。现在她最不想见到的人就是他了,他还不怕死地教训她,那后果肯定是相当壮观的。

他伸手扶她起来,招手拦了一辆出租车,然后将她塞进去。可是突然不知道要去哪里,他不知道她家住址,现在三更半夜将她送回学校显然不是明智之举,那就打电话给她的好朋友童婵吧!

心里打定主意,他掏出手机找到她的电话,谁想旁边醉醺醺的女人却就酒疯发作在车里大吵大闹了起来,一不小心他手中的手机就被她摔到一旁断成两截。他的浓眉聚了起来,看着依旧不知道适可而止的疯女人,他火气一上来就用力将她胡乱挥舞的双手钳制在一只手中,对着一旁兴致勃勃看戏的司机大喊:"开车,金丽宾馆。"

司机差点吹出一声口哨,还好及时看见他冰冷又明显写着不好惹的黑脸后收住,识相地启动车子,向他的目的地驶去。

沈告天将酒品严重缺失的米朵抛到床上去，看一眼再次被她吐得一身酒臭的衣服，很怀疑这件衣服是否还可以再穿下去。他必须尽快将它从身上脱下来，要不然难保他不会被臭晕。

快步走向浴室，虽然知道因为气愤而用力将门板关上以泄愤的举动很可耻，但他还是在明知道这个道理后可耻了一回。

他站在镜子前瞪着自己，像是在鄙视自己多管闲事，可脱衣服的动作倒也没有怠慢，一将衣服卸除，他就像丢垃圾一样将之丢得远远的，拧开冷水开关，想要用冷水让自己清醒一下。

要不是接到童婼的电话说她不见了，电话里她又言辞凿凿对他胡乱造谣的谴责，又则对他生命安全的提醒，再则自己心里的一丝丝歉疚，他也不会打电话给她自投罗网，现在好了，他找到她了，也接收到了一个大麻烦。

不但手机被她摔坏，而且还不知道要怎么处置她。

拧上开关，套上一件宾馆里备好的白色浴袍，一身清爽的他打开门走出浴室，但一出来，他顿时愣在那里。

她在干什么？脱衣服？她到底知不知道自己在做什么？

跨步上前制止她继续脱下去，要不然他可不保证后果。虽说她没什么吸引力，但好歹他也是个正常男人。

"够了！"他对她吼，似乎这样就能吼掉自己心里的异常感觉。

米朵睁着迷离的双眼瞅着他，混沌的大脑里只知道这张脸似曾相识。她倏然呵呵直笑，伸出一只手指着他，然后就将魔爪伸向他的脸，又是捏又是扭的。

沈告天真的想捏死她，如果杀人不用坐牢的话，那他会直接了结她，为了她坐牢实在是得不偿失，吸气吐气，吸气吐气。

他努力在心里告诉自己要冷静，伸手将她在他脸上肆意的魔爪抓了下来。待他睁开眼睛，下一秒，她的唇就吻了上来，辗转反侧又混乱地啃咬着他的唇,她口中洋溢的啤酒味道让他似乎也跟着醉倒。他想,他应该拒绝的,可她的可口却让他欲罢不能,密密的吻慢慢落在她细白的脖颈上,两人身体里传达出的渴望让彼此都意乱情迷,在即将失控时,沈告天一把将她推开,眼睛里的灼亮让人心乱。他们不该这样子的,至少在她神志不清时不应该发生一些错误。

米朵为突然失去温热的怀抱感到不满,急急忙忙找回又黏了过去,红唇再次主动地送向他,嘴巴喃喃自语:"告天,不要拒绝我。"

在听见她的话后,他是彻底宣告投降,不顾一切将她压在床上,衣服撕扯的声音细微响起,紧接着两具烫热的身体以最快的速度纠缠在了一起……

窗外映照进来的月光也带着特有的暧昧色泽,朦胧了整个房间的旖旎春色。老天爷想,今夜,真的是美妙而火热的一晚。

凌晨四点三十,童烨在踌躇难安之后再次举步想冲出去。可一如前几次一样,王梓伸手将她抱住,轻声在她耳边说:"我相信她不会有事。"

"可是她还没有回来。"童烨担心得都要垂泪了,深怕明天一看报纸发现不幸的消息。

"告天会找到她的。"王梓也不知道哪儿来的信任,就是确定沈告天一定能够找到她,说不定现在就找到了。

一听这话,童烨就激动起来,扯开他环在腰上的手转过身来:"这个男人是罪魁祸首,要是米朵能够平安回来我会考虑放过他,要是发生个什么意外,我绝对让他很难过。"

王梓突然就笑了,童烨知道自己对他也产生了不满,气急败坏地问:"你笑什么?"

"为什么她永远比我重要?"王梓没头没脑问了一句,眼瞳里的异样

让人捉摸不透。

童晔看着他的眼睛，不解问："你说这话是什么意思？"

"我觉得她在你心里永远比我重要，这让我感到困扰。"王梓逼近她，伸手过来握住她的。每次她一遇到米朵的事情，就会失去任何理智，是不是自己太过让她放心，是不是他应该制造一点麻烦给她担心？

"你为什么会这样想？没错，米朵对我很重要，从五岁开始我和她就相识了，五岁前的自闭症也是她帮我才走出来的。我们算是青梅竹马一起长大，她发生任何事情我绝对不会不管她，而我有什么事她也一定不会不管我。她是无可取代的。"童晔这样认真地说，却刺痛了王梓的心。

她是无法取代的。多么让人悲伤的字眼。

他伸手将她抱在怀里，他已经不想再听她说下去了，只要这样抱着她就好，就这样他就满足了。

"王梓——"童晔轻唤他。

"不要说话，让我抱抱你。"王梓说。

童晔摇摇头，知道自己必须把话说清楚："你让我说完，请你听我说完。你知不知道我爱上你比你爱上我早很多，那时候我不认识你，不知道你的名字，甚至不知道我会不会再见你。那是一眼就心动的感觉，没有道理，我就是将心遗失在楼梯转角处跟你擦肩而过的瞬间，足足有一个星期的煎熬让我觉得这就是一场梦，可老天让我重遇你，在那一刻我多么感谢老天爷。所以，请你不要跟米朵比谁在我心里是第一，一个是我最要好的朋友，一个是我爱的人，在我心里都是无可代替的。"

王梓默默听她说完，在脑海里只盘横着那么一句：我将心遗失在楼梯转角处跟你擦肩而过的瞬间。这是一句任何人听了都会动心和感动的话，可为什么他不记得自己曾跟她擦肩而过呢？这是为什么，她说的那个人到底是不是他？如果是，他的记忆力出现问题了吗？

想了很长时间，最后还是遭受不了良心的谴责，趁着这个星期六有空，童烨打算对远道而来的 ABC 尽一下地主之谊。要不是昨晚的那通越洋电话，童烨未必这么快良心发现。

其实这则电话是 ABC 的父亲耐特先生打来的，电话大抵内容就是家长里短，叙叙小旧，顺便让她这个主人翁帮忙照顾一下他那任性妄为、潇洒不羁的宝贝儿子。

跟耐特先生每次的通话总是显得很愉快，他的幽默风趣总能让她有一番茅塞顿开的感悟。其实童烨跟他也就只有三个月的相处时间，那时因为自己对服装设计很感兴趣，爸妈就四处帮她找顶级老师学习，经过远在加拿大小姨的鼎力推荐，她和知名服装设计师耐特先生见了面，从而成了他唯一的学生。

事隔三年，虽说她忙于学业未能再去法国探望，但偶尔的一通电话问候是必不可少的。

为了对耐特先生破例收她为徒的感谢，她早早就拨去了 ABC 的电话，最后几经波折，电话终于接通。一听对方的声音，她劈头便问："ABC，你知道要开机了吗？人生地不熟的你可不可以不要到处乱跑，要是你有什么不测，你要我怎么跟你父亲交代？"

这边的 ABC 苦拉下脸："你就不能少诅咒我一次吗？"不知道自己都交了个什么损友，天天只知道说一些不中听的话。

"我这是担心你，你知不知道。"童烨顿觉他的中文退步太大，连这么明显的关心语句都听不出。

"好吧，我现在知道了，请问你打电话给我不是纯粹关心我的吧？" ABC 支手撑住脑袋，眼神瞟到桌上的一份报纸，伸手拿过来消遣，没想到一则报告让他眼睛突然睁亮。服装设计比赛？好像挺有意思的样子。

"你在家里老实待着，我这就回去，我想你也来一个星期了，我该尽一下地主之谊了。"

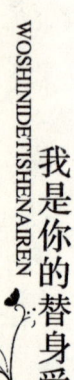

"良心发现？不，一定是我爸爸找你了。"不要说他神通广大，要是他连她的健忘症都不知道的话，那他也不要承认他们是朋友了。

"这不重要，重要的是你别给我到处乱跑。别以为我不知道，你天天早出晚归，要是这件事情让你父亲知道，我也帮不了你。"童婼不想浪费电话费，急忙接续，"我要挂了，有话等一下我们见面再说。"说完，收线。

斜挎着挎包才走下楼，迎面走来的同学就对她说："你男朋友找你。"

童婼脸色一绷，循着她指的方向看过去，便看见向她挥手的王梓。童婼对着同学尴尬地点点头，就向他冲去。那个同学甚至还待在原地观望。

冲到他面前，童婼拉了他的手就急匆匆向校外走。王梓低头看她，玩味地问："你走那么快做什么？后面有狼追你吗？"还作势转头看了一眼。

童婼没空搭理他，将他扯向公交站，又见几个他们学校的同学站在那边，顿时退也不是，不退也不是，硬着头皮没有在公交站旁落跑。但王梓却嫌不够热闹，伸手就将她抱在了怀里，冲她说："你不会以为在学校别人都不知道我们的关系吧？"

他的声音在嘈杂的公交站还是算大的，哗啦啦几道视线顿时向她投来。她顿觉自己光芒万丈，从来没这么风光过。

一路上，童婼都没有再跟王梓说话，低着头不知道在想什么。说不上来在生气，她就是抿着嘴巴，皱着眉头，一声不吭，就连王梓好几次开口跟她说话，她都没有理睬他。他想，没有比生气更好的解释了。

走下公交车，还要走一段路才能回到童家别墅。童婼没有甩身后人生地不熟的王梓，只自顾自走着。王梓也不去打扰她，亦步亦趋跟在身后，倒也显得逍遥。

忽地，她停下脚步，用他足以听见的声音道："我想你是对的。"

没头没脑的一句话，着实让王梓不解，他走到她面前："我怎么对了？"

童婵抬起头来，忽然就笑了："我打算介绍我的家人给你认识，如果你幸运的话。"

"看样子我的思想工作没有白做。"王梓有点得意，童婵倒也无话可说，上前挽住他的手臂并肩向前走。

她是想通了，其实交了个男朋友不应该是丢人的事情，况且她已经上大学了，已经是个成年人了，父母应该会为她高兴的。

前脚还没踏进门，一个小身影就奔到他们面前，抱住了王梓："祈哥哥，你是来看我的吗？我正想着你是不是该来看我了，没想到你就来了，我们真的心有灵犀。"

小溪很高兴，她本来是打算去医院看爸爸的，医生昨天跟她说，爸爸很快就可以出院回家了，这乐得她一夜没睡好，还好今天星期六不用上学，要不然顶着一双熊猫眼去学校一定会被同学笑话的。但没想到一出门她就见到了自己最想见到的人，老天爷对她真的太好了。

王梓和童婵面面相觑了数秒，王梓才推开小女孩问："你是不是认错人了？"

小溪仰起脸定定和他对视了好久，最后脸色慢慢变得尴尬，连忙松开双手，退后好大一步，非常不好意思地说："对不起，我好像真的认错人了。"他看得见，这就表示她的确认错人了，可他长得真的好像祈哥哥，这个世界怎么会有长得如此相像的两个人呢？要不是那一丁点"差别"，想必她是认不出来了。

"你是小溪？"童婵对她的印象特别深刻，为了那个她很想看看长什么样子的男人，她特意去向妈妈了解了她的情况。

120

可是很可惜，对于她真正想了解的情况妈妈并不知情，她只从她口中知道小溪是个苦命的孩子。刚出生妈妈就抛下她跟别的男人跑了，十岁那年爸爸被查出肺癌，让生活困难却幸福的他们面临了前所未有的打击，可不知道为什么，在同一年，她的爸爸被接去医院。"听说是好心人看他们可怜，所以伸出了援手。要是我先遇见了，我也会帮助他们的。小女孩真的很懂事，是个很好的孩子。她妈妈不要她，算是她没有这个福分。"这是妈妈由衷的话，说得她当时很是想哭，让她不期然想到了自己五岁那年。

"是你！"小溪睁圆晶亮的眼睛显得很吃惊，"你为什么会在这里？"

"这是我家。"她指着一旁的别墅对她说，"我们是邻居。"

小溪看一眼她指的方向，再看一眼自己的家，点了点头，然后笑得灿烂："原来是邻居姐姐，没想到我在这里住了三年，今天才知道你住在我隔壁。"

说来缘分是奇异的东西，有些人住在同一处几十年了，偶尔在热闹的街上也遇上过几回，但就是不知道彼此是邻里，基于这样的安慰，童婼理所当然地就原谅了自己。

小溪说她要去医院看她的爸爸，而且童婼还听她说，她的爸爸很快就可以回家了。

这是令人高兴的消息，她真的由衷替她开心，没有什么比和亲人朝夕相处更令人感到温暖，更何况还是一个这么缺乏亲情的小女孩。

小溪临走前倏然对王梓说："你长得很像我一个朋友，真的好像好像好像。"为了表示真的像，她连续说了三个好像来强调他们像的程度。

童婼倒被她逗得"扑哧"一声笑了，紧接着王梓也笑了。小溪摸了摸脑袋，懵懵懂懂地也笑了。

看着她的背影越走越远，童婼突然凑到王梓面前问："这个世界上除了双胞胎,没有两个好像好像好像的人了吧?"说完就笑着跨进别墅。

王梓顿然蹙起了剑眉,脸色深沉而变化万千。这一刻他只知道,这个世界上会跟他好像好像好像的人,除了他的哥哥王子祈不会有任何人了。

说好了带着ABC四处走走,可是他却执意要去野餐,最后在她妹妹的掺和起哄下,他们唯有外出野餐。说到底今天是野餐的好日子,清风微扬,丽日浅阳,坐在草坪上惬意舒心,这是一个美好的日子。

ABC喝着果汁突然就凑到童婼面前,一阵神秘兮兮地挤眉弄眼。

"眼睛有毛病吗?"她吃一块饼干问他,不忘推他一把将他推离自己面前。

"男朋友?"他还是一副欠扁样,谄笑得让人咬牙切齿。

"他是王梓。"童婼这才知道自己忘记为他们两人介绍了,刚才问了童莉爸妈没在家,也不知道是失落还是别的,也就一时忘记了。可刚才来的路上,他和王梓聊得火热的程度可比她更甚,害得她健忘到底。

ABC很不绅士地翻了翻白眼,很无奈地说:"这个我知道,我问的是他是不是你男朋友?"他处在义愤当中,所以声音也就拔高了,他这一叫嚷,让一旁的两人霎时向他们投来注视的目光。

童莉一时激动,挤开ABC凑到她面前,震惊地问:"姐,这是真的吗?王梓是你的男朋友?姐,你快回答我。"

童婼伸手拍了拍她激动得红扑扑的脸,走到王梓面前,勾住他的手臂,郑重其事地对他们说:"他是王梓,我的男朋友。"

接着指着他们两人对王梓说:"ABC,我老师耐特先生的独子,来自法国。我妹妹你认识了。"

王梓对他们点点头,和童婼相视一笑。

"天,我猜对了。"ABC仰头对老天爷得意。

"天,我心伤了。"童莉仰头对老天爷咆哮。

童烨见他们这样,笑得更为灿烂。

突然,ABC得意够了再次挤到童烨身边,拿出一份今早看过的报纸递到她面前:"我发现了一件很好玩的事情,我想你会感兴趣。"

沈告天和米朵近来走得很近,似乎自从那晚后一切都变得理所当然,沈告天不再执意拒绝米朵的好意,总算携着母亲搬进了卉迪小区。

这件事情最乐坏的人是沈母,她辛辛苦苦大半辈子,总算在含恨九泉前搬出了那间破烂不堪的屋子。

其实第一次见到米朵,也就是那天自己一时吃多了安眠药被送进医院时,沈母对她是不太满意的。归根结底是因为米朵的举止野蛮,穿着甚是随意,怎么看都不像是富家千金,更加没有把她跟自己的宝贝儿子想到一块去。

可当第二次见到米朵时,她简直在她眼里变成了女皇,红色法拉利开到她那烂房门口,一身香奈儿短裙,脚下踩着昂贵的名牌高跟鞋,沈母乍看之下差点没对着她膜拜,立刻欢欢喜喜包袱款款就跟着她上车走向新生活。

这个时候她已外出打麻将,住进这里的第一天开始她就和左右邻居混熟了,个个邀着她去打牌。盛情难却之下,她在第二天下午就兴冲冲跑去开阔自己的业余爱好去了。

家里现在只剩下沈告天和米朵,两人待在房子里谁都没有说话。对于米朵那么聒噪的人来说,不说话实属难得,现在她是很想说些什么来打破沉默的,只怪他蹙紧眉头的样子让她知道自己必须安静。她只能靠在他的肩膀上细细观察,等待说话的时机。

忽地,沈告天侧头看着她,和他四目霎时相对的米朵一时没有反应过来,过了好几秒钟后才傻乎乎地问:"干吗?"

"没事。"沈告天说着撇开视线,再次看回手中的那份报纸,耳朵边还有今早那个突然出现的男人的话。

"我代替我的老板来邀请你参加我们七尚第一届以'环保'为主题的服装设计比赛。"

这是多么让人好笑的话,而那人到底是怎么知道他对服装设计有兴趣的,最重要的是他的老板到底是谁?

米朵对他的回答只有翻白眼以示不满,将脑袋从他的肩膀上移开,倏地,她一手夺过他面前的那份报纸,三两下看完那则他关心的内容,然后就突然丢开报纸,眼睛雪亮:"服装设计比赛?你要参加是不是?我前几天看你桌上的几张设计图,我觉得你很有当设计大师的命。"她的语气没有调侃,而是切切实实说真话。

"我在考虑。"沈告天拉她坐到自己的面前。

"有什么好考虑的?"米朵睁圆眼睛,实在不明白他在考虑什么,她还以为他一下午一筹莫展是为了什么重要的事情,原来就为了这么一件小事,"当然是去了,去参加又不会少一块肉。没有得奖就当是一次锻炼,要是一不小心得了个奖,你不但有一份好工作,还有一笔奖金,说什么都不亏的。更何况是七尚开展的比赛,我听说想混进七尚的人从这里可以排到太平洋哦。"

沈告天笑出了声来,捏了一下她的脸颊,笑着说:"你说得好像很有道理。"

米朵立即点头,笑眯眯的也不谦虚:"我说的话一直都很有道理,你慢慢会发现的了。"

沈告天再次被她逗笑,倾身在她唇上吻了一记:"我想我已经发现了。"是她让他笃定心里的那个决定的。

外面突然就下起了大雨,很难想象刚才还阳光明媚的天空,这一刻却倾盆大雨。童晔有点心不在焉地观看外面的雨,隔个几分钟就低头看一眼手中的手机，没有任何来电或者信息的迹象，她按捺不住站起身来。

再次拨出那串熟悉的号码，这次手机却接通了，一接通她就急切地问："王梓，你在哪里？你知不知道我打你电话都打了一个早上了，你怎么现在才开机？"话末，手机那头是一片静默，让焦急的她以为拨错了电话，正打算按掉电话重新打过，没想到那边却有声了。

"童晔，我在兰湖公园，你出来一下。"他说完，电话就挂断了，似乎并不想给她拒绝的机会。

拿了一把伞，换了一双鞋子，她急匆匆地向外走去，过了马路，拐了个弯，就见兰湖公园的大门。她走进门四处搜寻那个熟悉的身影，一时却没有找到，锁起眉向前走，在拐弯处她总算找到了他。

可，天，他居然在淋雨。

童晔快速奔上前将雨伞遮到他的上方，有点儿生气地问："你这么大的人都不知道要躲雨吗？要是生病了怎么办？难道身体难受你就更开心吗？你怎么可以这么……"话还没有说完，王梓就伸手抱住了她，满脸的雨水和衣服的冰凉一并向她的身体传去，她一向敏感的神经顿然接收到了一些不好的信号，嗫嚅着开口询问，"怎么了？发生什么事了吗？"

"你是爱我的吗？因为爱我这个人而爱我的是不是？不是因为任何人，也没有任何理由对不对？"

王梓连番的询问让她都忘了要如何反应，只是静静地接收完他的话。最后她将他推开，手中的雨伞掉落在地，看着他颓丧的脸，她的双手捧住他的脸："你为什么要这么问？我不爱你我会跟你在一起吗？没有任何人比我更爱你，你知不知道？"打在脸上的不知道是泪水还是雨水，他的问题已然刺痛了她的心，她以为他慢慢就会懂得她的一片心意。

125

王梓看着她，然后伸手将她脸上的泪水擦掉，抱住她，闭上眼睛，闻着她打湿的秀发传出的香味。

怎么办呢？他真的愿意相信这些话，就算这些可能不是跟他说的话。

"跟我回家见我的父母吧！"他突然提议。

童烨有那么一秒是完全怔愣住的，最后她慢慢会意过来紧紧地抱住他，点头："好，我跟你回去。"

在心里纠结了好几天，王梓还是决定来找他，除了为了王家，更是为了他自己。

门铃静静地响着，可等了好久还是不见有人来开门。正当他再次伸手想去按门铃时，门在这个时候打开了。

站在门内的人正是他想找的人，他在嘴角扯出一个笑："是我，我可以进去吗？"

王子祈一声不吭，静静杵在门边，似乎并没有想要让他进来的打算。可王梓并不恼，依旧儒雅地问："不可以吗？"

其实就连王梓都很意外他会在自己第二句请求后转身让开，他走了进来，看着一室单调的装潢，没有意外，只是更加贴切主人的风格，让人觉得简单里透着舒适。

"有什么话，就快说吧。"王子祈开口了，语调一如既往地冰冷。他站在窗前，一天除了进房间睡觉，他最多的时候就是站在那里，静静地感受外面的喧嚣。

如果说不是太过渴望光明，那是骗人的。

"爷爷明天生日，你会回去的吧？"王梓走到他身边，看着窗外繁花景色，窗户下面是一个花园，现下百花争鸣，好不热闹。他居然能够理解他内心那极度渴望光明的心，因为他一定非常欣赏这一片美丽。

王子祈沉默，一直沉默，沉默得让王梓都知道他不会回答了。

"这次生日爷爷不想太铺张，就想家人在一起吃个饭。"王梓说，"其实爷爷是个喜欢热闹的人，他每年的生日都是商界最为盛大的事，可今年他却选择这样低调，我想你应该知道是为什么。"要不是知道如果将在闪光灯下众星捧月那样过生日，他绝不会回来的，爷爷也不会做出这样的决定。他想爷爷是那么地了解他，一直知道他抗拒外界的目光。可他何时能够明白家里每个人都爱他，就连她也一样的吧。

王梓唇角的笑变得酸涩："我很羡慕你，因为你有我最爱的那个人全部的爱。"

没头没脑的一句话，王子祈并不了解句中的含义，只是觉得荒唐至极。羡慕他？他这样说他只觉得是在羞辱自己。

"明天回去吃个晚饭吧，我想你能回去爷爷会很高兴。"又也许有个人想见到你。这句话他没有说出口，因为他要赌一把，赌他们能不能相见。

王子祈依旧沉默，泰然自若得对他的每一句话都没有任何情绪波动，心里应该早已有了决定。

"我想我很忙。"他终于开口拒绝。

王梓笑了："我看你是害怕回去，害怕大家的亲情会融化你心里面的冷漠，那个时候你会觉得对不起自己，因为你吃了那么多年的苦，你要让王家欠你一辈子。"

他一句一句都敲击着王子祈的心，而心脏强而有力的跳动更加证明他一向平静的心潮此时却涟漪顿起。只是他依旧一句话不说，沉默以对。

"原来被我说中了，你真的害怕自己慢慢变得不够冷漠，也害怕用冷漠筑起的保护墙坍塌泄露你内心渴望的亲情，那么我还有什么好说的呢？你根本就是个胆小鬼。"王梓讥讽地说完，转了个身向大门走去，

"我想我跟胆小的你已经没有什么好说的了,不再打扰,先告辞了。"

身后传来关门的声音,再接着这间房子回归平静,王子祈自始至终都是原来的动作,放大镜也放大不了他脸上最细微的表情变化,因为他内心的波涛汹涌从来都不曾表现在脸上。就算再怎么不愿意承认,这样明显激荡的心绪,还是让他明白王梓说中了自己最不愿被人发现的秘密。

沉浸在爱情里最不缺的就是快乐,可快乐中夹杂着隐瞒,这会让人变得小心翼翼。

米朵心事重重地从医院里走出来,将手中那份医院的检查报告顺手装进包里,一个人顺着前面的路慢慢走。

在这一刻她总算知道愁字是怎么写的了,刚才医生告诉她,她肚子里的宝宝很健康,要不是今天突然记起应该来医院做个检查,她还真的被爱情的甜蜜滋润得不知今夕是何年了。

三个月的身孕,肚子还不明显,可再过两个月,她一定会被发现。到时候她真的不知道怎么面对父母,怎么面对老师、同学,更不知道怎么面对沈告天。

夜晚,米朵在客厅里帮着沈母收拾家务。她从小到大做的家务都没有最近的多,在这里只要一看见哪儿脏乱,她就会立刻行动处理掉。她不知道有没有人会爱上做家务,可她知道自己非常心甘情愿地做着这些,看着糟糕脏乱的家被她收拾得井井有条,居然让她升起一股自豪感。

沈母刚才吃着晚饭就收到急 call 说三缺一,告天这个时候在房间里为下个星期的服装设计比赛作准备,而她则坐在客厅把今天晒干的衣服整齐地叠起来。

突然,沈告天急匆匆从房间里闯出来:"朵朵!"

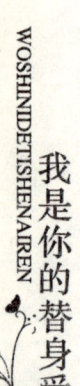

米朵回头看他,在看见他手中拿的东西后立即弹跳起身,条件反射地就去夺。可沈告天的反应更快:"是不是我的?"他很严肃地看着她。

她咬住了自己的下唇,心里顿时不知道如何是好,眼眸垂下看着脚趾,似乎不打算回答这个问题。

"我在问你话。"沈告天蹙起眉,耐着性子等待答案。

米朵维持刚才的姿态,不看他也不回答。

终于,他的忍耐到了极限,上前拽住她的手,疼痛让她终是抬起头来:"告诉我,肚子里的孩子是不是我的?"那晚他们做的时候他是该死地把避孕措施忘记了,直到两天后他才想起这件事来。当时他就懊恼了很久,原本以为自己不会这么黑,可现在看来未必了。

他的心里交战得很是激烈,一方面希望这个孩子不是他的,另一方面又很害怕孩子是别人的。

他知道这是在意她的表现,也因为她让他变得矛盾。

米朵直视着他的眼睛,眼神流转着的也是矛盾。她现在要怎么办?说真话,会伤害他;说假话,那根本对他不公平。

在她正权衡着真话和假话带来的后果哪个比较严重时,沈告天的耐性已被她磨光光,抓住她的手腕将她拉近:"回答我,快点回答我。"

他迫切想要得到答案的心情在他脸上显露无遗,可米朵依旧没有开口,只是紧紧盯着他,心里的痛苦只有她自己清楚,眼眶氤氲雾起。她不想伤害他,更加不想对他不公平,可是今天她必须做出一个选择,要么伤害他,要么对他不公平。

双手突然紧握在了一起,不敢看他的眼睛,大声地宣布:"肚子里的孩子是你的。"

这是真的吗?

沈告天瞠目结舌地维持原来的动作,米朵以为他不相信,正在心中踌躇着要不要赶快将真相告诉他算了,没想到他突然就抱住了她,然后高兴地说:"太好了,太好了,我要做爸爸了,真的太好了。"

他抱起她就在原地转了一圈,转得她双眼冒着金星,根本就反应不过来他话里的意思。待将她放下,他捧着她的脸,真诚地说:"嫁给我吧!"

轰——

这句话的震慑力对她绝对不容小觑,她当场睁圆那双大眼,泪水在这一刻居然莫名其妙地溢了出来,不一会儿就将滑下,嘴角轻微地颤抖。

他向她求婚,他在向她求婚,这是真的吗?

明知道不该流眼泪,明知道自己要是答应就真的欠他一辈子,明知道今天说下的谎将要用一辈子的时间来圆,可在这一刻她知道自己不会拒绝,也不能拒绝,毕竟自己是那样愿意嫁给他。当泪水陡然滑落,她扑向他的怀抱,紧紧地抱住他,在这一刻就算是死她也不会放开他:"我答应,我答应。"她愿意用一辈子的时间来爱这个让她感动的男人。

"什么?你要跟沈告天结婚?"童烨绊了一下旁边的凳子,差点没摔倒在地,不理会摔得四脚朝天的凳子,她冲到米朵面前就问,"这到底是怎么回事?"

米朵却异常为摔在地上的那张凳子喊冤:"你怎么变得那么粗鲁?"

"不要转移话题,这招对我没有用,更何况你不是已经打算告诉我事情的经过了吗,就不要再浪费时间。"童烨说得一针见血,靠在她的书桌前紧盯着她。

米朵微笑,根本没打算转移话题:"我骗了他。"说这话时,她敛去了脸上的笑容。

"为什么?"童烨不解,总觉得有点不对劲,"等一下,等一下。"她制止米朵接话,待脑袋里的混乱被理清,她才抬头看她,"你和他什么时候开始的?"她是不是太不厚道了?这种事情居然没有第一时间告诉自己。

"在你担心我担心得差点报警的那晚。"她也不躲躲藏藏,直接宣布真相。

"那次是沈告天打电话给我,说找到你了。"童婼回忆那天早上接到电话的内容,当时她真的差点去警察局报案。脑袋突然灵光一闪,瞪圆眼睛,"你们在一起一整夜,难道发生了一些亲密接触的事情?"她用她的想象力去揣测他们在一起该发生的某些正常现象,最后……

"对!"米朵实话实说,对待她这个朋友,她不觉得有什么应该隐瞒的。

"怪不得最近老是看不到你的人,原来都是跟他混在一起呢。"童婼说,一只手支着下巴,突然想到,"你刚才说你骗了他?什么意思?"这应该是他们要结婚的关键。

这个时候米朵却沉默下来,两手拨弄着自己的手指,视线垂在桌子上的那本"育儿宝典"上,正当童婼的视线随着她看过去时,她才开口说:"我骗他,说我肚子里的孩子是他的。"

童婼将视线从那本书上收回,直视面前的女人,柳眉锁起:"所以你就答应嫁给他,这对他太不公平了。"

"我知道,我知道这么做对他不公平,可是我现在可以怎么办?没有妈妈希望自己的孩子生下来就没有爸爸,更加没有孩子愿意出生在一个不完整的家庭里,为了孩子可以从小在一个正常的家庭里长大,我别无选择呀。"米朵说着说着眼泪就上来了,强忍住心里的悲痛擦掉眼泪。

"你可以告诉他真相的,我相信……"

"不会有相信,就算他真的好到可以接受这个不属于他的孩子,他的妈妈也不会答应。"米朵在被他逼问时,就已经将所有的可能都想透了。要是她把真相告诉他,她就等着跟他分手吧,可她真的不想跟他走到这一步。

"纸是包不住火的，总有一天他会知道，你有没有想过那个时候他会比现在更受伤？"童烨心里也很乱，她是最希望米朵幸福的人，她看得出来沈告天是个好人，他真的可以给她幸福，可是万一他知道这个真相怎么办？

"我会守住这个秘密一辈子。"米朵的眼泪在这一刻已经收住，脸上全部都是坚决。

童烨想，她愿意相信这个秘密能够守住一辈子。

第7章 她知道她已经永远失去他

今晚对于童婵来说是紧张而兴奋的日子,看着前面那栋欧式的别墅,她突然就有点打退堂鼓。可一只温暖的手及时握住她,才制止了她落跑的念头,抬起头来,王梓笑得异常迷人,唇边是了然的弧度:"是想要在这关键时刻逃跑吗?"

她脸上出现可疑的红潮:"没有,没有的事,我干吗要逃跑!"她抵死不会承认这个事实。

王梓靠近她耳朵边,轻声说:"不要紧张,我家人不是洪水猛兽,不会对你怎么样的。"说完轻笑出声拉着她向别墅里面走去。

童婵则没好气地横他一眼,她才没有紧张,只是有一点点忐忑而已。

"少爷回来了。"开门的管家一看见王梓牵着童婵站在门外,就拉开那低沉的嗓音向里面喊了一声。

话音刚落,就有急促的脚步声响起。杜思竹一脸笑容地迎上来,一看见王梓旁边的女孩,就笑开了花。"这位一定是童婵。"她伸手就将她拉到自己面前,上上下下打量一圈,像看什么宝贝似的,"我们王梓时常在我们面前提起你,我总算看见真人了。"

童婵微笑,回头看一眼王梓,他正拍着脑袋懊恼自己的妈妈泄他的底。

杜思竹一直最疼爱的就是王梓,可现在看来他似乎有被别人取代的可能。她亲昵地拉着童婥就向客厅走去，献宝似的想要快点将自己宝贝儿子的女朋友介绍给大家。

童婥看见她这么兴奋，紧张的情绪也就慢慢消散，任由她拉着自己，就连转头看一眼王梓的时间都不给。

站在两个一脸严肃的男人面前，紧张的情绪顿时又上来了，他们审视的眼光让她不自在起来，原本宽敞的别墅也有了局促的错觉。

感受到童婥的不自在，杜思竹没好气地各瞪一眼沙发上的两个男人，拉着她就说："她是童婥，我们王梓的女朋友，你们两个不要这样盯着她看，要是人被你们吓跑了，我可不放过你们。"

听了这话，王倡生和王所信对看了一眼，然后各自笑了。

身后跟上来的王梓看见爷爷和爸爸这副模样，一时没收住"扑哧"一声笑出声来。屋子里的全部视线顿时齐刷刷地向他投来，他勉强收住笑，干咳两声就恭敬地说："爷爷，爸爸。"

童婥见状立即也开口："您们好，初次见面，听王梓说今天是王爷爷的生日，这是我买的礼物，希望您喜欢。"从包里拿出那份选了很久的礼物，她礼貌地递到王倡生的面前。

王倡生看着她，七旬老人炯亮的眼睛里全是满意。一个女孩子可以不漂亮，也可以不优秀，但一定不可以没有良好的修养。有些女孩为了一些重要的场合而特意装出来的所谓修养，只需一眼就会被他看破，可是面前的这个女孩是不一样的，她的行为举止没有丝毫装模作样，在他面前顿时得了个高分。

"夫人，晚饭准备好了。"管家出来对着杜思竹说了一句。

她转身看了一眼大门口，才跟他说："再等等吧，大少爷还没有回来呢。"

管家点点头原本领命而去，可王所信却站起身，不冷不热地说："不要再等了，让客人等不是主人公应该有的礼貌，既然不想回来，我们无法强求，爸，您觉得呢？"

"上菜吧。"王倡生拄着拐杖站起身向餐桌走去，如果说心里不失望那绝对是骗人的，可是又能怎么办呢，很多事不是强求就能有的。

晚餐在极度温馨的笑语中结束，童姝被安排到客厅闲聊，两边坐着王梓和杜思竹，她可以看出他的妈妈很喜欢自己，也能够感受大家对她并没有任何排斥的感觉，这让她总算放下了心里的忐忑，笑容也愈加甜美。

杜思竹握着她的手，突然就问："不知道童姝你的父母都是干什么的？"

就算再怎么没见过世面，电视剧也看多了，现在估计是"拷问"家世的时候。童姝笑容可掬："我爸妈都是翻译官。"

"噢！我认识很多翻译官，不知道你的爸妈都叫什么名字。"说话的是王所信，他身上有儒雅和冷漠的气质，让人一看便能够发现王梓身上的温文儒雅传自于他。

童姝看着他说："我爸爸叫童健海，我妈妈叫阳梅，不知道叔叔认不认识？"

"原来是健海和阳梅的孩子。"这句惊喜的话是王倡生开的口，"怪不得修养这么好。"他立即来了精神，"我和健海的爸爸当年是大学同学，只是没想到他居然会走得那么早。到现在王家和童家都时常有联系，就是从来没见过健海和阳梅的孩子。现在好了，果然王家和童家是有缘分的，我觉得我已经等不及了，你和王梓应该快点把婚给结了，我是想抱曾孙很久了。"

童姝怔了一下，把婚给结了？这会不会太快了一点？王梓还没见过她的父母呢！

王梓见她这样，抱住她的肩膀："爷爷，我们都还没毕业呢，不用这么急。"可脸上却是高兴的笑，可见这不是他心里的实话。

"不是呀，我觉得快点把婚结了好，毕不毕业有什么关系，结了婚依然可以继续学业。"杜思竹完全不将这个当成理由，和王倡生一样期待着他们共结连理的一天。

"但是我就怕到时候她必须休学。"王梓还是笑，而嘴角咧开的弧度越来越大，这是一句别有深意的话。

最先听出这句话意思的人是杜思竹，她笑得欣喜，用力握了握童婥的手："要真是那样最好不过，你没听你爷爷说想抱曾孙很久了吗？"

经她这么一解释，在场的人都明白过来，大家都笑了，王倡生笑得最大声："对，这样好，这样好，奉子成婚好。"

童婥觉得自己都变成一只煮熟的大虾了，羞赧地转头横一眼王梓，这样被大家笑话，不免有想扳回一成的心里，凑近他就恨恨地说："我才不要跟你生小孩。"

她的声音虽小，可耳尖的众人居然都神奇般听见了，顿然都被她逗得哈哈大笑。

笑声透过宽厚的大门传进站在门外的王子祈的耳朵里，也让他瞬间停下了脚步，杜宸睿站在他的身后，上前小声唤他："Boss——"

王子祈站了好一会，才转身从来时的路走了回去。虽然没有特意去记今天的日子，但只要他一闲下来，就会浮现那天王梓对他说过的话，心里经过了几番挣扎，都没有做下决定。现在之所以会出现在这里，只因为他最后的那句"胆小鬼"，这么聪明的他，怎么会不知道他的激将法，但是他必须承认，就算是知道他还是来了。

可结果，他们似乎早已忘了他的存在。

杜辰睿发现Boss最近的情绪异常不稳定，为了身家性命着想，他现在只跟他保持电话沟通的接触，当然他也庆幸最近有点儿忙，以至于他这样的现象还处于正常中。

王子祈当然明白自己最近暴躁的情绪来得莫名其妙,可没有杜辰睿在面前晃动,他还是觉得不打扰自己的好。原本会来找他的人就只有他了,而他有备份钥匙,所以通常不会听到门铃声,可就在他转身想进卧室休息一会时,门铃却突然响了起来。

脚步停住,剑眉蹙起,现在这个时候,他任何人都不想见,可依旧响动的门铃声似乎并不打算罢休。他握住盲杖的手紧了紧,最后转身前去开门。

用力将门打开,门外静悄悄的让他怀疑根本是有人恶作剧,当然如果耳朵边没有传来那平稳的呼吸声的话,他是会这么认为的。

等了几秒,门外的人终于说话:"子祈!"

杜思竹!

他的耳朵灵敏得犹如眼睛,一听声音就能准确无误地识别面前站着的是何人。

"我有些事想要跟你谈,让我进去再说吧!"杜思竹就像雍容华贵的牡丹,大气而镇定,明知道他并不欢迎自己,可她还是站在他的面前。她坚信,他们是一家人,他并没有她看到的那么讨厌自己。

果然,王子祈转身向内走,门是打开的,他并不拒绝跟她谈。

她扯出一个笑容,心里是高兴的。

"昨天你没有回来参加你爷爷的生日宴会,他很失望。"一进门,她就将谈话步入主题。她并没忽略昨晚送完童婍离开后王倡生失落的情绪,就连今天早上还没有好转。

"我觉得他应该很高兴才对。"昨晚在门外听见笑得最开心的那个人就是他,她居然还告诉他,他的不出现让他很失望,这简直是他听过的最好笑的笑话。

"昨晚你弟弟带女朋友回家他是很开心,可当她走后,他就心情低落。我看得出来这是因为你的关系，你爷爷是疼你的，我们大家都是爱你的。"杜思竹走到他身边，她是真希望有一天他能够接纳她。

王子祈没有接话，过了一会才扯出一个冷酷的笑："可我并不稀罕这些爱，你们还是给有需要的人吧！"他说得云淡风轻，这是对他们最好的践踏。

"为什么我们不能像一家人一样好好地相处呢？我知道你并不是那么冷漠的，搬回来吧！我们医院正在等适合你的眼角膜，我相信在不久之后你就可以重见光明。"杜思竹并不退却，而且她正为让他眼睛重见光明做着努力，她想要告诉他，他们一直都很关心他。

王子祈突然就转过身来，宽大的墨镜遮去他的大半边脸。她看不透他心里在想什么，沉默的他多少让人感到畏惧，他和他的父亲是那么相像，王所信不说话时给她的感觉就是这样。

"一些可怜的话你知道我从小到大听到过多少吗？"他开口说着，语气是前所未有的森冷，"而你那些居然让我觉得最为恶心，因为自己怀不了孩子，你就抢别人十月怀胎生下的孩子。我觉得你很可怜，听着别人的孩子喊自己为妈妈，你心里没有一点承受不起吗？他还不知道吧！但要是他知道……"

"不，不可以。"他的话还未说完，杜思竹就激动地叫喊起来，"你可以憎恨我，可以厌恶我，可以把我的好心当成驴肝肺，但就是不要把这个真相告诉王梓，因为我会用我的生命来阻止。"她的脸颊爬满泪水，说完转身就跑了出去。

他就那么恨她，为什么这么恨她？她心里那块最不愿被人提起的痛，就是没有替王家生下一儿半女。对待王梓她视为亲生骨肉，没有人能够剥夺她爱他的权利。

幽静舒适的咖啡厅里，指尖轻敲桌面，王所信端着咖啡喝了一口。等人是他最不喜欢的事情，可现在很不幸，他待在这里的目的就是为了等人。

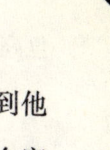

不耐烦地看了看手腕上的手表，他向咖啡厅门口看去，没有看到他等的人，撇开视线再喝一口咖啡。正当他将最后一点耐性磨光，一个穿着棕色皮鞋的人走到他面前。他抬起头，随即冷脸相对："希望下次你约人见面能够准时一点，毕竟不是每个人都有很好的耐性。"

男子坐到他的对面，服务员准时出现，他随意点了一杯咖啡，待服务员走远，他才开口："不好意思，路上有点塞车。"他笑着。

"是不是查到了？"王所信不浪费时间，直接奔入主题。

"当然！"男子一脸自信，从手提包里拿出一份资料递到他面前，喝上一口服务员端上来的咖啡，"我查得很详细，你应该会满意。"

王所信浏览着手中的资料，眼睛越眯越危险，上面赫然出现的人名让他的脸色变得铁黑。

霍达？

这个他这辈子最不愿提起的名字，她居然是他的女儿？

看着他一脸难看之色，他对面的男子突然蹙起眉头："有问题吗？"

王所信捏着纸张的一角，将之收入自己的皮夹，站起身来："另一半钱，我会打入你的账号，明天你查收一下。"冷淡说完他就向门外走去。

男子撇撇嘴，只要他没忘记给他钱就行，其他的不在他关心的范畴之内。

今天是幕宛思进入"王氏集团"旗下酒店当清洁工的第三个星期，可她居然一次都没有遇见她的儿子，这让她多少有点沉不住气。可经过她多番小心翼翼的打听，她终于知道王家在王梓没大学毕业以前不会让他全权处理公司事务，也就一个月来酒店视察两次。而让她兴奋的是，今天就是他来酒店的日子，她早早自告奋勇领命去大堂打扫。可左等右等，都快望眼欲穿了都不见他来。正无精打采地抹着地板，突然一双黑色高跟鞋踩到了有水迹的地板，她连忙仰起头，就见大堂经理吴女士黑着一张脸俯视她。她赶紧站起身来，就听吴女士说："你抹个地板需要用一整天的时间吗？男女厕所正等着清洁呢。"说着吴女士就伸手将她手中的抹布夺了过来，"这里我会叫其他人来处理，你现在去清扫男女厕所。一个小时候后我会去检查，要是你动作再这么蜗牛，你就给我滚蛋。"她撂下狠话，噔噔噔踩着高跟鞋离去了。

幕宛思转移工作阵地，可心里一直挂念着自己的儿子，原本以为今天会见上儿子一面，可照现在的情形来看，似乎泡汤了。虽然一点也打不起精神，可她还是没敢怠慢工作，要是真的被辞退，那她就真的看不到王梓了。为了自己的宝贝儿子，她必须留下来。

总算将女厕打扫干净，她提着拖把来到男厕。一进门，一个男人就痛苦地扶住墙壁，她赶紧丢掉手中的东西跑上前："先生，你没事吧？"

王梓按住抽筋的脚痛苦地看向突然跑进来的人："我的脚……抽筋了。"

幕宛思看着面前的这张脸，一时之间没有缓过神来，只是张着嘴巴紧紧盯着他。王……王梓，她的儿子呀。

"儿……"口中的"子"都到了嗓门口，最后还是被她压了下去。回神看见他痛苦的表情，她立即蹲下身子，用手把他痉挛的小腿肌肉拉直，然后揉搓，并且把抽筋的脚板往上扳，希望他能尽快减轻痛苦。

王梓的眉头慢慢舒解开来，脸上的痛苦也慢慢消失，睁开双眼，额头上有满满的汗珠，右脚的抽筋症状总算渐渐消退，他低头看着蹲在他身边的女人。

幕宛思抬起头来，看见他总算不再难受，这才站起身："没事了吧？"体内的母爱让她条件反射地伸手去擦他的汗。王梓怔愣住，没有推开她，只是定定地看着她。

为什么她给他的感觉那么亲切？在一个自己确定从未见过面的人身上感受到亲切是不是正常的事情？

"我没事！"他掩下心里的涟漪，推开她的手，向一旁退了一步，"谢谢你！"他向她道谢。

幕宛思被他推开，伸在半空的双手僵硬住了，有一刻大脑是突然空白的，意识到自己的失礼，她收回手："我……"

"我还有事要先走了，真的谢谢你。"王梓突然收到短信，连忙不好意思地说道，话说着就向门外走。

"我……"幕宛思依旧试图开口，追到厕所门口，他已走到走廊尽头的拐弯处，无奈地伏在墙壁上，"我的儿子，你何时能够喊我一声妈妈？"

顺利下班后，她打电话给了杜宸睿，在电话上她急切地想见王子祈一面，迫于曾经对她的保证，他硬着头皮开车将她载到老板住处楼下。

车子停下很久，他也下车一会儿了，本该最急切的人却静静坐在车子内。他敲了敲车窗，里面的她似乎才被惊醒，打开车门走出来，脸上有不该在这个时候出现的犹豫。

"怎么了？"杜宸睿问，很好奇这么急切来见儿子的她到底在犹豫什么。

"我这么做会不会太自私？明知道他一点也不想看见我，可我还是不顾他的感受介入他的生活。"幕宛思突然觉得自己是个自私自利的人，永远不知道要为别人着想。

要不是人来人往，杜宸睿会直接笑出声，她这话说得很有意思。

"你是他的亲生母亲，亲生母亲想见儿子是理所当然的。"他这样说。

"可他并不想见我，也并不愿意承认我这个妈妈，这比我站在王梓面前他不知道我是他亲生妈妈还要难受。我知道我欠子祈太多，我不是一个合格的母亲。可我很爱我的孩子，我真的很爱他们。"幕宛思说完，捂住嘴巴尽量不让自己悲伤地哭出声来。

杜宸睿看着她在阳光下哭得像个小孩，太过悲伤的情绪已经让她控制不住颤抖，拼命咬住下唇不想暴露自己的懦弱，可一股脑儿涌上来的眼泪就是止也止不住，最后干脆蹲下身子闷着头哭泣。

不知道为何，杜宸睿的心在隐隐作痛，一时冲动地拉起她就将她拥入怀中，让她在他的肩膀上尽情哭泣。到后来他才明白，她的眼泪原来是他今生想用生命去珍惜的东西。

只是他们浑然不知，王子祈已站在不远的楼梯转角处很久了，久得够他一字不漏地重复他们的对话和感受她无以复加的悲伤。

百无聊赖的时光是需要一些八卦来填补的，因为米朵最近实在是好事连连，这让她整个人精神焕发得可以。

一来是她的婚事已经敲定，昨天双方家长吃了个便饭，事后大家都没有提出异议。可她知道这门亲事米爸爸是不太满意的，但事情好在就是米妈妈非常赞成，两票对一票，就算是当家做主很多年的米爸爸也不得不顺从民意，谁叫他们家自组建成立那时起，做难以裁定的事情都是举手决定的呢。

当然知父母莫若她，她很清楚米妈妈同意的意图是因为沈母，从此在她的生命里又多了一个牌友，这可比她十月怀胎生下来的女儿来得好呀！毕竟牌品极差的她已经没有几个人愿意跟她搓一桌麻将了，可谓是人人敬而远之。

对于米爸爸来说，对嫁女儿一事慎重很多，从家世背景、男方工作到家庭成员情况和祖下血脉传承问题做了具体而细致的了解后，他得出的结论是不满意。要不是看在沈告天被"七尚"录用，这门不当户不对的，女儿嫁过去铁定吃苦，他也不可能让步。当然这是米爸爸吃完饭临走时对她说的，显然她一点也不放在心上。

二来是让她足足兴奋两天还没缓过神来的事，那就是沈告天在两天前的服装设计比赛中得了一等奖，顺利解决工作问题，正是这份工作敲下了他们的终身大事，她怎能不兴奋？

现在她正坐在茶馆里享受着烈日午后的惬意，喝了一口武夷岩茶，抬起满眼笑意的眼睛："童婞，你有没有后悔没去参加'七尚'的服装设计比赛？"她问得一脸认真，其实她是刚刚才知道她也有想过要参加这次比赛的。

童婞一只手撑着下巴，一只手端着茶杯耳，脸上的笑容很灿烂："你觉得呢？"她故意卖起关子。

"我是你肚子的蛔虫吗？我怎么可能知道。"米朵抛了个大白眼给她。

童婞立即打了个响指，故意兮兮地说："朵朵，你好聪明，答案就是我也不知道。"

她这么说完，米朵随即不顾形象地切了一声，可一深想，却又忍不住皱眉："你确定你真的没有觉得一点点可惜？毕竟要是你也去参加，也许他就得不到第一了。"她是知道童婞在服装设计方面的天赋的，所以她很庆幸她临时没去参加。

"你不觉得你很小看你的未婚夫吗？要是被他听见还不知道要伤心多久。"

"你们在聊什么？"

童婞调侃的话音才刚落，沈告天的声音就传了过来，紧接着走至她们身边。这样突如其来，不要说米朵吓出了一身冷汗，就连童婞脸上的笑容都有了一丝僵硬。米朵抬头对他笑得一脸心虚，不忘赶紧解释："没，没什么，就是女孩子之间常聊的八卦。"

"不会是在聊我吧？"这只是一个猜测，也是一个玩笑，但她们两人一听同时愣了一下,这么明显根本不容他不怀疑,"原来,似乎,好像是在聊我呀。"他笑了,对于她们可能在前几分钟聊他聊得邻桌都听得津津有味的事件并不怎么在意,似乎一个即将走进婚姻的男人被别人八卦一下是理所当然的。

看着王梓慢慢走过来,看着他对每个人都一脸笑容,像是算准了时间,在他那温暖的微笑即将收住前,幕宛思急而不慌地推着大型拖把从房间里走出来,将门锁好一转身就能和他碰个正着。

王梓明显愣了一下,随即记起了她。

"抽筋的脚没有大碍了吧?"幕宛思没有忍住率先开了口,而且还急切地想蹲下身去亲自查看。可明明抽筋过后每个人都不会有什么大碍的呀。

王梓连忙伸出手扶住她:"没事了。"而生怕她还不相信又重复了一遍,"真的没事了。"

幕宛思知道自己这样在他看来是异常的,可这不是她在意的重点,她只希望可以天天看见自己的儿子,在他需要帮助时伸出援手,其他什么也没有奢望了。

"上次走得急,都忘记问你叫什么名字。如果你不介意,我希望阿姨你能够告诉我你尊姓大名。"王梓礼貌地问道,温和的微笑总是能让人卸下心房。

"我姓幕,你叫我幕阿姨吧。"幕宛思是毫不犹豫就告诉他名字,她绝对想要他记住她。

"我叫王梓。"他简单说出自己的名字,至于其他事情他不作任何介绍。

我知道,我知道,我一直知道。

幕宛思在心里连连说着,可这些话她只能藏在心里,告诉他自己是

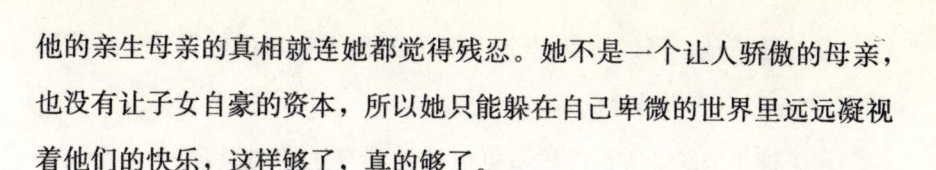

他的亲生母亲的真相就连她都觉得残忍。她不是一个让人骄傲的母亲，也没有让子女自豪的资本，所以她只能躲在自己卑微的世界里远远凝视着他们的快乐，这样够了，真的够了。

看见她眼眶瞬间打转的眼泪，王梓有点不解，疑问在脑袋里翻云覆雨："幕阿姨，你怎么啦?"

她这才发现自己的失态，连忙低下头擦掉眼泪，急忙说："没事，没事，我只是想到了我的儿子，他和你一般大了，可他从来不知道我是他的亲生妈妈。"她说，看见他蹙起眉的表情，眼泪脆弱得犹如玻璃。

"为什么不告诉他？我想他有权利知道自己的亲生父母是谁。"这句话是幕宛思说完好久后王梓才接下去的，这一句话绝对经过了他的深思熟虑。

幕宛思没有想过他会回答，而且会说出这些话。如果说吃惊，在深夜里她千万次地想过他可能会说出这句话；要是说不吃惊，可她听完后就这样定在了原地，什么话都说不出来。

"我相信他会理解你的。"王梓突然又补了一句，似乎是在鼓励她。

幕宛思突然频频摇起头来，后退了一小步，整个的重心倾斜到雪白的墙壁上，眼泪就像断了线的珍珠般滑下眼眶。

王梓看见她伤心欲绝的样子，想要安慰她，可又不知道能说些什么，最后只站在原地一动不动。反而是哭过后的幕宛思有了下一步动作，匆忙从一个房间门口拿出一个保温瓶，上面还有温度："这里面是一些清热解暑的汤，你拿去喝吧，我的儿子并不领我的情，我希望你不要拒绝。"

"今天你很不一样。"童烨一坐在王梓身边就说道。

王梓看着她，聪明的人不会笨到问她哪里不一样，他只会说："这里面的汤不是我煲的。"他摇了摇手中的保温壶解释。

童婠凑近他，仔细地审视他一番后退开："你家保姆煲的？给我喝的吗？"她很自作多情地问。

可王梓是个好宝宝，自然不可能让她心存这样的误会："不是，是我家酒店上班的一位阿姨给我的。"

童婠瞪圆眼睛，最后提出疑问："为什么？"

王梓没有及时回答，只是笑得很自恋："因为我长得帅吧。"不知道为何，他总觉得那些话是她只说给他听的，所以他没有跟童婠说，他有必要尊重自己的直觉，这是对她的尊重。

"是吗？"童婠很怀疑地凝视他，再后视线往下移定在那个保温壶上。

"童婠。"王梓突然唤她一声，她抬起眼皮，就见他扬扬手中的壶子，"我可以保证任何事情都和你分享，可这壶汤不行。"

他很认真，以至于听他这么说的童婠严肃地点点头："好！"

约会的中途，王梓接到了王所信打来的电话，叫他马上回家有要事跟他说。最后他和童婠只能被迫中断今天的约会，急匆匆赶回了家。

一进门，管家就告诉他，他的爸爸在书房等他。

他疑惑地多看了几眼管家，希望他能事先告知一声是什么重要的事情，能让他心里有个底。可管家完全像是接收不到他的信号，转身走进了厨房。

看着他离去的背影，他轻叹一口气，看样子只能自力救济了。三两步走上二楼，来到书房门口，他敲了敲门，里面随即传来一声沉闷的声音："进来！"

他打开米白色木质门走进去，看见背对着门口坐在书桌前的爸爸："发生什么事了吗？"这么急着找他回来，事情应该很重大才是。

沉默……

他皱起眉头，再靠近一点："爸爸——"他唤他，想要确定他没有睡着。

"王梓呀。"王所信终于开口了，一开口声音就显得沧桑无比。

王梓等，等他说下去，而他也如自己所愿："跟童婼分手吧。"

王梓对他这句话一时没有反应过来，待明白他说了什么后，不解地问："为什么？总该有个理由吧？"

"理由就是你们不合适。"就连王所信都要承认，这个理由真的糟糕透了，一点也没说服力。

"前几个星期我带她回来时，每个人都说我和她很合适，还急着要我们结婚，那时候我并没有看见爸爸提出异议，而且我确定爸爸是喜欢她的。可现在您居然告诉我，我和她不合适，您又不是我们，您怎么知道我们不合适？"王梓是真的有点生气，对父亲的这个要求他根本接受不了，也不会接受。童婼是他想用生命去呵护的女孩，而他的爸爸居然妄想用一个莫名其妙不能称之为理由的理由让他放弃，就算是他的哥哥王子祈来抢，他也不会放弃，更何况是这个不充分的理由。

王所信将椅子转过来面对他，白色的灯光下他看出儿子的不满。如果可以，他也不希望说出这些话，可上一辈的陈年旧事注定了他们不能在一起的命运。

"王梓，你最好答应我，要不然到时候受到伤害的人会是你最在乎的她。"王所信觉得恐吓别人是很可耻的行径，而恐吓自己的儿子只会让他觉得更卑鄙。可是他不允许一个错误自己错两回，这是天大的耻辱。

"爸，我从来不知道你是个不可理喻的人，可今天我总算见识到了。"王梓愤愤地说完，但很平静，"我不会跟童婼分手，如果你敢伤害她，我们父子的缘分就到今天为止了。"他说出了这辈子最严重的话，然后转身走出了书房。

王所信目送他离去，对于他决绝的话，他的脸居然更显得冷酷。这辈子他不可能接受一个让自己恨之入骨的仇人的女儿当王家的儿媳妇。

应了王爷爷和思竹阿姨的邀请，童婥在没有通知王梓的情况下独自来到了王家。

杜思竹早早就从医院回来指挥张罗起晚饭，她是一个喜欢亲力亲为的女人，更确切地说就是挑剔。对于饮食在王家她一手掌握，她不见得要亲自掌厨，可每一道菜都必须照她给出的步骤走。一听管家说童婥来了，她立即放下手中的活从厨房里出来。

"童婥，你先坐一会，王梓等一下就回来了，跟你的王爷爷聊聊天。"不知道为什么，杜思竹对童婥就是有说不上来的喜欢。

童婥微笑点头，坐在王倡生的身边："王爷爷，最近身体好吗？"

"好，看见你就更好了。"王倡生也是越来越喜欢这个女孩子，不管做什么事情都大方得体，不是多话的人，可也不显沉闷。

"嗯！"童婥笑了，露出一颗虎牙，增添了她的可爱。

一个由上往下的脚步声惊扰了她和王爷爷之间的谈话，她抬头看去，就见王所信正目不转睛地盯着她，他的眼神让她感到敌意。为什么？她不记得自己曾经得罪过他，而上次拜访他也不是这副模样的。

虽然已全然接收到了莫名的敌视，可当他走到她面前，她还是礼貌地站起身："王叔叔好。"

他不说话，只是盯着她看，最后坐入身后的沙发，才悠悠然问："你怎么来了？"声音是压抑过后的风平浪静，一想起她就是霍达的女儿，他就没有办法控制自己的愤恨。

对于这句明显有着不欢迎意味的话，童婥真的不知道要怎么回答，困窘地站在那里尴尬地低下头。

王倡生在一旁看不下去说："是我和思竹请童婥来吃个晚饭的。她现在是我们王梓的女朋友，自然要常来家里走动走动。我想着改天约健海和阳梅到家里来吃个饭，谈谈王梓和童烨的婚事，更何况我们和他们真的好久没见了。"

童烨真的很不习惯这种"皇帝不急太监急"的局态，尤其还是气氛明显给她不太舒服的现在，他们将她当成隐形人一样，这会让她有想逃的冲动。

"现在谈婚事不是太早了吗？要是突然分手就会产生尴尬。"这是王所信冷酷着一张脸后轻描淡写说的话。他的眼神比刚才更为犀利，可并不看着童烨。

童烨想，没有任何事情比现在她的处境来得尴尬了。男方的父亲对待他和王梓可以白头偕老的愿望并不看好，而且还很现实地对突如其来的分手做好了心理准备，要不是当着她的面说，她不会觉得有什么，可恰恰他就是毫不避忌地当着她的面提出了假设。

"你今天是怎么回事？难道你就没有一句好听的话吗？"王倡生是生气了，毕竟他的话真的让人很恼火。

还好这个时候杜思竹笑容满面走了出来，及时阻止了王所信接下来可能更为不好听的话："我们可以准备开饭了，刚才接到王梓的电话，他说他可能要晚点回来，看样子我们给他的惊喜他会错过了。"她笑看着童烨，童烨回以一笑。

瞬间因为杜思竹的介入，客厅里的气氛变为正常，虽说王所信依旧沉着一张脸，王倡生也闷不吭声，可童烨已不像刚才那么窘迫了。

他们终于移师餐桌，也让童烨有了喘口气的机会。王所信除了下楼时盯着她看外，没有将任何视线移到她身上，可就算是这样她还是觉得很有压迫感。

她今晚最大的失策就是不该在没经过王梓知晓的情况下来王家，现在想要找个提前退场而不突兀的理由都没有。

一顿晚餐下来,她心里已经将王梓骂了N遍。通常在这个时候,他该有个电话才对的,可为什么在她极度想接到他电话时他不打来?而且她从来不知道自己手机安静得就像是世界都遗忘了她,居然连同学朋友的一个电话都没有,这是多么悲哀的发现。

吃完晚饭,在客厅跟杜阿姨闲话家常了好一会儿,虽说没有王叔叔在场她多少自在了一些,可她还是明显地看了不下三次时钟。在这样的情况下,她还是没有找到适当的时机说先走,迫于三急她说去上个洗手间。

可就在她因为一楼洗手间被人占用移步二楼上完出来,王所信已不知道在那里等了多久。她的眉头不自主就锁了起来:"王叔叔!"她率先开了口,正准备快速从他面前走过。谁知道他突然就说:"离开王梓,任何条件我都可以答应你。"

终于,在原本就过得不顺畅的今晚还是迎来了最糟糕的一幕,其实这个结果她早已心中有数,从他眼中的敌意,从他对她前后判若两人的态度,一定是不想她继续跟王梓交往下去。可是,为什么?

夜,很静,阳台上有凉风沙沙作响,童婼开着台灯在发呆。耳朵边萦绕不去的都是今晚王所信所说的话,虽然她不想放在心上,但就是莫名挥之不去,然后呆坐在这里和台灯干瞪眼。

"给我一个理由。"

"你们不合适。"

想到这个回答,她居然有点想笑。父母就是这样,用尽办法拆散相爱的恋人时都会用这个借口,而这样常常只是为事实的真相做掩盖,当烦琐占据心那块地盘很大的一部分,再加上一点一滴的秘密,人怎能活得不累?

"你还不打算睡吗?"突然,米朵的声音从她床上传了过来,童婼转头就见她从上面爬了下来，拖鞋哒哒地响起，她走到她的身边，将自己的椅子拖过来。

"吵醒你了。"童婼看着她说。

"我也睡不着。"米朵支手撑着下巴，雪亮的眼睛看着台灯白色的灯光，双眼微微被刺痛后才移开。

"因为明天就要去试穿婚纱？"童婼猜测。

米朵挑高好看的眉毛，不像是被说中心事："不是，我是看你有心事。"她将脸凑过来，像是要童婼开诚布公将心事和她分享。

童婼没好气地将她推回椅子坐好，不由自主轻叹一声："朵朵，要是得不到父母祝福的爱情应该不会幸福吧？"

"怎么啦？你和王梓出问题了吗？"米朵紧张兮兮的，一双眼睛挂满担忧。

"我也不知道到底出了什么问题，反正今晚我去他家，他的爸爸要求我离开他。"她知道自己需要一个倾诉的对象，而米朵绝对是最适合的那个。

但令她没想到的是，米朵的反应异常地大："什么？"她从椅子上弹跳起身，那表情像是被要求离开男朋友的人是她。

"你干吗这么激动？"童婼闷闷地问。

"童婼，我怎么可能不激动？"她将脸差点就贴到她的脸上去了，"你和王梓就快因为他的父亲而散了，你叫我怎么可能平静得下来？不行，我要去找他问清楚，凭什么不让你和王梓在一起？门当户对，两情相悦，多少人祝福。"她说着就真的向大门走去，童婼赶紧将她拉了回来。

"你不要发疯了，现在都几点了，你是要去砸人家的玻璃将他们吵起来吗？"她怎么有一个这么鲁莽的死党。

"唉，好主意，我刚才只想着可能要按门铃按到手断呢。"米朵居然

第 7 章 她知道她已经永远失去他

转头毫不吝啬地对她大加赞赏。

"你不要闹了。"童婳用力将米朵按坐回椅子上，对她真的不知道说什么才好。

米朵重重叹了一口气，抓住童婳的手："你和王梓绝对不要妥协，要做好打持久战的准备。"她出于一个朋友的身份衷心发表了她的建议。

"知道啦。"童婳完全对她没好气，坐回自己的位置上，坚定地说，"不管是什么样的理由，我都不会放弃。"

婚纱店里，童婳和王梓陪着米朵和沈告天来试婚纱礼服。虽然准新郎还未出现，但准新娘已如火如荼挑选起自己的婚纱了，现在她正在更衣室里试穿那条由她独到眼光挑选出来的漂亮婚纱。

童婳和王梓并排坐在更衣室外，都没有开口说话，倒是婚纱店里的店员频频对他们行注目礼，好几次她们的对话都传到了他们的耳朵里。

最让童婳心湖涟漪顿起的是她们那句：要是他们穿上结婚礼服一定很好看。

要是他们穿上结婚礼服？

这是一句多么吸引她的话，原本以为自己从未想过结婚，可这一刻她才发现自己很渴望成为他的新娘。她也觉得，她和王梓穿上结婚礼服的模样一定很美好。

王梓的视线一直在前方，可却时不时观察着她，看见她突然笑了笑，这才转头握住她的手："童婳，昨晚的事情我要向你道歉。"

没有想到这么突然，她脑海正在规划着理想婚礼的仪式呢，居然就对上他抱歉的脸，一时之间漏听了他的话："你……说什么？"

"原谅爸爸对你说过的话。"王梓说。

原来是说这个，童婳总算听懂了他说什么，而恰好这也是她想找他谈谈的。基于今天是来捧米朵和沈告天的场，她也就不打算说，既然现在他先开了口，那就在这里聊几句吧。

"王梓，没有关系的，我会证明给王叔叔看，我们很合适。"她微笑着笃定，希望他和自己一样相信，经过他们的努力有一天他会同意他们在一起。

"我不知道我爸爸为什么突然反对我们在一起，但我一定不会放弃你。"王梓给予她一个男人的承诺。

"有你这句话就够了。"童婳说，眼眶里有感动的泪光。

新郎突然因为工作原因不能来了，这着实气坏了米朵这个准新娘，这一怒之下，她飞车跑去蛋糕店泄愤。看着对面狼吞虎咽的女人，童婳不由自主咂舌，咽了咽口水，心里猜想，她这样暴食下去该增多少斤呀？

既然沈告天不能来了，童婳就让王梓先回去了。可现在看来，让他先走是失策之举，等一下米朵吃得走不动，她可没有那么大力气将她送回去。

"不要再吃了。"她总算逮着机会将蛋糕端走。可是米朵根本不听她的话，直接又将蛋糕拉回面前埋头苦吃起来。

"朵朵，你到底听到我说的话没有？"童婳气愤，爱美的她要是事后增胖好几斤，就会将责任都推到她身上，说她当时怎么不阻止自己。可她大小姐也要想想，这劝得有人听才行呀。

米朵自是听不进她的话，在她心里直把面前的蛋糕当成沈告天的肉来啃，一口一口，咬死他这个死不讲信用的家伙。

米朵是真的生沈告天的气了，足足三天，她不接他一通电话，任何形式的道歉她也不理会，似乎铁了心和他断绝来往一样。

当然，童婳知道她不会悔婚，就算再怎么生气她都不会放弃他，毕竟她肚子里还有一个孩子。

在她看来，这恰恰是米朵在乎他的表现，也许就连她自己都没有发现。要不然她不会在三天后的今天，因为他的一束玫瑰和一张温馨道歉的纸条，就欢欢喜喜跑去原谅他了。

说来比较奇怪的人是王梓，自从那天沈告天失约米朵后，最近几天不知道为什么，她打电话给他总打不通，到他系里找他也找不到人，这让她不由自主忧心忡忡起来，也有了一丝莫名不好的预感。

还好今天是米朵和沈告天和好后再次紧锣密鼓张罗结婚事宜的日子，而王梓早就答应会来协助。

沈告天这次学乖了，向公司早早请了假来接她们去婚纱店。他们两人这会儿穿上婚纱和礼服在镜子前大秀恩爱，这次倒是王梓迟迟不见踪影。

童婵向门口张望了多次，却依旧没看见他进来，心里也就有点儿不高兴。虽说他不是这场婚礼的主角，可答应了别人的事情就要履行承诺，不来也不打个电话过来，真是让人恼火。

"童婵，我想王梓应该是塞车。"米朵从那边走过来，一脸幸福地说道。对她来说，只要新郎准时到就行了，其他小角色不准时或者不来她是不会太计较的。

但这个王梓也太不给她面子了，虽然不想承认，可她知道自己心里是有点失望的。

"我也希望这样。"事实可能并不如她想象的那般，也许他根本忘记今天的日子，又或许他在躲避什么。童婵心中这样想着。"选定了吗？"她看着米朵身上的婚纱问。

"好像腰这里有点儿窄。"米朵说，"我让他们给我改改应该就成了。"

走出婚纱店，他们正打算往家具城走去，一个人急匆匆跑了过来，三人定睛一看，才发现是王梓。

"我来晚了,不好意思。"他率先开了口,一脸歉意。

"我还以为你不来了呢。"米朵有点怪责地努努嘴。

王梓淡淡微笑不作过多的解释:"抱歉。"

"好了,我们赶快去购买新房的家具,要不然天要黑了。"沈告天上前岔开话题。

童婼一句话没说,只是目不转睛地看着王梓,而他的眼神一直避开她的视线。

米朵点了点头,拉着童婼说:"我们走吧!"转头看见王梓,脑袋灵机一动,松开童婼,转头对沈告天挤挤眼,"我们先去吧,他们应该有话要说。"匆匆忙忙,她拉了他就走。

童婼不知道终于看到他是怎样的心情,她现在只想知道他到底是怎么了。如果说在他没出现前他近来不对劲只是猜测,那么在这一刻她已经笃定了。

"为什么躲着我?"她知道自己今天一定要问清楚,要不然自己会发疯的。

王梓终于将目光看向她,定定看着她,没有开口,也没有其他动作。

"为什么不说话?"童婼对他的沉默感到愤怒,"为什么不回答我?你有什么事你告诉我,还是我做错了什么?"

他们站在人潮涌动的街头,她的质问理所当然吸引了路人的侧目,可当事的两人都丝毫不在意这样,众目睽睽之下旁若无人地对视着。

"你很好,真的很好,也许是我不够好。"王梓沉默这么久后总算说话了,可这些话令童婼更为不解。

"我不明白你的意思。"她将柳眉锁成一个结,想破脑袋也想不通他这话的意思。

第7章 她知道她已经永远失去他

是想要说分手吗？毕竟这些话像极了想分手的人会说的话。

"为什么不是我先遇到你？"王梓不但没有将疑问解释清楚，反而是越说越费解。

"我不明白，我不明白，你难道不能把话说得我能听懂一点吗？"她火了，双手握拳很是激动。

只是令谁都意想不到，下一秒王梓突然就抱住了她。刚好目睹的行人纷纷停步凝望，现场骤然有些沸腾起来，口哨声、议论声此起彼伏。

"童婥，你有没有想过你爱的人也许不是我？"王梓低沉磁性的嗓音在她耳朵边回荡。

童婥沉默了，不曾展开的眉头锁得更紧了，倏地用尽全力将他推开，大声地说："是你，是你，是你，要不然还会有谁？你告诉我还会有谁？"她从来不曾怀疑那颗爱他的心，而她一直以为他和她一样，就如她不会去怀疑他对她的爱一样，可照现在的情形看，是不是她太自信了？

王梓没有想到她会这么激动，一时之间居然愣在了原地，待回神，他慢慢上前握住她的手："走吧！米朵和告天应该等得不耐烦了。"说完转身，牵着她就向前走去。

童婥没有拒绝，只是抬头看着他。

他们用十分钟就赶到了米朵和沈告天所在的地方，只是在临进门前发生了一点意外。一个男人速度极快地从里面飞奔出来，来不及躲开的童婥被他撞倒在地，那人一句"对不起"都没说就直接跑走。

王梓伸手将她扶起身来，紧接着身后传来几声："抢钱包啦，抢钱包啦……"就见一个老婆婆拄着拐杖追出来。

王梓见状怒火中烧，朝那个小贼逃走的方向看去，当下对童婥说："你在这里等我。"这话一完，他飞快地追了上去。

"王梓……"童婳只来得及喊出他的名字，后面没有说完的是"不要去"。不知为什么，在他追上去时她有种很不好的预感，像是要发生什么事一样。而这种不祥的预感让她也不顾一切追了出去。

王梓从小运动细胞就发达，没有一会儿，就在一条巷子里将那个跑得贼快的贼追上了。他伸手扯住他的衣服，可贼都有一种不愿服输的精神，当下转身拼命挣扎想要扯开他的手，双脚也不曾闲着，依旧想要向前跑，只是有了王梓的纠缠他多次不能如愿。

"跟我去警察局，你跑不掉的。"王梓打算劝他乖乖就范，不要一错再错。

能走上这一步的小贼根本不是那么几句话就能回头是岸的，他想方设法摆脱王梓。而在王梓稍不留神当口，他就像泥鳅一样滑脱了他的纠缠，当下撒腿就跑。可是没跑几米远，他再次被王梓逮住，无奈的小贼显然恼羞成怒，倏地，不知道从哪里抽出一把匕首，转身就狰狞地向身后的王梓刺过去。

当童婳赶到时，正巧看到了这令她震惊的一幕。鲜血从王梓的身上慢慢流淌出来，她看着那把刺在胸口的匕首，痛苦在他的脸上骤然加剧，闯下大祸的小贼当下吓得转身就逃。

童婳飞速跑到王梓身边，他已经支撑不住摔倒在地，眼泪无声地从眼眶流下，她跪在地上双手颤抖地抱住他。从他嘴角溢出的鲜血就像洪水一样一发不可收拾，她用手拼命擦着他的鲜血，眼泪滴落在他的脸上……

"不会有事的，不会有事的。"她口中喃喃说着，看见他脸上更为痛苦的表情，才惊觉更重要的事情，抬起头来对着围上来的人群叫喊，"救护车，快叫救护车……"

医院抢救室外，童婳脸色苍白地坐在凳子上，一阵急促的脚步声由远及近，紧接着停在她的面前。米朵坐到她旁边，双手紧紧握住她冰凉的手:"童婼,这到底是怎么回事?王梓怎么会……"她的话说不下去,直接哭出声来。刚才看他们迟迟没来和她会合,就叫告天拨个电话过去,没想到接到的是王梓不测的消息,怎么会弄成这样?

童婼死死盯着抢救室的那盏红灯,生怕错过重要的瞬间。

又是一阵匆忙的脚步声,接着是王家人赶到。

"这是怎么回事?童婼,你可以告诉我王梓到底是怎么回事?"杜思竹冲到她面前将她拉起来问道。

童婼慢慢将视线移到她的脸上,泪水早已模糊了双眼,轻声诉说:"他为了帮一个老婆婆追回被抢的钱包,不小心……被那个小贼刺伤了。"这句话说下来似乎用掉了她全身的力气。

杜思竹听完直接大哭了起来,王所信上前扶住她的身子,让她在他的肩膀上哭泣,可一双看不出意味的眼睛紧紧盯着童婼。在这个时候,她并不在意他的敌意,慢慢坐回凳子上。米朵用力抱住她的肩膀,在她耳朵边哭泣着说:"不会有事的,不会有事的,童婼……"

童婼不知道自己是怎样回到家的,她只知道她耳朵边久久回荡着医生从急救室里出来宣布的话:"对不起,我们尽力了,匕首刺中心脏,又失血过多,你们可以进去见他最后一面。"

她记得他们一群人是轮着进去和他道别的,在杜思竹捂着嘴巴哭着跑出来后,她最后一个走进他的病房。站在门边看着他苍白犹如白纸的脸,她一动也不动,眼泪哗哗地往下掉,他的右手向她伸来,突然轻唤:"童婼——"她这才跑到他的床前,这一刻才愿意承认如今的事情。她紧紧地握住他的手,最后听到他说:"忘了我,勇敢去追求你的幸福,我会祝福你的,我一定会……祝福你……的。"用尽最后一口气说完整句话,他的手缓缓滑下,可她硬是重新将他的手握回手中,频频摇头,万万想不到他最后想跟她说的是这个,倔犟的她大声地告诉他:"我不会忘记你,我永远也不会忘记你……"

她将整个身子缩在床角紧紧抱住自己，眼泪在这个时候已经停止，双眼在黑暗的房间里黯淡地睁着。门外有轻拍声响起，紧接着是妈妈的声音："娎娎，你不要吓妈妈，有什么事你出来再说可不可以？"也许是有人来制止了她，外面突然又没声了。

她将脸埋在膝盖上闭上眼睛，她知道她失去他了，永远失去他了，他再也不会回来了，但为什么有个声音在告诉她，他没有死，他不会死，可明明他就在她的面前断了气。

为什么？为什么？你为什么要丢下我？

第 8 章　这脸和记忆中的一模一样

三年后

法国巴黎飞往中国 A 市的 AF341 次航班在 A 市国际机场顺利抵达，欧娜娜在接机区频频向乘客出口处张望，生怕一不留神自己等候多时的人就错过了。还好不一会儿，她就看见了手推行李带着黑色墨镜的女人走出来，立即扬起手朝她挥了挥。

墨镜下的明眸眯了眯，随即伸手摘下了那副极度碍眼的墨镜，童婞脸上扬起微笑，抬起手也朝她挥着。

欧娜娜笑容满面迎向她："你总算回来了，我还以为你又放我鸽子呢。"她打趣着接过她的行李。

童婞淡笑不语，三年的时间多少将她身上的孩子气淡化一些。其实也不怪欧娜娜这番不满，毕竟掐指一算，她放她鸽子已经三次了，要是这次再失约没有回国，想必她会直接杀去法国将她"逮捕归案"。

唇角的笑容更浓了一点，三年了，三年前离开后就一直不曾回来过，就算爸妈在电话里说多想念她，也是他们一有时间过去探望，自己从来没有尽过女儿的孝。不过还好，她终于回来了，不管这里曾经有多少让她伤心的过去，她还是回来了。

"你在这里等一下，我去开车。"走出机场大门，欧娜娜转身对她说了一句，就向一旁走去。

迎着头顶那片灿烂的阳光，闭上眼睛，脸上熟悉的温暖让她的心一

下子暖烘烘的，原来不管走到哪里，还是这里的风景更美丽，太阳更灿烂。

童婍低下头，再次笑了，侧头看一看欧娜娜的车来了没有。没想到这一看，让她顿时呆若木鸡，双眼越睁越大，前面不远处站着的人不就是她魂牵梦萦了三年的男人吗？一个本不该再出现在世上的男人，心中的难以置信让她快步迎上前去，双手抓住他的手臂，缓缓抬起头，震惊瞬间夺去了她的思绪，现在她不知道要用何种语言去问好才对。

是他，真的是他！她没有看错，这张脸，这双眼睛，这个鼻子，这张嘴巴，都和记忆中的一模一样。他是她的王梓，他没有死，原来他真的没有死。

王子祈看着突然冒出来的女人，她眼睛里打转着的是眼泪，那专注的模样像是认识他很久似的，可明明除了今天以前，他不曾见过她。

"是你吗？"童婍傻傻地问道，她想要从他口中得到确定的答案。

"我不认识你。"王子祈说着扯下她的手，后退一步，薄唇紧抿，眼神锐利。他的确不复当年那温文儒雅的气质，但他一定是王梓，不是他还会有谁？

"可我认识你，我真的认识你，我是童婍，你好好想想。"她很焦急，心里就是认定他应该认识自己。

"Boss，怎么啦？"前来接王子祈的杜宸睿看见他被一个女人纠缠，连忙下车跑过来救驾。

"没什么，她认错人了。"王子祈毫无情绪地说。

可童婍反手再次抓住他的手臂："不，我没有认错人。"她很执拗，很笃定。

王子祈转身，他不是没有遇到过对他纠缠的女人，只是他永远不会让她们得寸进尺，但照现在看来，这个女人已经越到他的底线。他讨厌被人碰触，可今天已经是她第二次抓住他的手了。

"帮我拉开她。"他冷冷地看着她，这句话却是对杜宸睿说的。

老板有令，他这个做下属的自然不敢当耳边风，伸手拉住她，王子祈就头也不回地向前面的车子走去。

"你……"

她对着他的背影皱眉头，挣脱杜宸睿的钳制，却被他迅速堵住去路："小姐，不要再追了。"说完，他转身跑到车子前坐进去，不一会儿就扬长而去。

童婼眼睁睁看着车子消失不见，心里五味杂陈不是滋味。

"你怎么啦？"欧娜娜走过来拍了一下她的肩膀，看到受到惊吓的她转过头来，"遇到鬼了？"童婼的表情让她不免有这样的猜测。

"走吧！"童婼的惊愕情绪来得快，去得也快，一回过神就率先朝她的车子走去，可整个人看起来很是疲惫。

真的没事吗？

欧娜娜推了推鼻梁上那上千度的黑框眼镜，刚才她似乎看见童婼看着一辆车子发呆……

在服装设计界，Angel这个名字是两年前一夕之间蹿起来的。而她之所以红遍全世界，是因为一条为英国女王的女儿所设计的绝色婚纱。当人们将瞩目的视线投注在那场旷世的婚礼上时，这条被各界人士赞不绝口的婚纱也得到了全球的瞩目，让她的名字以最快的速度成为别人口中羡慕的谈资。英国女王频频向外对她毫不吝啬地赞赏，也让众人知道这条婚纱的设计者就是她口中提到的Angel。

可说来也奇怪，至今为止没有人知道她长什么样，也没有人知道她是哪国人，可以说神秘得连大家都怀疑有没有这个人。

对待现在无孔不入的侦探狗仔队，她还能保持这样的神秘实属难得，当然她的低调更加挑起外界一探她庐山真面目的兴趣，只是徒劳找不到机会。

当童婥迎着左邻右舍的目光，跟着欧娜娜走进这栋意大利风格的别墅时，当时的邻居们并不知道那个被世界瞩目的服装设计师 Angel 就是眼前刚刚走过的人。

没错，童婥就是 Angel，那个神秘得连狗仔侦探都无法挖掘出的新一代知名服装设计界新宠。知道这个秘密的人除了她的对外发言人欧娜娜以外，就是她的老师耐特先生和他的儿子 ABC，就连她的父母也不知道。

"这是我给你安排的住处，还有我帮你接下的任务。"欧娜娜慢悠悠地帮两人倒了杯水出来，很理所当然地对她这样说。

童婥挑起眼看她一眼，喝一口水润润喉咙，才不紧不慢地道："要是他有这个耐性，我并不介意接。"

欧娜娜认识她三年，这不长不短的时间足够让她对她全方面地了解，所以相当明白她这话的意思，莞尔一笑："放心，这个人有足够的耐性，你可以慢慢琢磨。他所提的条件我全部详细地记录在电脑上了，有时间慢慢看。明天我要飞去意大利一趟，不要太想念我，我先走了，bye！"她一边交代着，一边移步走向大门，话音刚落，她已经挥挥手离开了。

童婥知道她会飞往意大利除了去见她的亲爱男朋友以外，不会有其他事情了。她支手撑着下巴，心思一下子飘回机场门口的那一幕上。

那个让她想念了三年的男人，居然在她踏上这里的第一刻就相遇了。他没有死，原来心里一直相信就一定会成真。

可他为什么会不认识她？他失忆了吗？

心里开始了莫名的揣测，可这样的结果却令她的心更加下沉。

她想，她必须唤起他的记忆，或者重新让他爱上自己。

夜幕悄然无声地降临，童婵一个人开着车子行驶在柏油路上，原本她应该第一时间回家看看，要是爸妈知道她回来一定会很高兴，可现在她的目的地是一间酒吧。

当车子在一间名为极度酒吧的门前停下，她的目的地也就到了。看着大门那耀眼的妖娆灯光，她毅然走了进去。里面的热舞已经带动着观众的热情，这些她视若无睹，直接朝右上角的那张桌子走去。

王子祈不管心情怎样每晚都会来酒吧喝上几杯，不见得是期待 one night stand，当然更多的时候他并不拒绝女人的靠近。也许这里喧嚣得近乎震耳欲聋的疯狂是他真正愿意天天来的原因，他家里有各种各样的名酒，要喝多少有多少，可在只有他一个人的空间里喝酒，就算是醉死那也显得太寂寞了吧。

没错，他真的觉得孤单寂寞，这种感觉是他这三年来才有的感受。不知道为什么，在午夜梦回被噩梦突然惊醒，他往往再也无法入睡。这个时候他会想起从前自己看不见光明的日子，而想起最多的那个人是他的弟弟以及这双让自己重见光明的眼睛。

"嗨，我可以坐在这里吗？"童婵挂着迷人的笑容，用强作镇定后的声音询问，在没有得到他的同意前就自作主张地坐了下来。如果说她这样做不紧张的话那绝对是骗人的，心里波涛汹涌的程度只有自己清楚，毕竟她是新手上路，一切看起来还太生涩。

王子祈一手端着 Long Island Iced Tea 鸡尾酒，一手支着脑袋陷入沉思，突然听见她打扰的声音，抬起眼看向坐在他对面的女人，眉头顿然蹙紧。

"请我喝一杯吧！"童婵并不介意他难看的脸色，依旧如故地笑着，甚至厚着脸皮提出让对方请她喝酒，而且说完就招来服务员点了一杯 Pink Lady Cocktail。

"我们见过。"王子祈放下手眯着眼睛看她，记得她就是今天他刚下飞机在机场门口打扰他的女人。

"是的，我们见过，而且我们又见面了。"童姹很高兴他会这么说，显然她已经让他记住自己了。

王子祈见她脸上更浓的笑意，眉头不由自主锁得更紧："你到底想干什么？"他阴鸷地问她，突然觉得她是莫名其妙的女人。

童姹伸手端起那杯 Pink Lady Cocktail 浅浅啜了一口，满意一笑："我叫童姹，你叫什么名字？"既然明白他有可能失忆，那他们有必要重新认识一下。

王子祈的脸色说不上来地沉郁，冰冷又危险地瞅着她，可一句话也不说，最后他一大口喝掉杯中的酒，将杯子随意放回桌上，站起身就要走。

童姹完全想到了他会不耐烦地离开，所以就比他更快一步堵住他的去路："我知道你姓王。"她突然这样说。

"你到底是谁？"她的话让王子祈吃惊，这个莫名其妙的女人到底是从哪里蹦出来的？又是怎么知道他姓什么的？

"因为我们很早就认识了，我们认识很久了。"童姹抓住他的手，开始有些激动。

王子祈垂眼看着她抓住自己胳膊的手，一时之间不知道她在说什么，只知道自己今天真的倒霉透了，才会三番五次遇到这个疯女人。只是他不知道的是自己往后的日子会持续今天的倒霉。

这天，童姹正打算出门。当她穿戴整齐走向大门时，门铃却突然响起，她狐疑地一皱眉，打开门就见倏然出现在门外的惊喜："爸妈？"

"姹姹！"阳梅高兴地上前抱住她，泪腺发达得即刻就掉下眼泪来。

"爸妈怎么会知道我在这里？"对这个的疑问已经和见到父母的喜悦

是同等的了，她条件反射就脱口问道。

"要不是我们来找你，你是不是就不回家了？"童健海轻叹一口气走进屋来，双鬓的花白头发让童婥看得一阵心酸。

"爸爸，我打算过几天回去。"她上前抱住父亲的手臂，好久没有这样亲昵地抱着父母依偎了，都差点忘记自己也有撒娇的权利。

"你们快点过来坐，我去倒茶。"童婥将父母领到客厅沙发坐下，就快速沏了两杯茶出来，"对了，你们还没告诉我，是谁告诉你们我在这里的？"

"一个叫做欧娜娜的女人，她说是你的朋友。"阳梅开口为她解惑，也免除了她心底莫须有的担忧。

童婥松了眉头，原来是那女人，还是这么多管闲事，都要去见男朋友了居然还有精力管她的事。不过她心里觉得有这样一个朋友还挺不错的。

"噢，妈妈，你最近身体好吗？"童婥记得有一年她来法国看望自己时老是说腿痛。

"人老了，身体当然大不如前，不过也没什么大毛病。倒是你，怎么还是那么不会照顾自己，你看你瘦的。"可怜天下父母心，天底下没有几个妈妈不心疼儿女的，就算是胖得可以跟大熊猫媲美还是觉得你太瘦。

通常在这个时候，童婥会很适时地岔开话题："对了，爸爸明天要飞去墨西哥，今天不是该准备了吗？"

"已经准备好了，就等着明天出发。"童健海浑厚的嗓音扬起，然后反问，"我看你刚才是要急着出门？"

"哦！不是什么重要的事情，等一下我们一起吃午餐。"童婥适时提议，他们三人好久没在一起吃饭了，在大学以前的日子甚是令人怀念。那时他们三人总是天天一张桌子吃饭，虽不热闹却也温馨，这是一个家的感觉。

午餐后，一通紧急的电话将童健海和阳梅唤走了，剩下的童婵自然去做今早没来得及行动的事情。

她开车来到市医院，一进大门直接坐电梯上五楼。电梯抵达，她居然有点莫名的紧张，两手心开始冒汗，就像情窦初开的女孩即将去见心仪的男孩子，深呼吸一口气，电梯门打开，一映入眼帘的正是自己要找的人。

显然王子祈也没有想到，站在门外看着她走出，继而剑眉深锁，他怎么又遇到她？

"嗨，怎么这么巧？"童婵眼睛都不眨地打招呼，甚至奉送一个大大的笑脸。

真的这么巧吗？

王子祈心里这样问道，可已经打算将她当成透明人，不管是巧合也好特意也罢，反正他并不想和她有任何牵扯。他心中这样想着就快速走进电梯，童婵转身就要拉住他，可吃过这一套的王子祈不会让自己犯第三次错误，比她更快地甩开她的手，步入电梯。

虽然王子祈今天在医院电梯前潜逃成功，可是他们之间的孽缘注定不可能因此而告终。

童婵百无聊赖地坐在车子上发呆，眼神透过挡风玻璃向前方的公寓凝望。

现在是晚上十一点，里面的灯光璀璨、路灯的晕黄映照在她的车窗折射到她的侧脸，镀上一缕朦胧的色泽。根据她雇的人回来报告，她确定他就在里面，而她接到消息就第一时间赶来，现在至少也等了两个小时，可却久久不见他出来。

这栋公寓里到底住着什么人？

她心里冒着疑问号，正当自己在车内坐得腰疼时，她的手机倏然响了起来，连忙拿起一看是个熟悉的号码："喂，娜娜。"

"你现在一定不在工作。"欧娜娜用非常肯定的语气说，但却显得冷飕飕的，以她对童婼的了解，只要不是工作的时间她就一定会开机，而显然现在电话接通了。

"对。"童婼对于早已被她熟知的习惯根本不想去掩饰，一边回应，一边眼睛一眨不眨地观察前面公寓的动静。

"那任务你开始了吗？"欧娜娜这边轻叹一口气，换上小心翼翼的语气。

童婼实话实说："没有。"

哗啦一声，这是欧娜娜心碎的声音，连连深呼吸才没有让自己爆发。

"童婼——"她大吼，"我猜你一定连电脑都没有打开过。"

对她的料事如神童婼倒不觉得惊讶，毫不吝啬地称赞她道："你真聪明。"

"你现在在干什么？"如今，这是她唯一猜不出的地方了。

"我在外面有点事情，具体什么事我就不告诉你了。好了，你没有其他比较重要的事情的话我就挂了。"童婼眼看公寓门口有了动静，立刻说完收线。

"童……"这边的欧娜娜还想说着什么，可手机那头就传来挂断的声音。紧揣着男友刚刚买回来的限量版手机，她差点就像扔垃圾一样扔出去了，还好他的男友对她放心不下紧迫盯人，才没有让她酿成大错。

这边的童婼挂断了电话后，就小心翼翼地跟在一辆蓝色跑车的后面，那种谨慎的程度跟狗仔队有得一拼。

可毕竟她不是专业人士，开着蓝色跑车的王子祈老早就发现了这

168

辆可疑的车子跟踪自己，对她忽前忽后的跟踪技术也表示了他个人的鄙视。他直接蹙着眉头透过车镜冷哼，加大油门，咻一声将两人的距离拉远。

可毕竟他还是小瞧她了，虽说童烨是很久没开过车，但仅仅只是很久没开过，并不代表她的车技就烂到不行。实则在三年前心情极度难过那段时间，她是在赛车场上度过的，用疯狂飞驰的速度来冲淡内心的悲伤。

既然现在他那么小看她，那么她会让他刮目相看。

一种作战情绪油然而生，油门加到最大，她会追上他的。

深夜一点，一前一后慢慢收缩距离的车影在柏油路上尽情飞驰。也许是老天特意安排，通常车水马龙的道路这个时候却异常冷清，冷清到只能看见这两辆车子在行驶。

在一处红绿灯前，两辆车子同时急踩刹车，吱吱吱轮胎摩擦地面闪过一丝火星，最后两辆车子顺利停了下来。

童烨的脑袋轻轻扣在方向盘上，气息不稳，像是劫后余生一样狼狈。突然她仰起脸就笑了，一缕秀发垂落在额前，汗珠顺势向她的脸颊滑落。甩甩头，她侧头看向旁边的男人，他居然没有丝毫凌乱，头发还是平整的，衣服还是服帖得没有任何褶皱，整个人清爽得像是刚沐浴出来似的。

对于他与自己完全不同的状态，让她多少有点不满，嘴巴嚅了嚅，右脸颊上的小酒窝就现了出来，突然笑开让酒窝更加深刻，她抬手向他挥了挥："怎么这么巧？"她刻意高扬的清脆声音，在静谧的黑夜里回响。

王子祈冷眼看过来，突然就来一句："对呀，真的好巧。"

她知道他生气了，因为他的眼睛就带着怒气。眼睛是直接窥探一个人内心真实想法的窗口，而他那双深邃不见底的眼瞳，她想，只要女人一碰上都会沉溺其中不能自拔。

"那我们找个地方喝一杯聊聊天吧？"她发誓，除了这次以外，她不曾向其他男人提出这样大胆的邀约，尤其在如此暧昧的深夜，想必不想入非非也很难。

可她就是笑，笑得连自己都觉得心虚。

"好！前面有个KTV，我们到那边去喝一杯。"说完，他在绿灯亮起的一刹那奔了出去，深邃如海的眼瞳闪着邪光，他该让她知道自己不是一个可以任由女人纠缠的男人。

反观童婼，笑容如花般灿烂，很乐于接受这样的提议，虽然乍听之下有点意外，但这不是自己惊怕的理由，况且还是在她先惹他的情况下，更加没有理由怯步。

跟在他的身后走进KTV，看着他跟工作人员说了几句话，就随着他走进一间包房。两人坐入沙发，门再次打开，就有几个人端着十扎（一扎四瓶）的啤酒走进来，她瞪大眼睛看向一旁笑得诡异的王子祈。

他待服务员走出包厢，才将视线放到她身上，伸手拉开一罐啤酒的拉环放在她面前，又开一罐举到了她眼前："我们干一罐。"

童婼皱起了眉，身上的骨气又让自己不愿认输，她豪气万千地举起那罐啤酒，重重地碰了他的啤酒一下，先饮为尽了。

王子祈不是啰唆的人，也直接将啤酒干掉，将空罐子甩到一边。看见她伸手去拿新的，他瞬间按住她的手，勾勾唇说："我们来玩个比赛吧。"

"什么比赛？"童婼一直就不胜酒力，平时最多一罐啤酒下去就醉醺醺的，现在问着这话已经觉得晕头转向了。

王子祈似乎是恶意使然，将脸愈发靠近她。虽然童婼是有点酒醉，可并不完全失去理智，感受到他的鼻息和身上好闻的味道扑面而来，便下意识后退了一下，想要用力甩头让自己清醒，可他身上传过来的迷惑让她的脑袋更加昏昏沉沉，随即耳朵传入他的声音："我们比赛将桌上的啤酒喝完，最后看谁喝得更多。要是你赢了，你想怎么样就怎么样；要是你输了，从此不要再出现在我面前。"他说话的气息吹拂上她的脸颊，说完这串话后退开。

看着她红通通的脸，他知道她不胜酒力，要是绅士一点的男人就不会提出这种趁人之危的提议。可他正是因为知道才提出来的，他从来不认为自己是绅士，也从来不需要别人来夸奖他。

就算知道和一个女人拼酒有损一个男人的气度，但对于她频频冒出来打搅他生活的行为，他只能更卑鄙才行，要不然他身边纠缠不休的女人十卡车都装不下。他是善于寻找别人弱点的男人，这也是他可以叱咤服装界的原因。

"什……么？"童婼晕沉的脑袋消化不掉他的话，只稍微明白他要跟她拼酒，可她这副模样一看就知道不是能拼得过他的样子。

"我知道你已经听得很清楚，我不想重复第二遍。"一句话不说两次是他的习惯，任何人在第一次时最好就竖起耳朵听清楚，要不然有任何后果他并不负责。

童婼定睛看了他一会儿，最后咬咬牙打算豁出去："好！"她大声地应允。

这话一出，王子祈就有了下一步动作，直接拿了啤酒打开就喝。童婼见状瞪圆眼睛，万万没想到他这人完全不按规则来做事，不喊123开始就直接擅自行动。当她愤愤不平时，他已经打开了第二罐啤酒，现在她可以看见自己输掉的情景了，虽然这是早已注定的结果，可当他将桌上全部的啤酒如倒水一样倒进肚子里后，她还是难以面对这个事实。可他已经冷冷抛来了一句："你输了，请你不要忘记兑现你的承诺。"说完起身向外走。

王子祈迎着夜风站在车子旁边，眉头不由自主就锁了起来，本来以为她就算是不胜酒力，但照她刚才答得那么不服气的样子，至少也该喝上几罐，没想到头来却是他一个人在豪饮，现在他都不知道她这样做是不是别有企图。

不过他也管不了那么多了，希望她记住履行承诺就好，可心里有某个声音在说：不可能。

还坐在KTV里的童烨靠着沙发，觉得头很疼，可她还是用自己那昏沉的脑袋想：别想她会兑现刚才的承诺，她只答应跟他拼酒，可没有答应不再出现在他面前。

所以，她睁开迷醉的眼睛笑得异常地邪恶，既然他能耍手段，那她就能耍赖皮，虽然她不喜欢赖皮的人，可并不阻碍她自己赖皮一次。

叮咚，叮咚……两声门铃响起，坐在电脑前的王子祈像是没有听见似的，依旧专注地盯着电脑上的设计图。门铃再次响了几声，终于，他不能再无动于衷下去，站起身笔直地走出卧室，可脸上有被打扰到的怒气。打开门，外面是一张熟悉的脸："嗨，没有打扰你吧？"话虽然这么说，可他脸上并没有半点打扰的罪恶感，沈告天徐步走进去。

"你说呢？"王子祈冰着一张臭脸，任人一看就知道心情不佳。

"这是我老婆做的蛋糕，她死活要我拿来给我的老板尝尝，其实我并不太想来。"他如此不情愿地说着。王子祈这才发现他手中端着一个盘子，然后看见他将盘子放到桌上。

"你确定这可以吃？"王子祈一脸不确定地问道。看上去是美味可口，可很多次经验告诉他，看上去美味的东西并不代表吃下去就可口，这是他家老婆才做得到的事情。

"我试过了，挺不错。"沈告天一点也不心虚，温和地笑着。

王子祈瞅着他，冷哼一声："你哪次不是这样说的？"他表面尽量心平气和，可心里就不怎么淡定了。

　　沈告天谄笑着，没错啦，他每次都是这样说的，可是："这次真的很不错，要是你尝了觉得不好吃，你再来怪我。"

　　"看你很喜欢吃的样子，我让给你。"王子祈这次的决心很大，直接将装有大半边蛋糕的盘子递回他的面前，一个人可以在一个问题上犯一两次错误，但要是犯上第三次，那只证明他不是白痴就是心甘情愿。

　　"你最近很不一样。"沈告天突然这样说，"比以前更难说话了。"

　　王子祈挑挑眉不予置评，直接喝掉茶几上的那半杯水："没事的话，你可以回去了。"他起身就向卧室走。

　　沈告天连忙站起身："那这些蛋糕？"

　　"自己解决掉。"他的话音刚落，人已消失。

　　碰了一鼻子灰的沈告天奈何回去不好交代，只能自个儿端着蛋糕在车内猛啃，咽下最后一口，他心里嘀咕：的确蛮好吃，算你小子没有口福。

　　心里念完，也就平衡了，他启动车子就驶出卉迪小区。

　　三年前，他和米朵结婚，他们就搬出了这里。一来这里离米朵的父母家太远，米母打着爱女心切的口号，强行说服了小两口搬到离自己家一条街的那座别墅区居住，但大家都清楚米母这么热切可跟米朵没有半点关系，完全是冲着沈母这个牌友来的。二来是沈告天自己的原因，卉迪这间房子是米朵在不经过他同意的情况下买下的，虽说最后还是搬进来，可他强烈的大男子主义让他觉得自己依靠了女人，所以没有挣扎多久就接受了米母的意见，领了结婚证的当天就搬到了那栋什么都齐全的别墅居住下来，当然这栋别墅是米家付钱买下的，所以在接受前，他首先跟他们说好了，这钱他是要还给他们的，要是他们不打算要，那他就不会搬进去，当然这些事情米朵和沈母都不知道。

回到家，沈告天第一时间将那个干干净净的盘子交回到老婆大人的手中。米朵一看，霎时又是一惊喜："都吃完了？"为什么说又是？那是因为每次沈告天奉命送蛋糕给王子祈品尝，回来的时候都是干干净净的。当然前两次蛋糕实在难以下咽，他都将之奉送给了垃圾桶，可这次他没有浪费粮食，直接收进了自己肚子里。

几次下来，他已学会了说谎说得脸不红气不喘，似乎习惯了撒这善意的谎言。

裤脚处突然有一下没一下地被人拉扯着，他低头一看，就见脚下一个小女孩哭着鼻子喊爸爸。他一脸慈父地蹲下身子将她抱了起来："诺诺怎么哭鼻子啦？谁欺负你告诉爸爸！"他帮她擦了擦眼泪，可诺诺还是哭，眼泪像决堤的洪水一发不可收拾，嫩嫩的手指指向正在厨房里忙碌的米朵，梨花带雨地控诉："妈妈，是妈妈。"

有些人会在有人说自己坏话时，就算再远的距离都会第一时间感受到。

米朵就是这样一种人，小诺诺才将手指指向她，她就回过头看着他们父女，然后甩掉手中的大青菜大步流星走出厨房："诺诺，你说谁欺负你呢？"她像足了一个欺负小朋友的坏人，眼睛眯起，充满警告。

小诺诺一看，又是哇哇大哭："妈妈坏人，欺负诺诺，爸爸帮诺诺打妈妈。"

"好了好了，诺诺不哭。"沈告天轻声哄着怀中的人儿，不忘向米朵丢去警告的眼神，让她不要再恐吓他的女儿。

米朵扁扁嘴，不打算跟他们父女一般见识，又兴高采烈跑回厨房准备午饭。

自从结婚以后，她的职业就是全职家庭主妇。这件事情要是在以前她绝对想不到，毕竟以前她的远大理想是当个女强人，可现在事实摆在面前，她必须认了。她米朵愿意为一个男人放弃自己的职业，全心全意待在家里相夫教子。其实说句实话，她还挺满意现在的状况。

每天琢磨着怎么做出花样喂饱女儿和丈夫的胃，是一件很愉快的事，烹饪也真是蛮有趣的活。

可她才刚走进厨房，便又探出脑袋冲着在客厅里哄女儿的沈告天问："你什么时候将你的老板带回来吃顿饭？他对你那么好，我要好好感谢他才行。"她已经雄心壮志地在考虑那天要煮什么菜不会失礼。

"最近都不会有空。"沈告天的搞怪终于逗笑了女儿，可是妻子的问话倒也不含糊。

还是这句，米朵不满地嘟起嘴巴，他的老板怎么就这么忙碌？像她老爸，也是当董事长的人，怎么天天见他没事就往这里跑？也不知道他是不是跟他的老板说过。

说来真的令她丧气，沈告天在七尚工作也有三年，可作为他妻子的她却一次都没见过七尚的董事长，现在对他的那份感谢早已转变成对他样貌的兴趣。不过，她不气馁，相信总有一天他们会见面的。

今天待在家里大门不出二门不迈的王子祈终于在午餐时间走出家门，其实要不是肚子咕咕大叫，他今天真的不打算出来。

来到停车场钻进车里，才刚要启动，手机却响了起来，他连忙接起："喂！"

"是我。"手机那头传来两个字后是一阵冗长的沉默，王子祈蹙起眉，耐心地等待下文。他的听力没有因为眼睛的复明而消退，现在依旧好得没话说，就这简单的两个字他已听出打电话来的人是谁。

"回来吃顿饭吧。"这句话说完，电话就挂断了。手机里传来的嘟嘟

第 8 章 这脸和记忆中的一模一样

声让王子祈有一瞬间失神,最后才放下手机。

手握方向盘的他,突然不知道自己该去哪里,耳朵边萦绕着刚才那句:回来吃顿饭吧。这个电话是杜思竹打来的,自从王梓过世,她说话总是简洁到近乎单调,偶尔会打来电话叫他回去吃饭,可说完也就挂了,他就一如既往地左耳进右耳出没当一回事。

现在想想,他有多久没回过王家了?除了眼睛恢复期那段时间外,他几乎不曾在王家停留。他是一个薄情的人,要是稍微正义一点的人都会骂他没良心。

薄唇掀起一丝自嘲的笑意,他启动车子,然后淹没在车水马龙中。只是令他没有想到的是,他的车子会在王家别墅前停了下来,看着旁边那栋陌生又熟悉的家,他犹豫着要不要进去。

就在这个时候,外出回来的管家一眼就看到他的车子,认出这辆车子是他的,就快步迎上来。管家一向冰冷的脸庞,看见他后都有了一丝笑容,他站在车窗旁:"大少爷,你回来啦。"

既然已经被人发现,王子祈干脆下车,浅浅地"嗯"了一声,就向别墅里面走去。越过偌大的草坪,走进里屋。显然家里的人都没有想到他会回来,首先吃惊的人是正在忙上忙下的杜思竹,一看见他的身影,手中端着的东西差点掉落在地,激动得都结巴了起来:"你……你……回来啦。"她真的很高兴,这是这个家出事以来她展露的第一个笑脸,眼眶就这样不争气地转着眼泪。

王子祈没有错过她激动的表情,也没有漏掉她唇角的颤抖,可他只用一个礼貌的点头向她表示问候。杜思竹已经满足了,连忙说:"你在客厅坐一下,午饭马上就好了。"说完就转身上楼找王倡生,她想,他会和她一样高兴的。

王子祈看着她上楼的背影,第一次觉得自己亏欠这个家很多,就算这是他一直不愿意承认的事实。可他必须知道,没有王家,他的眼睛不会复明,在王梓不在人世后,他也没有尽过孝道,这简直就是忘恩负义。

可他岂是那么绝情的人,就算三年前对这个家有怨恨,那么三年后他也试着慢慢放下。毕竟全世界的人都告诉他,他的眼睛是王梓给的,可事实上三年前杜思竹将他绑上手术台时,他对这个却一无所知。

第9章 真爱不需要刻意这种把戏

如果一定要在王家分出他最痛恨谁，那么王子祈最痛恨的那个人是王倡生。如果没有他二十几年前的棒打鸳鸯，他相信自己会有一个幸福的家。可因为他思想意识里的门当户对、父母之命，将他的亲生父母活活拆散。

可当他出现在自己面前，他才发现，这三年来他苍老得让人不忍目睹，像是一下子就老去几十岁，可明明只是走过三个年头。

三年前硬朗的身子骨这个时候瘦弱得都能看见骨架，那双在以前绝对炯炯有神的眼睛这个时候因为瘦弱而凹陷，黯淡而无光。可在看见他的这一瞬间，眼睛里流转的光彩令人只能这样想，他只不过是个老人，一个向往儿孙满堂的老人。

"回来啦！"王倡生激动得要杜思竹扶着才能站稳。

"好久不见。"王子祈如此生疏地问好。就算他心里没有那么排斥了，可还是需要一点时间来缓和。他知道自己今天的想法很唐突，可他居然并不排斥这样的突兀，反而觉得这是他早该去做的事情，因为这会让他觉得不孤独。

午餐时，王所信终于回来，在看见王子祈那一瞬间，他是惊讶而惊喜的。对这个儿子他是关心太少，当三年前那样沉默而敌视他们的他回到王家，他居然就打算那样放弃他。

因为他还有一个儿子，他并不需要一个敌视父母的儿子。可在看见

他坐在餐桌上跟大家和乐融融地吃着午饭，那一刻他居然为以前的那个想法感到了愧疚。这个家需要一个孩子来维系快乐，而他愿意回来，自己是如此地感动。

王子祈看着突然出现的父亲，他居然是自己在这个家唯一一个没有说过话的人。现在想想，他居然从来没有深入地想到过这个人，这个他该叫爸爸的男人，曾经和母亲相爱并生下了他和王梓，最后却选择回家当孝子，又或许舍弃不了王家的荣华富贵。他应该恨他的，可事实他从来没有想到过要恨，似乎他在他心里透明一般。

在融洽的餐桌氛围里，他是那么地羡慕王梓，每个人都拼命地夹菜到他碗中，不嫌烦地重复询问他这个好不好吃，那个好不好吃，曾经王梓就是生活在这样充满爱的家庭中。

现在想想，就是因为太羡慕所以曾经无法跟他好好相处。他在生命最后一刻也不知道二十几年前的悲剧，那个关于亲生母亲的悲剧，不知道真相是一件多么幸福的事情，那样便不会有恨，那样便不会觉得老天爷太残忍。

其实有一段时间，他非常好奇当王梓知道这个真相会有什么样的反应。更多时候他会想，如果二十几年前幕宛思偷偷抱走的那个人不是自己，那么他也会像王梓那样阳光吧。

可任何事情都没有如果，事实已摆在眼前，他并不能选择自己的父母，也不能选择在一个简单的家庭出生，更加不能改变自己既定的命运，那么他只能认命地做好王子祈。

虽然杜思竹再三挽留他留在家里住一宿，可王子祈还是坚持离开。看得出她有一丝失望，一下午相处下来他看得出她是个好女人，她是真心对他好，也是真心疼爱着王梓。

"路上小心点！"

第9章 真爱不需要刻意这种把戏

杜思竹在他临上车前这样嘱咐，然后他脱口而出就是一句："谢谢！"

王子祈在转身上车时眼角余光刚好看见她欣慰的笑，心里不由自主想起了父亲，他何其幸运，能拥有这样一个温柔贤淑的好妻子。

在刚才他记得自己一句话都没有跟他说，他也没有开口跟自己说话，原本血浓于水的父子一个话题都找不到。但要是现在他在自己面前，他会跟他说，希望他能珍惜杜思竹这样一个为了王家付出青春的女人，毕竟一个男人一辈子伤害过一个女人已经够耻辱的了。

车子开到了母亲的公寓楼下，这栋公寓是她在两年前买下的，他知道其中一部分钱是杜宸睿帮她先付的。在那个时候他就觉得他们两个很可疑，可又说不上来可疑什么，他们的过于亲密似乎就是他怀疑的源头。可他并不是一个多事的人，也乐于相信他的母亲多了一个儿子照顾。

自从三年前卉迪楼下听见她悲伤的诉说后，他和她的关系似乎就有了转变。三年来她一直偷偷帮他打扫房子，虽然他知道是她，可从来没有点明。只是慢慢地他会来这里看望她，虽然能说上的话一直少之又少，可他已经在慢慢习惯这样的接触。

眼前这栋三层楼的公寓，她分别租给了各个阶层的房客，每个月的房租已够她生活得很好了，就算没有工作也不会饿肚子，一年到头银行存折里的数字也不断变化着。

走到她住的房门口，他轻轻敲了敲。立即有人来开门，不出意外，开门的人是幕宛思。每次门铃响起她都会第一时间跑过来开门，潜意识里希望每次都是她帮他开的门。

看着眼前虽然是四十好几的女人，可给人的感觉就像二十几岁，保养不见得有多讲究，就是天生丽质。

"儿子，你来啦，我织了一件毛衣给你，快进来试试合不合适？"幕

宛思伸手拉他进门，立即跑到一边拿来了刚刚织好的毛衣，就要帮他套在身上。

王子祈眼角余光看见了一抹熟悉的身影，连忙阻止了她的动作，剑眉顿然深蹙："你为什么会在这里？"

幕宛思差点惊呼出声，她看见儿子一时高兴都把屋里的人忘记了，顿觉手足无措，像是做错事的孩子一样惊慌，可明明没有什么事的。

"Boss，我买了一些日常用品和食物过来。这里离超市太远，所以我想对一个女人是不太方便的。"杜宸睿在他的面前倒是很自在，一点没看出心虚来。

王子祈挑了挑眉，眼瞳慢慢眯起。站在一旁的幕宛思已经不知道要如何收拾现在的场面，只能咬着牙左看看儿子，右看看杜宸睿，她怎么能把自己置身于这样的处境中呢？

王子祈站在那里盯了杜宸睿好一会儿后，没有发表任何爆炸性的问题，只是伸手就将毛衣穿到了身上。这是一件明显就很合身的毛衣，穿在身上刚好，就像是真人在场量身定做似的。

这种像火炉一样的天气，就算是试穿毛衣也能试出一身汗。觉得不需要改动后，他就赶紧脱了下来，没有过多的闲话家常，他拒绝了留下来吃晚饭的提议。临走时看了一眼杜宸睿，他马上会意跟了出来。

看着他俩的背影，幕宛思原本压下的不安再次升了上来，心里暗暗下决心这一次一定要说服杜宸睿以后离她远一点。

"谢谢你这么照顾我的妈妈，我知道我是一个不孝的儿子。"王子祈走到车旁停下，转过身就这样说。

杜宸睿没有惊讶于他的自责，只是淡然微笑："Boss，你太忙，我领你的工资自然应该帮你这么做。"他完全将对幕宛思时不时的帮助或者探望当成他给自己的任务。

"不过，我还是欠你一句谢谢。"王子祈一双深邃的眼瞳闪着真诚，可一丝异样的光芒在不被人发现的眸底一闪而过。

"这是我应该做的。"杜宸睿还是那样不卑不亢，不急不慢，任谁都看不到他内心真正的想法。

"她还不知道吧？"王子祈突然就换了一个话题，这个只有杜宸睿知道的问题，可就是这样他还是把声音压低了一些，似乎不想被谁听见。

杜宸睿坚定地回答道："不知道。"

"那好，我先走了。"王子祈见谈话已经告一段落，也就打算走人，转身坐进车子，然后扬长而去。

王梓死了三年，整整三年，可作为他亲生母亲的幕宛思却半点也不知情。三年前是杜宸睿来告诉他，她跑去王氏集团旗下的酒店当清洁工，目的是为了接近王梓。可一连三个月没有看见王梓出现，她立即跑来请求杜宸睿帮忙，希望他可以去帮她了解一下王梓的近况。那个时候王梓已经不在人世，不知道出于怎样的心情，他让杜宸睿告诉她，王梓出国深造去了，以后很难见到他。

为了不耽误儿子的前途，她没有说什么，一个人就这样蒙在鼓里。

车子在一个红绿灯处停了下来，等待绿灯的过程总是那么漫长，他无聊地转头看向窗外，刚好看见旁边广场上有一大群人在疯狂朝别人身上泼水。那场面吸引了很多路人的停驻凝望，而他却被那大而醒目的标题吸引了——你有鸭梨（"鸭梨"即"压力"，谐音用法）吗？你想释放你的鸭梨吗？如果想，就来参加我们的泼水节目。

鬼使神差，他居然就将车子停在了广场的停车位上，下车一步步朝人潮方向走去。其实这样的玩意儿看的人总是比玩的人多，一来人的好奇心重，二来这样的节目是有人数限制的，三来不是任何人都有勇气成为"另类"的。

要是以前，他一定会无视而过，觉得这是幼稚而可笑的游戏。可今天的他是不同的，他想要幼稚一回。

在登记处询问了一下，原来限定的人数还没有够，所以他马上填了一份资料，押下了自己的身份证，卷起裤脚和袖子就走了上去。

在他前脚才刚踏上去的一刻，身后就闪出了一个娇小的身影，三两下也填了一份资料，就赶紧加入了"战场"。

只是和别人见人就泼水不同，她只瞄准一个人泼，绝不会像其他人一样误伤除了目标人物以外的人。

王子祈就算不特意去观察，也还是敏感地感受到了频频来自同一个人的攻击。巡视一眼不大不小的"战场"，最后一个笑容满面的女人端着个大水盆映入眼帘。而在看见这个女人的一瞬间，他就知道她是故意的，因为他认识她。

童晔见他发现了自己，咧嘴微微一笑，洁白的牙齿闪耀在明媚的阳光下，在他危险眯着眼时，出其不意地将整盆满满的水向他泼去，最后水完全滋润了他的衬衫和身体。被水滋润过的衬衫紧贴着健美的肌肤，衬衫下的肌肉若隐若现，顿时惹得场上场下的女人尖叫连连。

王子祈现在的脸色肯定不好看，可众目睽睽之下也不能将眼前这个笑得异常得意的女人怎么样，只能以其人之道还治其人之身用水泼她，让她和他一样变成落汤鸡。可显然童晔是有备而来的，在报名时她特意溜到商场买了一身就算水泡过也浸不到底下身体的衣服，她才不会像他那样笨到在大庭广众下让他人大饱眼福。

不过看他的身材真的挺有料，那就让他为民牺牲一下吧。

两人你一来我一往，来回攻击的都是彼此，完全旁若无人将其他兄弟姐妹当成透明人。可别人却毫不客气，时不时朝他们泼来瀑布。

童晔灵巧地躲闪着来自多方的攻击，但唯一难以应付的是来自前方的那个男人。这样多动的自己已经不能让她习惯，她一直都是安静的，所以顿觉怒火中烧，随即大步流星向他走去。

王子祈没想到自己刚转身就看见她站在了面前，不该出现在脸上的惊讶就这样呈现了。

接着童婵把心一横，踮起脚尖就吻住了他的唇，只轻轻地吻着，没有深入。可旁观的人早已响起了此起彼伏的口哨声、起哄声，这样的喧嚣惊回了王子祈短暂丧失的理智，才想着要推开这个大胆的女人，没想到她自个儿已经退开，然后他看见她笑吟吟地瞅着他，一脸胜利的表情。

该死！

他知道她是故意的，而这一连串的事情总结起来，她明摆着是在报那次KTV他以强欺弱的仇。

他真是小看这女人了，不但不履行承诺，还逮着机会报仇。

在众目睽睽之下被女人拥吻他不知道是失面子还是有面子的事，可他知道自己并不喜欢这样，而她该死的就是触动了他的不喜欢。

怒火在眉心里燃起，他反手握住她的手，将笑容可掬的她带离这混乱的场面。在登记台取回自己的身份证，当童婵伸手也要拿回自己的身份证时，他却先她一步先拿到手中，紧接着她别无选择跟他走。

两个湿漉漉的人坐在一辆车子上的感觉很诡异，尤其旁边还有一个身材样貌都极棒的男人诱惑着女性的荷尔蒙，童婵不由自主就脸红心跳起来，咽了咽口水，压下心底的涟漪。偷瞄一眼旁边的男人，想想刚才自己的举动，她真的觉得自己胆大得超乎想象。

她是咽不下上次被他"欺负"的仇，所以今天得知他的行踪就赶过来报那拼酒之仇。可万万没想到自己会用那样的方式，结果好像也没让他损失多少，反而觉得是自己亏大了。

在她胡思乱想当口，车子就停了下来，王子祈只是简单地说了两个字:"下车!"完后,他就打开车门走了出去。

童婧当然不能落后,赶紧开门追上去。一走进这间大型品牌专卖店,就见他随手拿了一件上衣、一条裤子、一双鞋,一干人等跑上来恭敬地唤他"王先生",可是他理都没理。

就在她想他不是这里的常客就是这里的老板时,他的手机响起,紧接着接听,复而听见他说:"知道了。"他说完也就迅速挂了电话,转头看着她,上上下下打量一眼,顿然笑了笑。

他的审视带给童婧莫大的忐忑,他那堆满笑意的脸庞,顿觉让她背心发寒,然后听见他侧头对一旁的人发号施令:"帮这位小姐选一套晚礼服。"说完自己已经走进更衣室。

将近两个小时,童婧被那些领了死命令的售货员折腾来折腾去,在她穿上那条经过多番争执的露肩晚礼服走出来后,她们才露出满意的笑容。王子祈像是预知她准备好了,居然及时地出现,穿戴整齐地走上来,上下打量童婧一圈:"不错!"

童婧没好气地瞪他一眼:"你到底想干什么?"不会是想报复她吧?以前的他不是这么小气的人,可现在怎么变那么多。

"陪我去个宴会,他们说了要带舞伴。"王子祈脸上尽是无奈,似乎让她当他的舞伴也不是一件愉快的事情。

"可我没有答应跟你去什么舞会。"童婧瞪圆眼睛,锁起眉头,见过大男子主义的,没见过这么大男人主义的,他居然也不需要经过她的同意,简直不把她当人看。

王子祈微笑,笑得从来没有过地儒雅:"走吧!"他伸手抓了她就走,根本连向她威胁一句都嫌多余。

一路上的挣扎是在所难免的,可穿成这个样子想要跑也跑不了多远,无计可施后她也就乖乖就范。她在心里一直安慰自己:不就一个舞会吗?虽然自己讨厌这样虚伪的场面,但自己又不是没有见识过,就当

第9章 真爱不需要刻意这种把戏

是没事闲疯了。

王子祈不管她是动来动去寻找逃脱,还是安静得连蚊子声音都听得见,他的表情一如既往地平静。但一定要比个高低的话,他会告诉你,你安静的时候比较可爱。

当然,他不止一次对不安静的男女说过这句话了。

车子终于停了下来,王子祈松开她的手。得到解脱,逃跑的心思早已荡然无存,她随着他钻出车子,而后自然而然相携走进会场。

对于商界的圈子,童婍很少接触,所以放眼看去,没有一个她认识的,也没有一个认识她的,当然这正是她想要的。

但反观一旁悠然自得、无人搭讪的男人就显得很不正常,明明是他拖着她来这里,可为什么他却更像跟这里格格不入的样子?

就算再神经大条的人也不能忽视她如此近距离的注视,况且是王子祈这么敏感的人。摇了摇杯中的红酒侧头看她,他一眼就看懂她眼里的疑问,可他并没有解释的理由,不是吗?

"你来参加的是生日宴会吧?"刚才她无意中听到旁边几个女人的谈话,所以大约知道这是某集团董事长的寿宴。

"当然!"王子祈百无聊懒地喝了一口红酒,一副事不关己的模样。而更确切地讲,的确不关他的事,要不是杜思竹临时打电话来拜托他,他现在不应该在这里。

童婍嘴角抽搐了几下,侧身眯眼说:"你不觉得你更像是猎物,等着猎人来狩猎吗?"这是她观察一圈后得出的结论,那些来自四面八方的女人虎视眈眈的视线,她根本忽视不了。

王子祈很刻意地笑了笑,没有发表任何意见,反而是前面走过来的人引起了童婍的注意。她靠过来问:"他是谁?"有点面熟。

"不认识!"王子祈这样气死人不偿命地回答道,一派的泰然。

要不是那人已经走到他们面前，童婍很想问他，在这里他有没有认识的人？

"好久不见，不，好像应该是我好久不见你，我想你应该不知道我。"周霆一脸笑容地看着王子祈，瞟一眼一旁的童婍，随即眼睛刷亮，"这位小姐叫什么名字？我好像从来没有见过，但为什么觉得你眼熟。"

童婍漾起笑容，伸手抱住王子祈的手臂："我是他的舞伴。"

王子祈睨她一眼，说："她叫童婍。"

完全想不到他会这样，童婍勉强维持笑容瞪了他一眼。他会不会太过分，明知道她不想告诉别人名字，他居然自作主张帮她说了，她就不信他不明白她刚才那句话的意思。

周霆不是一个不懂得察言观色的男人，明白面前的美女并不待见自己，他索性将注意力放回王子祈身上："没想到会在这里见到你，我还以为你永远不会为王家做任何事情，看样子，王家对你的恩惠是起了一点作用。"今天既然能够在爸爸的寿宴上看到他，那他就将压在心底几年的话说出来，就是希望王梓能死得其所。

童婍很高兴他没有进一步做出搭讪的举动，但他的话让她皱起了眉，抬眼看着王子祈，虽然还是刚才的淡然，可她注意到他黝黑眼瞳下稍纵即逝的异样。

"我想他在天上看着，也该欣慰了，临死前还想着你这个哥哥，要是你还不知道感动，我真替他不值。你知道吗？我这辈子最看不惯的人就是你，你根本没有让他为你牺牲的条件，那般对待王家，那般对待他。要是你还有良心，就该代替他好好照顾家人，要不然你根本不配拥有他的……"

"我不认识你。"

周霆最后两个字"眼睛"还没说出口，王子祈就冷声迸出一句。那

第9章 真爱不需要刻意这种把戏

强大的气场不只骇住了他,就连一旁无辜的人都惊了一跳,纷纷朝他看来,紧接着看着他一步步走向门口。童婼看着他的背影好一会儿后,终于意识到该追上去。

追出大门,她远远看见他站在绿色草坪前的那棵大树下。因为他背过去了身子,她看不清他的脸庞。三两步走上前,她重重吐了一口气,那是刚才努力奔跑而急促的呼吸。

气息慢慢平稳,她看着他冷峻的侧脸,线条深刻的五官,她是这样爱这张脸,它带给她美好而甜蜜的曾经。

不知道出自怎样的心情,也许等了太久时间去渴望一个他给的拥抱,因为等不及,所以必须自己索取。她张开双臂就抱住了他,闭上眼睛说:"我不知道他刚才说的那些话代表什么,也不管你因为什么事而生气,但我希望你看在我的面子上不要再气了。"

王子祈一动不动地任她抱着,她的拥抱带给他太大的冲击,大脑居然暂时性当机,僵硬的表情像极了一个青涩的小男孩被小女孩突然告白后的不自在。

当大脑思维正常运作,王子祈慢慢低下头,鼻间顿然传来她秀发上好闻的味道,心神就这样荡漾,他伸手轻轻揽住她的腰,声音拂过她的秀发传进她的耳朵:"你凭什么要我为了你消气。"

童婼静静靠在他的怀中倾听他强而有力的心跳,突然听他这样说,她慢慢睁开眼睛,一丝尴尬让她的脸红到了耳朵:"我是在安慰你。"她愤愤说道。

"你是在告诉我,你喜欢我?"王子祈温热的气息紧贴着她的耳朵,唇角扬起笑。

童婼恼羞成怒,一掌推开他:"我没有!"她大声地冲他喊。

刚好被她推撞到身后那棵大树上的王子祈笑意更浓,她脸上的红潮似乎欲盖弥彰。

童婳也觉得自己反应太大，明明自己心里真的很爱他，也许是因为知道现在的他不爱她，所以心里的爱被他点破多少感到自己自作多情，这是小女人的一点羞赧。

"我知道你有。"王子祈一步步逼近她，然后低头看着她精致的脸庞，而她大胆地抬起眼来和他对视，他接着说，"如果你愿意，我们可以试一下。"

童婳不解，他这句话的意思是想要跟她试着谈恋爱吗？

"我们给彼此七天独处的时间，要是七天后我爱上你，那我们就在一起。"他这句话让她确定自己的猜测，他要试着爱她，这是很好的事情，她愿意接受。可是七天？七天这么短的时间怎么让一个人爱上另一个人，他们接触的时间也不止七天了吧？事实证明这种事情很渺茫，但是，她还是愿意一试："好！"她赌他们就是命中注定。

达成共识的当天晚上，他们两人各自回家收拾行李。王子祈说这七天他们要与亲人断绝任何联系，去离这里不远的那个海边度假村享受两个人的世界，而且今晚就要前往。

简单收拾了两件衣服她就前来和他会合，看见他靠在跑车上沉思的样子，一如从前那般迷人，只是现在他的手指尖夹着一根烟，袅袅的烟圈随风散开，这样的他说不上来地魅惑人。

从前，她从来没有看见过他抽烟，不知道是大学时还没有学会抽还是不敢在她面前抽，反正这是她第一次看见他抽烟的模样。

可她柳眉是锁起来的，快步走上去伸手就夺了他的烟丢掉："吸烟有害健康。"她义正词严地告诉他这个儿童都知道的事实。

王子祈先是一愣，然后笑了笑："上车吧！"他接过了她的行李放到后座，两人一同坐进车里。童婳透过车窗向外看，那一眼不舍像是以后都不会回来一样。

"手机关机!"王子祈将自己手机掏出来关掉后就扔到了一边,侧头等着她做同样的动作。

童婼收回视线,看了他几秒后终于还是拿出了包里的手机,然后关掉和任何人的联系。

关完手机她又看向窗外,这个时候车子已经启动向前行驶,她突然感慨:"我们这个样子好像在私奔。"说完她转回头看他,熟悉的建筑物纷纷后退,还是没有动摇她跟他走的决心。

王子祈唇角扬起笑,侧头说:"有刺激的感觉吗?"

童婼挑挑眉,收回自己的视线,炯亮的眼睛凝视前方:"知道吗?我从小到大,只在一个男人面前勇敢过。"

这句话,理所当然得到了王子祈的凝视,然后了然,再接着敛去了嘴角的笑意:"你说的那个人是我吗?"如果是,这会是他听过最动听的情话。

"对!"童婼坚定地看着他,不假思索地答道。

"我们以前认识吗?"突然的问题从他的嘴里问了出来。

童婼差点不能呼吸,他的这句话给她的冲击到底有多大他一定不能够了解。他这样说,只会让她更加肯定他记住全世界唯一忘记了她这种老掉牙的剧情发生在了他们的身上。

"我希望是你告诉我,我们以前是否认识。"不知不觉间她的眼眶就湿润了。她不想刻意去灌输他,他们曾经的过往,因为真爱不需要刻意这种把戏。

"如果我记得,我可以考虑。"他这样说,专注地看了她一眼,最后将注意力放回路况上。不过话说回来,她真的给他一种似曾相识的感觉,从前的某一天,他们一定见过,可在什么地方呢?

抵达海边度假村的这个晚上,童婼洗了个澡后很快就进入了梦乡。这三年,她第一次睡得这般安稳和香甜,她知道,那是因为他在身边,所以一夜好梦。

第二天一大早，她准时从睡梦中醒来，看着陌生的环境，大脑暂时性当机。当挥掉脑袋里的最后一个瞌睡虫，她总算明白自己在什么地方，昨天她跟男人"私奔"到了这里。

童晔看了一眼时钟，赶紧跳下床跑进洗漱间清洗一翻。刚洗漱完毕出来，门铃就响了起来，打开门就见王子祈站在门外。一身运动服的他看起来神清气爽，比原来更显阳光。

"早！"童晔微笑着早安。

王子祈看了她几秒，看得童晔以为自己脸上有脏东西，他才慢悠悠说："不早了。"

童晔被他这么一说，顿觉有点尴尬："不好意思，今天醒晚了。"

"走吧，我们该去吃早餐了，等一下我带你去个地方。"他的手自然而然地伸过来牵住她的手，而她居然没有发现如今的亲昵。

两人简单地吃了早餐后，王子祈就拉着她向外走。来到海边迎着凉爽的海风，童晔突然好奇地问："你不是说要带我去个地方？"虽然在这里静静地找个地方两人待着也很好。

"那边有个森林迷宫，听说没有人可以自己从迷宫里走出来。"王子祈指着大海中间若隐若现的小岛说道，那神秘的语气让她鸡皮疙瘩掉满地。

"你想要去挑战一下？"他眼中的胸有成竹，让童晔不得不这样询问。

王子祈浅笑看着她："你想去挑战一下吗？"他反问她。

现在要她怎么回答？想和不想都不会是最好的答案。她沉思了几分钟，最后点了点头："我们去吧！"

王子祈一脸认真地问："你害怕？"

191

怎么可能是害怕，她根本是不喜欢。她这辈子喜欢的事情很少，讨厌的事情倒是几卡车也装不完。而森林迷宫探险倒是她不太热衷的一项，她是运动细胞极度缺乏的人，上学时体育课从来都是全班倒数第一。

"不。"童婼实话实说。

"那我们走吧。"王子祈牵着她就向船只的码头走去，可唇角有抹不被她察觉的微笑。观察能力那么强的他怎么可能看不见她的不喜欢，但不喜欢运动的人身体不可能好到哪里去，她应该好好运动一回了。

没错，这就是他提出去迷宫走走的原因，听说里面有陡峭的山峦、坑洼的山路，这样够她好好锻炼自己的身体了。

租了一条船，他们两人很快来到森林迷宫小岛上。工作人员用热情的微笑欢迎了他们的到来，跟他们讲解了在迷宫里遇到困难时自救的方法，而最后一条让童婼眼前一亮。

"如果你们实在走不出迷宫打算放弃的话，那么就大喊三声：我放弃，放我出去。那么我们会在第一时间将你们救出来。"这是那位女性工作人员的原话，她笑容可掬的模样让童婼实在很难想象她的勇敢，居然从事这种"危险"的工作。

不过最重要的是，他们可以半途而废，这是她抓住的重点，至少不会永远出不来，这是她终于放心地陪他走进去的原因。

王子祈对着他们点点头后，就牵着童婼踏入了迷宫的入口。不知为什么，童婼的心居然异常兴奋，这是真人版的迷宫之旅，和平常在游戏里玩的迷宫游戏根本不能相提并论，所以，说到底她还是期待的，有他陪在身边，她的心更踏实。

"你说这里会不会有老虎？"童婼感受着阴森森的气息，紧紧抓住王子祈的手这样问道。

一双警惕的眼睛四处打转，这里不是一些人工制作出来的森林景物，这里的一景一物都真真实实地存在着。苍郁的树木随风飘摇，茁壮成长的花草散发出特有的清香，空气清新美妙，如果不是实在静得只能听见微风和一阵清风吹过带来的沙沙响让人毛骨悚然，这里不失为美好之处。

王子祈侧头看她，突然被她紧张兮兮的表情逗笑，坚定地给她一个回答："不会！"

可是这个回答压根儿不能让童婼淡定："你确定吗？你真的确定吗？"她还是四处张望，严重地适应不良。

相较于她的过度紧张，王子祈就悠闲得像是散步，他脸上有一派的享受，这里空气很新鲜，吸入肺腑顿觉心旷神怡，整个人都精神一抖。

"不要这么紧张，也不要用你的想象力自己吓自己，我就在你身边，如果有任何危险，我会保护你，相信我。"他停下脚步给她保证。

果然，童婼的担心一下子被感动替代，怔怔地看着他，最后重重地点了点头："我相信你。"

王子祈握紧她的手，倏地，他看见她脖子上挂着的项链，手不自觉伸过去拿在手中："很漂亮！"他称赞。

童婼微低头，然后笑着抬起："这个是世界上独一无二的。"

王子祈讶然："谁设计的？"

"她叫Angel's love，代表缘分。"童婼答非所问，抬起右手握住他拿住她项链的手，她相信这条项链会带着她找到她的缘分。

看着她的眼睛，王子祈有一秒忘记了呼吸。待窒息感传来，他回过神慢慢抽出被她紧握的手，反手牵住她的手："我们走。"

童婼看着他的脸，伤心地记起他们会在这里的目的，他要学着爱她，那是因为他不记得她。

咬咬唇，她重新抬起头，迎着婆婆的阳光，她的心渐渐明朗起来。

天气变脸的速度超快，前一秒还阳光灿烂，这一秒就大雨倾盆。突如其来的大雨让王子祈和童婼倍感狼狈。好不容易找到了躲雨的地方，还没有躲进去，童婼双脚一滑，顺着旁边软掉的泥土就向下滑去。

原本这里就有点小崎岖，王子祈自己先过去再伸手来拉她，没想到意外就出现在这个当口。他转过身伸出自己的手，就听见她"啊"的一声往滑坡下掉。"童婼——"他震惊得顾不得是不是危险，跟着往斜坡下跑，当跑到斜坡下，前面的悬崖让他的心差点跳出口来。四处看不见她的人，这很让他心焦，他喊着她的名字："童婼——童婼——你在哪里？"

没有声音，除了嗒嗒作响的雨声，这个世界就剩下他的呼吸声，急促得就如天上响动的雷声。不安的情绪敲击着他的大脑，第一次，他的脑袋里一片空白。

"你到底在哪里？童婼，你在哪里？"王子祈不敢去想她可能掉下悬崖，就他所站的地方向下看，那深不见底的悬崖，很难想象掉下去的人还有命活过来。

可是除了这里，除了这个方向，她不可能滑到其他地方去。

他不该自以为是地带她来这种危险的地方，找不到她的焦急让他在心里痛斥自己。微微转身想着去其他地方寻找，一束刺目的光刺痛了他的眼睛，循着这束光亮他看见那条项链，那条名为 Angel's love 的项链，她真的在这里，她掉下去了？

他伏在悬崖边向下看，那个正抬起头向上仰望的女人正是他要找的人，天，她在那里！

童婼刚才滑下悬崖以为自己死定了，可老天爷想必可怜她这么年轻又没有结婚，结果她翻到了这个山凸上。虽然大难不死，可这么高的距离想要以她一己之力根本攀不上去，以为他一定发现不了自己，可没想

到他还是找到了，她有救了。

"你没事吧？"王子祈扯开嗓门问。

顺着风她能听见他的声音。"我没事！可是我很害怕，你快点救我上去！"她激动地喊，这一刻她真的好想哭。

王子祈看她没有受伤，这才放心下来："不要害怕，我马上救你上来，你给我站在那里不要动。"他命令，然后站起身不知道跑哪里去了。

童姝仰着脸，静默地等待他的救援。过了好一会儿后，他再次出现在悬崖边，手中多了一条很粗的麻绳，他慢慢将绳子向下放。童姝伸手拉住这条粗绳，可有点傻眼："这是？"

"抓住这条绳子我拉你上来。"他的话传了过来，低头看她没有行动，连喝一声，"快点！"

被他一吼，童姝总算找回声音："可是……"话还没说完，王子祈的声音再次传来："相信我！"他只说了这三个字。

可这三个字就像是有魔力一般，传进童姝的耳朵里顿时变成了定心丸，她连忙点了点头："嗯！"她抓住绳子就努力向上蹬……

王子祈终于伸手抓住她拉了上来，两人气喘吁吁地躺倒在地。童姝伸手就紧紧抱住他，王子祈也抱住她，轻轻地拍着她的肩膀道歉："对不起！"

童姝摇着头，一句话说不出来，只能紧紧抱住他，然后感动地流泪。

夜晚，月光洒照下的树木衬着一缕迷蒙的金黄，童姝和王子祈坐在一棵树下休息。

童姝靠在王子祈的肩膀上遥望天上的星辰点点，原本湿漉漉的衣服早已随着时间的推移在身上贴干。现在她有点累，可黑墨色的眼睛依然骨碌碌地睁着。

第9章 真爱不需要刻意这种把戏

"我一直以为我们会浪漫地度过这七天,可没想到会这么狼狈。"她有气无力地开口,她不该答应来这里的。

王子祈挑了挑眉,跟她在一起的时候,他的嘴角总有浅浅的微笑,就连他自己也没有发现。

没有听见他的安慰,童婼以为他睡着了,侧头一探究竟,才发现他压根儿没睡着:"你听见我说的话了吗?"

"我耳朵又没有聋。"王子祈好笑道,伸手探进裤兜,拿出那条帮她捡到的项链。

童婼惊讶地伸手摸向脖子,没有,什么时候掉的?她居然不知道。

正在疑惑的当口,项链已经戴回她的脖子上。她目不转睛看着他,轻轻靠回他的肩膀上,很多话语已不需要说出口了。

第二天,他们醒来吃过了随身携带的食物后,就继续昨天未完成的行程。当童婼以为他们终于可以走出迷宫时,她却突然发现他们不过是重复着刚刚走过的路。

她站立不动,定定看着脚下那排因为自己刚才醒来时无聊用小石头拼成的房子,这就是他们又走回来的证据。

王子祈也看到了那个印迹,眉头一皱,沉思了一会儿后,坚定地拉住她的手:"我们走!"他相信他可以带她走出去。

可令他万万想不到的是,接下来的三天他们依然来回重复着那条走过的路,心里的承诺变得无法实现,可在他的字典里从来没有"放弃"这两个字。

直到第五天,他们依然没有走出原来的怪圈。当再次走回原来的地方后,几天没泡澡的童婼闻着自己身上的汗臭一阵反胃,皱着眉头说:"要是我们再走不出去,我一定会被自己臭死。"

王子祈沉默地着看她,这样的他让人捉摸不透。他走到她的面前,用异常坚定的语气说:"我一定会带你走出这里,再相信我一次。"他伸

出手，等着她将手放到他的手掌中。

童婼看着他眼睛里传达给她的承诺和异常严肃的表情下胸有成竹的心，突然会心一笑，然后毫不犹豫地伸出了自己的手。

王子祈眼露笑意，牵着她再次向前走。

这一次，他们终于在经历过无数个失望后看到了希望，看着前面的那扇大门，正是他们五天前从那里走进来的，两人不约而同相视一笑。

王子祈想，他做到了。他们终于出来了。

当看见他们，工作人员满脸笑意地站在门口迎接。一位女性工作人员手中还抱着一个维尼熊公仔，他们一走出大门，她就将礼品递到了童婼手中，兴奋地说："恭喜你们，你们是第一个走出这个迷宫的人，这是给你们的奖品。"

回到度假村酒店，童婼就以百米冲刺的速度冲向自己的房间，然后卸下身上所有的累赘物，洗了一个有生以来最舒服的澡。

沐浴出来，乍见房间里突然出现的男人，她差点吓得尖叫出声。待看清来者的模样，她的眼睛更是睁得圆圆的："你怎么进来的？"说完这句话，她才记起自己身上只裹着一条浴巾，那种几乎赤裸裸的感觉顿时让她羞赧地低下头，急忙跑回浴室将衣服穿上，这才走出。

"你的奖品。"王子祈还是刚才的表情和姿势，指了指沙发上的那个维尼熊，意思很明显地告诉她，他是来送奖品的。

童婼点了点头，没有忘记自己刚才一踏进酒店就将维尼熊扔给他的情景。可才抬头她就见他站起身，话不由得脱口而出："你去哪里？"

王子祈回过头，一脸的深不可测。"当然是回房间洗澡，还是……"他的脸上惊现笑意，"你打算留我在这里洗？"

他这话一出，童婼的脸顿时像煮熟的虾子般红透了，抬起两只手摆得跟拨浪鼓似的："不是，不是，不是，你请便。"她甚至跑到门边打开

第9章 真爱不需要刻意这种把戏

门送他。

王子祈心情大好地走出房门,突然在她要关上门时回手制止。他的这个举动吓坏了正胡思乱想的童婋,她瞪圆眼睛,惊吓过度,却只听见他这样说:"等一下一起吃晚饭。"

看着他猛烈抽动的肩膀,童婋知道他正在笑,而他笑话的对象一定是她。

今晚的晚餐吃得很浪漫,在烛光的美好氛围里吃下最后一口牛排,可他们却变得异常生疏,一顿晚餐下来说的话不超过五句。

"早点休息!"走过长长的走廊站在两人的房间门口时,王子祈这样说道。

童婋点了点头,没有立即转身走进房间。看见她没有转身的王子祈自然也没有下一步行动,似乎在等着她开口。

"你有话要说?"终于还是拗不过她沉默起来逼疯人的精神,他唯有率先开口。

童婋慢慢抬起头来,嚅了嚅嘴巴,最后豁出去了:"我们就剩下两天相处的时间了,我想我们是不是应该过得浪漫一点,所以明天和后天可以都听我的吗?"这么长的一句话,她一气呵成,说完后重重吐出一口气。

"可以!"王子祈简单地点头,毫不犹豫。

童婋终于露出了今晚的第一个笑容,一时高兴她踮起脚尖就在他的脸颊上吻了一下,然后逃命似的跑进了自己的房间。

王子祈被她突如其来的一吻一时吻懵了,当他渐渐回神,唇角挂着微笑。转过身正准备走进房间,他终于又止步回头,对着她的房间门看了好一会儿,突然轻声呢喃:"她居然强吻了我两次。"而且都是在他措手不及的情况下,原来她有这种嗜好?

因为前五天在小岛迷宫里迷迷糊糊度过了,对于这件事情不知道王子祈有怎样的感想,反正童婼是悔得肠子都青了,所以昨天晚上她才会将剩下两天的说话权揽上身。

而今天注定是他们浪漫的开始。她早早起床,然后去敲王子祈的房门。还好他也不是个睡懒觉的人,当他打开房门,已经是穿戴整齐随时可以出门的样子。当下她就揽住他的手臂,兴高采烈地下楼吃早餐。吃完早餐,两人漫步在海边,海风飘扬起衣服的裙摆形成美丽的风景,脱下鞋子赤脚踩着沙子,舒适的感觉就像是在脚底按摩。

海边的人三三两两不算太多,不拥挤和不喧哗让童婼更为喜欢,脸上一直漾着开心的笑容。

王子祈看她一眼,就算感觉很惬意,但还是让他感到了一丝无聊,至少没有刺激的冒险让他觉得美好。不过既然已答应剩下的两天全权交由她分配,那他也没有什么好抗议的。

"这就是你喜欢的浪漫?"虽说已经告诉自己不能抗议,可他还是不由自主地问道。他很好奇,这样漫步于海滩的感觉真的有浪漫的感觉吗?

童婼像只快乐的兔子,在他身边自由地蹦跶,整个人都显得那样快乐,听见他的询问,她侧头看他:"感受海风、聆听海浪的感觉,我喜欢。"

王子祈放眼眺望大海,如果压力够大,来一趟海边是不错的解压方式。他在心里这样认同地想着。

"你给我唱首歌吧?"童婼突然摇了一下他的手臂要求道。

王子祈的眉毛顿时打起结来,唱歌?开什么玩笑!"我不会唱。"

"你是不愿意给我唱吧?"童婼又不是三岁小孩,这种理由搪塞不了她。

"我唱歌不好听。"迫于无奈,他打算从实招供,免得她胡乱猜测。

一听这话，童婼却来劲了："真的吗？那更要听听了。"

她像个牛皮糖一样黏着他要他必须唱一首，突然想起什么又停止了哄闹："我怎么听说你大学时唱歌很好听，你是不是故意不想唱？"她记得在大学时，她听米朵说过他歌声很棒，只是那时忘记让他唱首歌来听听，今天她非要让他开口不可。

"你确定你说的那个人是我？"王子祈可不记得大学时自己唱歌很好听，确切地说，他从来没有开口在别人面前唱过歌，那又何来她听说他大学时唱歌很好听？

童婼看着他，细细的柳眉慢慢锁起来："你不是王……"她的最后一个"梓"字还没有出口，一个清脆的嗓音打断了她。

"请问，我可以请你们帮个忙吗？"

王子祈和童婼同时回头，就见一个穿着职业套装的美丽女郎笑容满面看着他们，然后她突然惊喜地大叫："童婼？"

被她吓了一跳的童婼后退一步，却被她又及时上前抓住："真的是你，童婼，好久不见，我是颜紫琼，你的大学学姐，记起来没有？"

经过她的一连串提醒，童婼终于记起了这么一个叫做颜紫琼的人："颜学姐，你变了好多，我都快认不出你了。"

"是吗？"颜紫琼似乎很高兴她没有第一时间认出她，一脸红扑扑将视线看向旁边的王子祈，她又是一咋呼："你们果然在一起呀。"

第 10 章　一个阳光，一个冷酷危险

童婼觉得颜紫琼真的变了好多，以前她一直是个果断冷静、多大的事都面色不改的人，可没想到几年不见，她变得这么一惊一乍，完全没有了以前冰美人的形象。

"我说你到底在干什么，我们这边忙得团团转，你还有工夫跟人闲聊天。"突然，一个由远及近的男声传了过来，话一说完人就站在了大家面前。

颜紫琼一听声音就知来人是谁，转过身拉住来者的手："南泽，我遇到童婼了。"

顾南泽抬头看向面前跟她说话的女人，立即惊讶："童婼，真的是你呀。"

"你……"相较于他一眼就认出她，童婼却想了又想还没有想到这个叫做南泽的男人是谁。

"不记得了吗？有一次下雨，我骑自行车经过不小心将路面上的水溅到你身上。"顾南泽努力让她记起当年他们相识的经过。

"是你呀！"童婼总算记起来了，可却更为惊叹，时间改变的不只是人的年龄，还有人的性格和样貌，至少她觉得顾南泽用三年的时间蜕变成了一个冷静沉稳的男人。

说来还真是缘分，他和颜紫琼正好相反，这样让两人变得更为合适了。

"没想到你们还有交集。"她还以为他们八字相克，绝对老死不相往来，没想到现在貌似一起工作了，说不定还有更为惊人的关系。

"我们只是在一起工作。"顾南泽倒是麻利地解释，却换来颜紫琼愤恨的白眼，还有一脚泄愤的直踹。

被踢了一脚的顾南泽吃痛地抱住左脚，无辜地瞪了一眼颜紫琼，她当他是透明直接对童婼说正事："我想请你们这对郎才女貌的恋人当我们杂志社这期婚纱的模特，不知道可不可以？"她的双眼来回瞅着童婼和王子祈，征求着两人的意见。

顾南泽放下抱住的左脚，这才发现一旁还站着一个人："你……"

他的话还没说完，颜紫琼就扯了他一下："你什么，没见过情侣呀。他们本来就是天生一对。"

"可是……"顾南泽还有话要说，颜紫琼再次抢白，"可是什么，我们再不工作老板不会放过我们。"她提醒他，他们是来这里工作的。

"你们的意思呢？"她推开顾南泽转头微笑，再一次询问童婼和王子祈的意见。童婼和他对视一眼，今天什么事情都是她说了算，那么……"好！"她大声地答应下来。

王子祈顿觉头疼，刚才他们三人似乎是上演了一场老同学久别重逢的戏码。而这突然蹦出来的两人他都不认识，自然觉得和自己没什么关系，可没想到这是自己异想天开的想法。当模特？真是天大的玩笑，虽然他的身材完美得足够成为模特界当红一哥，可是他这张比北极寒冰还要冷酷的脸也不太适合当婚纱的模特吧？

颜紫琼一听童婼答应了，没管王子祈愿意与否，直接拉了她就向他们拍摄的地点商量情况。被她们撇下的顾南泽定定地看着王子祈，被看得很纳闷的王子祈突然开口："我们认识？"

"我见过你。"要是以前的顾南泽和气场如此强大的他对视，那是绝

对没有勇气的，可是他已不是以前的他了。

又是一个见过他的人。

"可我没见过你。"王子祈实在搞不懂，这个世界到底有多少他不认识而别人却认识他的人。况且他确定这个世上知道他是"七尚"董事长的人就只有杜宸睿，所以他没理由这么出名。

"我们走吧！她们应该等得不耐烦了。"顾南泽结束这个话题，说完转身就向前走去。

王子祈除了跟上也没有其他办法，反正他的直觉告诉他，他一定认识他的弟弟王梓。

因为载运婚纱礼服的车子在路上出了一点事故，故而原本预定今天要完成的任务没有办法完成。颜紫琼挂上电话对童�说了一句："任务明天再继续，我们有事先回去了。"说完拉着顾南泽和一干人等匆匆离开了度假村。

下午茶餐厅内，童婥一边品着名茶，一边说："明天是最后一天了。"到了这个时候，她开始颇为感慨时间流逝得如此之快。

对面的男人眼眸垂下，看不出在想什么。

"不过我期待明天的到来。"她单手托着下巴瞅着王子祈，眼睛里闪着兴奋，能够和他穿上婚纱这是她梦寐以求的事情。三年前米朵结婚时，她就想象着他们穿上婚纱的模样，这样一想就三年过去了。

他眼皮一抬就和她的目光相对，抓个正着，自当要大方地面对："我突然有点累，我们回去吧？"他这样说道。

童婥沉默不语了一会儿，晶莹透亮的双眼直瞅着他，倏地嫣然一笑站起身："走吧！刚好我也累了，我们就回去休息一会儿再下来吃晚餐。"

可像是极度地有默契，晚餐他们没有相约下楼吃，各自点了餐让他们送上来。他们用一晚的时间独自清理纷乱的思绪，其实童婥并不需要这样的时间，可是知道他需要，所以她愿意给。

最后一天终于在王子祈一夜无眠后到来，没有足够的休息让他的双瞳爬满血丝，下巴初生的胡渣让他整个人看起来有种颓废的性感。床头柜上的烟灰缸前几天是干干净净一尘不染，可今天早已堆满烟头。

双手扒过细碎的发，他憔悴地走进洗漱间，当洗漱完打开房门，童婥那边的门刚好打开了。两人四目相对，谁也没有开口说话，最后还是童婥想到什么说："刚才颜学姐打电话来说，他们下午才会到。"

王子祈嗯了一声，上前牵住了她的手，像是习惯使然，又像是刻意所为。这次他牵着她的感觉和以往的每一次都不一样，那是不愿意放手的无声告白。

她想，她感受到了他内心的真正想法。

迎着海风，唯美的婚纱裙摆在风中肆意飘扬，镜头前的新娘和新郎彼此相偎的画面幸福得让人眼红。俊男美女的组合就算再低调还是逃不过芸芸众生的法眼，况且还是童婥和王子祈穿着婚纱礼服如此夺目的模样，停留一旁观看的人自然慢慢多了起来。

可这一点不阻碍童婥和王子祈自在地拍摄，他们沉浸在两人小小的幸福里，任何关于真正新娘新郎的亲密动作表情都在镜头前定格，要不是顾南泽突然的一声"OK，任务完成"，没有人知道这一对男才女貌的璧人居然不是真正的准未婚夫妻。

"谢谢你们呀，要不是你们帮忙，我们不可能这么快完成这期任务。"颜紫琼拿了两瓶水，笑容满面走了过来。

"反正我们闲着也是闲着。"童婥接过水拧开喝了一大口，她是真的渴了。

颜紫琼很高兴她这么说，连忙将视线投到王子祈身上，似乎希望他也说些客气的话。

不过，显然她这个希翼将会泡汤，王子祈灌下半瓶矿泉水，瞅着她悠悠然说："以后这种事情我希望不要再找上我们。"

正当颜紫琼睁圆眼睛尴尬时，他伸手拉住童婥转身就离开。顾南泽走到她身边，不解地看着远去的那双背影："怎么啦？"

"有人生气了。"颜紫琼觉得很委屈，不过倒没有生气。反正她的工作已经完成，其他事情她管不着。

"你怎么啦？"童婥的脚步越来越跟不上他的步伐，唯有出声询问。

王子祈没有出声，依旧如故地牵着她的手。童婥看着他冷峻的侧脸，挑了挑眉，就算他不说话她也能猜出大概："不是说了最后两天都听我的吗？"她很适时地提醒他。

王子祈没有理会她的话，反而步伐越走越快。正当童婥气恼，他突然抛来一句："跟上来，我带你去个地方。"

什么？

童婥皱眉想再询问，他的脚步总算停下，一不小心，她撞上了他的手臂，摁着脑门闷疼地抬起头。霎时，她的表情顿时怔住，眼睛直直看着前方飘扬而上的气球，当每一个气球升至一定高度突然嘭一声破开，像变魔术一般闪现出她的名字。

越来越多的气球升上蓝天飘扬，越来越多的祝福升上天空飘散。

童婥的眼睛里全是感动的光芒，站在一旁的王子祈看着她："这是我送给你的礼物，谢谢你陪我度过了难忘的七天之旅。"

童婥慢慢将视线聚焦在他的脸上，看了好一会儿才说出两个字："谢谢！"

王子祈自然地伸手揽住她的肩膀，童婥自然地靠在他的肩膀上，两人相视一笑。童婥抬起眼，幸福地看着天空那些他为她制造的惊喜。原来她终于等到了，就算他忘记了他们的过去，可现在一切都补回来了，这一刻，她那么幸福。

从度假村回来的第三天早上,王子祈还在处理那七天堆积下来的工作时,手机突然响起,似乎没有在第一时间察觉手机在响,所以他的眼神依旧专注在电脑屏幕上。待敲下最后一个字,他才顺手接起电话,但显然对面的声音让他太过意外:"童婵?"

"很高兴你能听出我的声音。"不知为何,她就是知道他没有看来电显示,所以心情一下子变得非常愉快。

"怎么会现在打电话给我?"通常他们的电话交谈会在晚上。

电话那头有一瞬间的沉默,复而犹豫着问:"我……我可以去你家吗?现在?"如果不方便的话,那就算了。当然,她没有把这句话说出口。

她的话音刚落,这边的王子祈也没声了,这种举动让她怀疑他想着法子拒绝她,顿然有点不是滋味,可没想到那边就传来了话:"可以,你来吧,我们一起吃午餐。"

童婵嘴角立即漾起一个微笑,又说了几句就挂了电话,驱车来到他所给的地址。下车后她直直走向前面那栋大楼,来到第五层。她按响了门铃,不一会王子祈来开门。

看见他的一瞬间,她顺便奉送了一个大大的笑脸,举起刚才在超级市场买来的食物,就走进了他的家。

"你怎么买这么多东西?"王子祈关上门,来到她身边看着放到桌子上的两大袋食物。

童婵摊开食品袋里的东西:"我想你一定很少在家里煮饭吃,这里一定没有这些东西,所以就自作主张买来了。"她说完转身。

王子祈笑着:"你很聪明,不过我不是很少,而是从来没有在家煮过东西。"

他此话一出,童婵着实惊呆了,不过想了一想,她终究还是接受了他一个男人对美食的不讲究,都说外面的饭菜吃多了对身体无益,这也是她会大惊小怪的原因。

"没有关系，今天就让我下厨给你做一顿好吃的。"她巧笑倩兮，好不明媚。可这话说得好是心虚，说到底她的厨艺只是一般。

王子祈笑着抬起手将那缕垂落在她额前的发丝拂向耳后，认真而温柔地说："不，这顿午餐我来做。"

他的话又是让她一愣："你会做饭？"她直接问出口。

"既然你这么怀疑，我不用实际行动证明是不行的了。"他将话说完，直接拿起桌上的食物走进厨房。

童婼也不敢怠慢，赶紧跟了上去。

事实证明，真的不要小看任何一个男人，因为到最后只会让你大跌眼镜。

经过了一个小时的奋斗，童婼就看见他将三菜一汤摆在了餐桌上。她小心翼翼带点紧张地夹了一箸西红柿炒鸡蛋放进嘴里，一入口的美味顿时让她惊喜，不由得抬眼看他。

他一看她的表情就了解她的意思："很好吃是不是？"他这话淡淡的，不细听听不出沉稳下的欣喜。

童婼拼命点头，她不敢说是全世界最好吃的，但至少跟她比起来完全有天分多了。

"觉得好吃就多吃点。"王子祈帮她添了一碗白饭这样说道。童婼没有跟他客气，直到把餐桌上全部的菜吃光她才放下了筷子。

午餐后，童婼走进了王子祈的房间，她将洗碗的重任也交给了王子祈，虽然很不厚道，可她就是这么做了。

坐入书桌前的凳子，看着凌乱的桌面，她扬起一笑，就自动自发帮他收拾起来。不一会儿，她就将桌面整理得整整齐齐，这才满意坐回凳子上。看见桌角刚刚放上去的白纸，突然灵感乍起，她就拿过来用笔在白纸上涂涂画画。

当王子祈走进房间,就看见她低头专注的模样。走上前一看,才发现她在图纸上画了一件西装,样式是前所未有地特别,他拿起来端详:"很不错。"看了很久后,他给予了一个很高的评价。

童婵挑眉,很乐于接受这个评价,站起身靠在桌子上笑睨着他:"这是我帮你设计的,等你结婚的时候穿上它,绝对不能嫌弃。"

王子祈抬起眼,定定看着她好久后,突然的一瞬间就笑了。"谢谢!"他拉她到跟前,然后拥她入怀,"我很喜欢。"

童婵在他的怀中笑得很幸福,其实她还打算帮自己设计一套婚纱,这个世界上独一无二的婚纱,她想要在她结婚那天穿上它,然后成为他的新娘。

就这样,他们一天的时间都腻在了一起,幸福美好得不需要言语,这样静静地待在同一个空间就能感觉到幸福的味道。

童婵睡了一下午的觉,睡得从来没有过的香甜,在空气里闻到属于他味道的感觉,让她安全感十足。她甚至做了一个很美好的梦,当她醒来时,唇角的笑意都不曾敛去。她从床上坐起身,看着他坐在电脑前专注的模样,她喜欢这样的感觉,睡醒的第一瞬间看见的人是他。

王子祈趁着她熟睡时继续着工作,全心身投入在工作里的他就连她何时醒来都没有发现。一向容不得工作时有其他人在场的习惯,因为她而打破。也许她是不一样的,至少对他来说是不一样的。

当感受身后那炙热的视线,他才转过身发现她醒过来对着他发呆。关掉电脑的工作画面,他徐步走到她跟前坐下,突然很是迷人地冲着她笑:"你偷看我多久了?"他愉悦地问。

这个问题让童婵顿时脸红到了脖子,赶紧跳起身出去避避风头:"我去做晚饭。"她以火烧屁股的速度离开了房间。王子祈对着她逃走的背影笑得一脸宠溺,她对他来说真的很特别。

夜晚,世界顿然处在灯火笼罩当中,如果站在足够高的大厦里俯视这座城市，就会发现这座城市的夜色美丽而招摇。可童烨没有心思去理会外面的美好夜色，她今晚做下了这辈子最大胆的决定，她决定在他家里留宿一宿。忐忑地洗完澡穿上衣服，可她就是站在浴室的镜子前久久没有出去，现在她的心情很是紧张，洗过的秀发湿漉漉的，几缕发丝的水珠沿着白嫩的肌肤向下滑落。当她打算留下来的那一刻，她知道自己已经做好了准备，一男一女在夜晚如此暧昧的同一屋檐下，要发生点什么是再自然不过的事情，更何况他没有强留她，反而是自己开口要留下，她没有理由胆怯。

这么一想，她才转身向浴室门外走去。听见她的脚步声，王子祈才从手中的杂志抬起头来，不由自主笑着说："我还想着是不是要冲进去。"

童烨明白他话里的意思，他在调侃她敢留下来，却又在浴室犹豫不决，这么一想，不自觉又是一阵脸红。

王子祈站起身，慢慢走到她面前。童烨不敢抬头看他，只能低着头看着自己的脚趾头。突然，他的手伸过来抓住她的。她这才惊愕地抬头，看着他将自己拉出房间走进客厅。将她安置在沙发上，他转身从一个柜子里拿出吹风机走了回来，接着插上电源，再接着她明白他要做什么了。他打了开关帮她吹起头发来，她安静地坐在那里，虽然惊讶了一秒，可自始至终没有想过要拒绝。她慢慢闭上眼睛，大脑里的意识渐渐模糊，待她睁开眼睛，她的头发已经吹干。王子祈坐在她的身边看着她，她也只能那样看着他。就在这一刻，他伸手过来摩擦着她的脸颊，白里透红的肌肤因为他亲昵的举动而染上嫣红，接着他的拇指轻轻滑过她的嘴唇，有一下没一下，肆意地摩擦，带来一阵酥麻。慢慢地，他的唇角勾起一个弧度，倾身靠过来在她毫无防备的一刹那吻住了她，辗转反侧的吻慢慢变得激烈。她的大脑呈现一片空白，随着这个吻的深入，她迷醉在了他的怀里。可这晚，他除了吻她以外，没有其他接续的动作。

日子在这样甜蜜的氛围里一天天过去，每天他们都会抽空见上一面，或者出去吃吃饭，又或者待在家里享受两人独处的浪漫时光。他不曾说过爱她，也不曾给她承诺，可他们就是这样理所当然走到了一起。

这天下午，王子祈家的门铃突然响了起来。当时他正在浴室里洗澡，可二十分钟后从浴室里出来，门铃依然响个不停，就可见门外的人有誓把他逼出来的决心。

打开门，站在门外的人不是童婼，而是沈告天。他一看见王子祈就一把推开他登堂入室，然后转身问："你总算知道要开门了？我还以为你打算让这个门铃报废。跑去度假也不跟我说一声。"他说着说着就挂起了笑容。

王子祈耸了耸肩没有说话，可脸上有突兀的笑容："我已经回来一个多星期了。"

"看样子这次的度假非常愉快。"他替自己做了总结。

"有事就说吧！"王子祈并不在意他的自话自说，知道他要不是有事，不会登门拜访。

"不是特别的事，就是想请你去我家吃顿晚饭。我老婆一直嚷着要见你，说要报答你对我的赏识之情。"这是沈告天第一次对他提出邀请，以前的每个借口都是他自个儿捏造出来搪塞米朵的。说白了他一点也不希望他们见面，毕竟有些事情他知道了就是知道了，不说出来不代表不会介意，王子祈的这张脸如果出现在她面前，只会让自己更鲜明地记起那个事实，米朵爱王梓，也许现在依然如此，而他们长得一模一样。

"好！"王子祈没有多做犹豫就应许了下来。今天刚好童婼说她有事不能见面，那正好可以去他家串串门。虽然他还有一大堆工作没做完，可一顿饭他想用不了他多长时间。

"那你知道我家在哪里吧？需不需要我来接你，还是现在你就跟我回去？"沈告天绝对不允许到时候他放自己鸽子，自然要问得比较详细。

"我现在还有事情要做，等一下我自己会开车去。"王子祈这样说。

沈告天一想："好，那我先回去叫我老婆准备一下。"他站起身就准备离开。

王子祈没说什么，也没有起来送客，直接用目光送他离去。

车子还没行驶进自家的小区大门，沈告天远远就看见一个熟悉的身影被一个陌生的男人纠缠着。随着车子慢慢靠近，他总算看清被纠缠的女子不是别人正是他的老婆，他赶紧将车子靠在一边，打开车门就跑了出去。

"你干什么？"他冲到他们身边就将男人扯开，双手护住米朵，低头询问，"你没事吧？"

米朵看见突然冲出来的自家老公，立马紧张地摇头："我没事，我们走吧。"那心虚的模样让沈告天看着蹙眉。

"他是谁？他为什么纠缠你？"身为她的老公，他有足够的权利去询问这件事情，可一转头就不见了那个纠缠他老婆的男人。

"我不认识他。他脑子有毛病，刚才向我问路，问着问着就发起神经来。"米朵拉住他的手解释，看见那人离开后表情明显淡定下来。

沈告天眯眼看着她，就这样一动不动地看着她，看得米朵头皮发麻，最后他才说："我老板要来我们家吃饭，你准备一下。"

七点十五分，王子祈准时出现在沈告天的家门外。开门的是沈告天，一见他如约而来，微微一笑："感谢你没有放我鸽子，要不然我今晚一定被念得耳朵生茧。"说着侧过身子请他进来。

"我好像从来没有说话不算话过。"王子祈坐入客厅的沙发这样说道，那语气似乎很不满他的质疑。

"可我怕你贵人多忘事。"沈告天坐入一旁的沙发抱起女儿。小诺诺很乖巧地坐在爸爸的腿上，双眼则盯着电视机屏幕，完全没有对陌生的叔叔感兴趣。可爸爸却有意将自己的宝贝介绍给他人，"这是我女儿诺诺。"他对王子祈说着，就低头对全神贯注的小诺诺说，"诺诺，快叫叔叔。"

小诺诺不满地伸手就捂住了爸爸的嘴巴，连一眼都没有看王子祈，一根嫩嫩的手指放到自己的嘴巴中"嘘"了一声，叫他收声。

沈告天哭笑不得，抬起头来想说抱歉，没想到王子祈反而笑着说："你的女儿很可爱。"他毫不吝啬地夸奖她。

沈告天回以一个满足的笑容，这是做了爸爸以后才有的幸福。

正当这个时候大门被人打开，米朵拿着酱油走了进来。眼尖的她一眼就看见门口那双不属于沈告天的鞋子，关上门换上拖鞋就唤："告天，客人来了是吗？"

沈告天和王子祈同时看过去，当米朵出现在他们面前时，沈告天已经抱着女儿站起身，可"哐"的一声，是米朵手中的酱油掉到地上碎成满地的声音。她瞪大眼睛，目瞪口呆地看着突然出现在面前的男人，这张脸……是不是他？

"你……"她好不容易迸出一个字，最后还是被震惊掩盖。

沈告天是冷静的，因为他想过一万次他们相见她会有的反应，而她如今的表情完全在他的意料之中，所以他静静地抱着女儿，沉默地看着。

王子祈在她出现时就已站起身来，可她的反应实在让他费解，她那睁大的眼睛活像是见到鬼似的，这是怎么回事？

"童姝知不知道？"米朵突然就问，可这句话没有人知道她在问谁。

她的话，让王子祈的心猛然跳动了起来，不安的情绪如洪水般覆上来，黑眸里的光芒慢慢凝聚阴霾，最后上前一步："你认识童姝？"

212

"王梓，王梓是不是你……"米朵激动上前就抓住了他的手臂，近距离的观察让她更加肯定，"原来你没有死，那童婵一定很高兴！我要将这个消息马上告诉她，告诉她，她最爱的王梓回来了。"

听完这些话，王子祈只觉得自己全身上下的血液都凝固了，就连呼吸都有停止的可能，大脑一直盘旋着她的话，慢慢吸收，慢慢消化，最后踉跄后退一步。

脑袋这个时候只剩下四个字：原来如此。

王子祈现在的表情比北极寒冰还要冷，他的心情从沈告天家里出来就一直处在低谷当中。他开车行驶在柏油路上，也不知道自己要去哪里，只是漫无目的地开着，心里想的全是刚才的那个真相。

想着想着，他气愤得一踩刹车，车子停了下来，可脑海里的思绪没有停止。

原来她一直将他认做他的弟弟王梓，原来她说很早就认识的那个人是王梓，那么她口口声声说爱的人也是他，他只不过可笑地当了一回他弟弟的替身。

她这样处心积虑地闯进他的生活，不惜制造一幕幕偶遇，都是因为她将他当成别人。

"可恶！"他愤怒地暗咒一声，打开车门走出。他烦躁地从身上摸出一包香烟，点燃一根，大口地吸着。

时间慢慢流逝，他脚下全是香烟的烟头，可他并没有想离开的意思，这里是个幽静的别墅区转弯路口，车辆少，又是晚上，刚好没有人状告他阻塞交通。当他潇洒弹掉手指间那根燃尽的烟头，再次拿出那包香烟想接着再抽时，这才发现抽完了。他将烟盒捏紧用力扔到一边，抬头四处寻找小卖部，没想到小卖部没有找到，倒让他看见了一个熟悉的身影。

童婳!

　　他想都没想就要跨步向她的方向走去,不知为何,他又停了下来。他要上去跟她说什么,现在想想,他居然不知道要怎样面对她,就算自己现在愤怒而憎恨,可也只能远远地看着她的身影,她像是接了一个电话,然后将手机扔回包里就提步向前走去。

　　这次,王子祈没有想多久,就直接依照心的指示去做,跟着她的脚步亦步亦趋跟在她的身后。她一直沿着笔直平坦的道路向前走,在走到一栋别墅门前时,她直直地向里面走去。王子祈慢慢走近别墅门口,在白色的路灯照耀下看着她消失在大门后,接着别墅里的灯亮了起来。他知道这里是她的家,而她刚刚从外面回来。

　　他看着落地透明玻璃窗里忙碌的身影,冷峻坚毅的薄唇紧抿,深不见底的眼瞳闪过一丝前所未有的悲痛。他用右手扶住墙壁,整个身子靠在上面,静静地凝望光亮的街道,他的心却黯淡异常。

　　次日,童婳很早就起来了,梳洗完毕后就拿起手机拨打了王子祈的电话。昨天因为自己实在很久没有回家,又恰巧童莉归国,她就推掉了和他的见面。只是令她意想不到的是,他的手机居然处在关机状态。她锁了锁眉挂上手机,拿起车钥匙就向外走去,

　　驱车来到他所在的小区,熟练地走上五楼,按响了他家的门铃,只是万万没想到这个时候他不在家。站在门外沉思一会儿,她放弃继续按下去,提步转身向楼下走去。心想,他一定在忙。

　　可如果说一天是意外,两天是巧合,那么三天、四天,直到一个星期过去,她都没有打通过他的手机,每次去他家也不见人。这让她明白一定是发生了什么事,而这件事让他不惜躲着她。

　　他就像凭空从世界上消失了一样,没有半点痕迹。

　　童婳顿时就慌了起来,每天她会毫无目的地走在街头寻找他的身影。明知道这样是大海捞针,可她就是这样徒劳无功地寻找着,因为除了这

样她不知道自己还能怎么样，更加不知道如何去摁灭心里面缓缓升起的不安。

也许是老天爷垂爱，这天，当她从便利超市买了一瓶矿泉水出来，就看见了那个熟悉的身影，她不假思索就兴奋上前拉住他的手。他转过身来，看见突然出现的她，表情添了几缕寒霜，看上去有点骇人。

"你这几天去哪里了？为什么躲着我？"她激动地问他，紧紧抓住他袖子的手不曾松懈半分，似乎害怕一松手他就会消失不见。

王子祈没有说话，就是阴鸷地看着她。虽然很意外遇见她，可脸上并没有看见她后的欣喜。

童婼和他对视，她完全能够感受到他在生气，而且非常生气，他的眼神阴晴不定得让人害怕。喧嚣的街头人来人往，两个一动不动对视的人很快成为别人停驻的对象，可他们并不在意这些，王子祈抬起一只手用力将她的手拉下，然后他用冷漠而磁性的嗓音说："其实你很残忍。"

童婼蓦地皱起眉，摇了摇头："你在说什么？"她怎么听不明白。

"我在说什么，原来你不知道我在说什么。"王子祈突然冷冷地笑了，这样的笑让她更加难安。

躲避，也许对他们不是最好的办法，他们应该有一次面对面说清楚的机会，那么今天就是了。他这么一想，就冷漠地接下去说："那我现在就清楚地告诉你，我以后都不想再见到你。"

"为什么？这是为什么？"他的话让童婼激动起来，一个星期不见，她知道一定是发生了一些事情，一些令他拼命躲避她的事情。

"我想，这要问你自己。"王子祈的声音更加冰冷，看她最后一眼就要转身离去。

可童婼根本不给他离去的机会，直接伸手抓住他的手臂阻挡在他面前："我不知道，我不知道你为什么要跟我分手，我整整找了你七天，你知不知道？"她说到这几天的提心吊胆就变得异常大声，他的冷漠也

215

让她一阵难受。

"我想你弄错了,我们从来没有开始过,根本谈不上分手。"王子祈嗤笑而无情地道。

这些话狠狠刺伤了童婵的心,眼眶里倏然氤氲雾起,眼泪在眼眶里打转:"那我们在海边度假村的七天算什么?回来后我们的相处又算什么?"虽然他没有说爱她,可他的爱她能够感觉到,难道这些都是她自作多情吗?

"绝对不是你想的那个意思,所以请你不要想歪了。"他狠心扯下她的手,然后头也不回地离去。

在他毫不留情离去的瞬间,童婵的眼泪已经夺眶而出,眼睁睁看着他坐入车子就扬长而去。目睹这出戏码的路人唧唧喳喳地开始讨论,可童婵的耳边只回荡着他离去时说的话。

到底为什么会变成这样?他们的感情到底出了什么差错?谁可以告诉她这到底是怎么回事?

一晚上的冥思苦想和难过后,童婵终于还是打算重新振作,她不会放弃。他误会她了,那么她就找出症结解开误会,现在她首先要做的是寻找他误会的原因。昨晚他没有告诉她为什么,那么,她就去找他问清楚,既然他永远不想再见到她,那他就要告诉她为什么。

心里这样打算着,她一大早就出门去找他,可他的电话一直处在关机状态,想必她去他家也不会找到他。他们认识的时间不算短,相处也有一段时日,可她就是没有问他做什么工作,所以就连打算去他的工作地点找他都变得不可能。如今她不知道他在哪里,唯一想到可以找到他的地方就是王家。

所以她搭上计程车就前往王家的路上,路上她接到了欧娜娜的电话。一听见童婵的声音,那边的她用足以媲美女高音的声音冲她咆哮:

216

"你知道要开手机了吗？你干脆等着帮我收尸吧！你这两个多星期跑哪里去了？为什么不开手机，你不知道这样不跟我说一声就失踪会让我发疯吗？你怎么可以这样对我？"

这个时候童婼已经很识时务地将手机递到距离自己耳朵很远的地方，免得脆弱的耳膜被她的声音穿透，就连司机大叔都对她的手机投来了侧目，她唯有抱歉而尴尬地笑了一笑。

估计那方没有得到她的应答和解释，总算鸣金收兵平静下来，童婼这才有勇气将电话搁回耳边："娜娜！"她唤她，很害怕她咆哮着就突然休克了，那可是人命关天的大事。

"童婼，我问你，上次交给你的任务你到底开始了没有？"这会儿，欧娜娜的声音显然比刚才平静了很多。

"是你说他们等得起的。"童婼很刻意地提醒她说过的话。

"那这两个多星期你到底疯哪里去了？"欧娜娜的声音再次不淡定了起来。

童婼微笑，然后不疾不徐地说："最重要的是现在我回来了，你也联系到我了，这还有什么问题？"反正她就是不打算将那七天的去向告诉任何人。

"可是你怎么可以不跟我说一声？你知不知道很多人会担心你？你爸妈就打过好几个电话给我，问你去了哪里。反正现在你必须给我保证这种事情不会发生第二次，要不然你会把我逼疯的。"她真是受够了，这几天她都不知道自己是怎么活过来的。

"抱歉！"电话这头的童婼沉默了好久后，就进出这两个字。现在她终于意识到那样做的自己是多么地任性，可她无怨无悔跟他走，为什么他还要误会她？

结束了和欧娜娜的通话，她来到了王家。管家很意外地看着站在门外的她，久久后才像是想起了她是谁："童婼小姐！"

"你好!"她微笑着弯腰对管家行了个礼。

然后管家欣喜地将她领进门,不一会儿,一张保养姣好的面孔出现在她的眼前,她是杜思竹。童婼赶紧站起身:"杜阿姨!"

"童婼!"杜思竹很激动,跑过来就拉住了她的手,"怎么这么久都不来看我们!"

"对不起!"童婼只能对她道歉,三年的逃避现实让她不只亏欠了自己的父母,还有王家。

"傻孩子。"杜思竹拍了拍她的手,两人一同坐下,"听说你这几年都待在国外,什么时候回来的?"

"回来有一阵子了,抱歉现在才来看你。"一想到这里,她又是一阵歉疚。

"还记得我们就好,你能来我真的很高兴。"杜思竹的手一直紧紧地握住她的,就如三年前那般喜爱,突然她想到什么就站起身来,"你等等!"

这个时候管家倒了两杯茉莉花茶走了过来,童婼连忙接过,对他说了声"谢谢",才喝了一口放到茶几上,转眼就被放在电话机旁的那个相架吸引住了,上前拿起。杜思竹这时拿着几盘糕点一边走出来一边说着:"今天真的不巧,你王叔叔陪你王爷爷去医院做检查了,最近他身体不太好。"

一出来就看见童婼拿着相框发愣,她走过来放下手中的盘子,倾身看了一眼相框里的人,然后笑了,可又带着点感伤:"这是子祈,还好我们还有他,要不然我们都不知道要怎么支撑下去。"

"子祈?"她的话着实令童婼震惊,"这个不是王梓?"她问。

杜思竹一愣,看着她:"王梓没有告诉你,他有个双胞胎哥哥?"

双胞胎哥哥?

童烨难以消化这个突然出现的字眼。可杜思竹已经伸手在茶几下拿出了另外一个相框,然后递到她的面前:"这个才是王梓,虽然是双胞胎,可是他们的性格和气场都不一样,却一样优秀。"

童烨慢慢低下头,看着杜思竹手中那个相框里笑得阳光灿烂的男人,没错,他是王梓,这是他的招牌式笑容。眼睛慢慢挪回自己抱在手中的相框,这个男人薄唇紧抿,眼神坚毅,整个人冷酷而危险,虽然和另一张是一模一样的外貌,可他是……脑海里闪现昨天在她面前绝情而去的男人。

天,他是王子祈。

"怎么会这样?"她喃喃自语。

杜思竹没有听见她说什么,看见两张相片,她的双眼倏然有眼泪在打转,突然就感慨良多,一个人不由自主沉浸在思绪当中,嘴巴轻声说着:"他们是双胞胎,各自却有各自的不幸。从出生开始两兄弟就天各一方,彼此不知道对方的存在。王梓从小就生活在富裕的家庭,一直无忧无虑地成长,我们给他最好的生活,而他不管做任何事情都没有让我们失望,原本以为他可以这样优秀下去,没想到这么年轻的生命就没了……"话说着就流下了眼泪,用手揩去如泉涌的泪水。

童烨抬起头来看着她,全部的心神都在倾听她的话,似乎有更为重要的事情等着她去知道一样。

杜思竹平静一下自己的心情,然后接着说:"而子祈也是命苦的孩子,二十岁才知道自己的亲生爸爸是谁。五岁那年因为一次高烧而烧坏了眼睛,从此二十年都处在黑暗世界当中,不过还好,现在一切都苦尽甘来。"说到这里,她带着泪花笑了。

五岁那年因为一次高烧而烧坏了眼睛?

童烨被这个爆炸性的话震慑得一句话都说不出来,急急忙忙拿起包包就冲出了王家，杜思竹追出门来看着她的背影，忍不住嘀咕："这孩子怎么啦？"

童婼拼命地向前奔跑，宛如身后有洪水猛兽追赶她似的，冲到一个花坛旁她重重坐了下来。

她错了，三年前她犯下了一个严重的错误，而三年后她却在同一个问题上犯下第二次错，她怎么可以让自己变得这么白痴。

她认错了人。三年前，她以为王梓是王子祈；三年后，她又以为王子祈是王梓。

为什么？为什么她会这么糊涂？为什么老天爷这么喜欢跟无助的人开玩笑？

王子祈一定是比她早一步知道她错认他为王梓，所以才这么决绝地跟她说分手，原来是这样。

她的双手伏在自己的胸前，接二连三的震惊让她一时之间难以平静。低头时又发现了一件事情，她居然在刚才急忙中将王子祈的相框抱了出来。紧紧握住相框的两角，眼眶里滑落的眼泪滴落在相框上面，她定定地看着照片里的男人，哽咽着询问："为什么？请你告诉我事情为什么会变成这样？"

在她如此彷徨无措时，包里的手机倏然响了起来，拿出手机看一眼来电显示，她连忙擦了擦眼泪，整理了一下情绪才接通："喂！朵朵。"

"童婼你在哪里？我现在过去，我有事情要找你谈一谈。"手机那头米朵的声音显得很低沉，从声音来判断她如今应该是极度疲惫的。

她们相约在了咖啡厅里。其实童婼和米朵有好久没有联系了，不过一直知道彼此过得很好，所以才会如此放心。可当米朵面容憔悴地出现在她面前时，童婼着实吃了一惊，这哪里是幸福女人该有的样子？

"你最近过得不好吗？"她劈头就问道，直觉告诉她，一定发生了什么事。

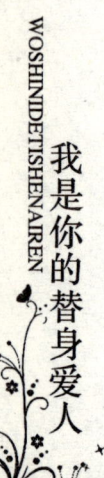

米朵喝了一口咖啡润了润喉咙，放下杯子抬起头："童烨，我真的好累。"

"怎么啦？沈告天对你不好吗？"童烨有点紧张了，她一直相信她没有看错人，沈告天是个好男人、好丈夫、好爸爸，这些在他婚后三年的表现来看已经是铁一般的事实，可现在看米朵的模样，这会不会是她情报有误？

"他很好，他一直对我很好。都怪我自己，三年前犯下的错，注定是要承担后果的。"米朵悲伤地用手捂住脸，现在东窗事发了，她不能强求他什么，因为她已经欠他太多了。

她的话，让童烨震住了，三年前犯下的错注定是要承担后果的，这是一句多么适合她的话。可现在她没有时间去感慨自己，她伸手握住她的手："朵朵，到底发生了什么事？你快点告诉我，不管是什么事情，我都是站在你这边的，这个你一定要相信。"

她的话给了米朵无穷的勇气，她泪眼婆娑就哽咽起来："唐克永知道诺诺是她的女儿，他要拿回女儿的抚养权。"

"什么？他怎么会知道的?"童烨大吃一惊，事情已经变得大条了。

第 11 章　法国巴黎，她和他相逢

"我不知道他是怎么知道的，反正他已经纠缠我一个多月了，到现在……"米朵说不下去，只是流着眼泪。

童烨突然猜测："沈告天知道了，他知道女儿不是他的？"

米朵没有抬眼看她，只是静静地点头，无声地抽泣："他搬出了家。"前几个小时她没有来得及阻止，他就打包行李离开了。在他离开的那一刻，她才知道他几个月前就看见唐克永时常纠缠她，而前几个星期的那场面对面的碰面，让他开始调查，这样一调查，被他调查出了这个真相。

童烨不知道自己还可以说什么，双肩耷拉下，现在要怎么办？

虽然米朵表面上说没事，可童烨知道她很伤心。为了避免不测的后果，她打算去米朵家住一阵子，反正有什么事自己可以跟她聊聊，这样也不会钻牛角尖。

回到家，米朵从隔壁大妈家接回了小诺诺。三人走进屋，看着屋内一片凌乱。童烨放下包包就帮她收拾，米朵见状立即上前阻止："童烨，你坐，这些事情我自己来就行了。"她抢过童烨手中的报纸，就正儿八经地收拾起来。

"你现在还跟我客气？"童烨瞟了她一眼，就进卧房看看有什么脏衣服要洗，要不然这一屋子的汗臭味实在让人受不了。

米朵没有再客气，反正现在要她一个人收拾是怎么也收拾不完的，

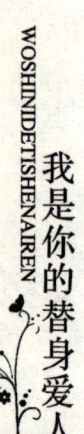

毕竟她没有半点心力放在这上面，一颗心很累很累。

童烨将脏衣服全部扔进洗衣机，然后转身走回卧室。她刚才看米朵的卧房很乱，就趁现在帮她收拾一下。

她将桌子用抹布擦了一遍，坐到床上收拾起散落一地的相片，一张张捡起。突然她的视线就定格在最上面的那张相片上，一家三口在镜头前笑得这么灿烂，可以看出他们是如此地幸福，她的唇角不由自主也溢出一丝笑意，连米朵何时走进来她都没有注意。

"曾经我一直觉得我是这个世界上最幸福的女人。"米朵站在她身旁看着照片这样说，这张是她们前不久一家三口出外野餐的留影。

童烨转过身："你会一直幸福下去的。"她拍了一下米朵的肩膀给她勇气。米朵只能苦笑着，心里知道一定很难了。

"我们继续吧，不是我说，你家不只乱，还很脏。"童烨用轻松的音调调侃着。

米朵耸肩，不做多余的争辩，然后两人一起整理这间最为脏乱的卧室。

童烨拾起一本被塞在桌子底下一般情况下看不见的杂志，才站起身想要笑话她，没想到一站直身子，一张状似照片的东西缓缓掉落，她好奇地捡起来看。米朵正好收拾完这边转过身，一看见她捡起的东西，脸色骤变，也顾不得对不对劲就跑上来夺。可童烨已经看到了："这是王梓……的照片。"

米朵知道自己完了，那个隐藏了三年的秘密终于到要公开的时候了。

"为什么你会藏着王梓的照片？"果然，童烨抬起头来问她。

"童烨……其实……"

"你从来没有告诉我。"一个女人会这么宝贝着一个男人的照片，就算是傻子也知道是什么意思。可为什么米朵从来没有告诉自己，她喜欢

第11章 法国巴黎，她和他相逢

王梓？

两个女人，面对面坐在客厅的沙发上，气氛不算紧张，但却也奇怪。而在场的第三人——小诺诺完全不受这种氛围的影响，发挥了自娱的精神，在一旁玩得不亦乐乎。

"三年前就喜欢上了对不对？"最终，童婼忍不住开口了，她脸色凝重地盯着米朵，不放过她脸上的任何表情。

米朵知道自己再也瞒不住了，索性和盘托出："没错，在你爱上他之前我就喜欢上了他。"

"可是你却为了我退出对不对？"童婼的声音升高了许多，可见这个真相也是她无法承受的。

"我知道你更适合他，而且我看得出来他爱你。"米朵的声音变得沙哑，可能因为今天不停哭泣的原因。

童婼突然就不再说话了，只是定定地看她，眼眶里的眼泪轻轻滑落。米朵见状就慌了，连忙扑到她身边坐下，握住她的手："童婼，你不要这样，这些都是我自己的决定，和任何人都没有关系。不是每一个人喜欢一个人就会得到回报，这个道理我非常明白。"她极力地解释。

"可是怎么办，怎么办？我发现我一见钟情的人不是他。"童婼眼泪掉得更凶，这个世界到底跟她开了一个什么样的玩笑，为什么到头来她发现所有的悲剧都可能是因为自己造成的？

米朵被她说得有点懵，脑袋突然一个灵光闪现："难道……难道是王子祈？"对了，昨天她得知了一个秘密，原来王梓有个双胞胎哥哥，他叫王子祈，就是昨天来她家做客的男人，她第一眼错认为王梓的男人。

"这是我今天才知道的真相。"童婼全身上下没有半点力气，她闭上眼睛静静地任眼泪流淌。

米朵见状，张开双臂紧紧地抱住她，眼泪也不受控制地滚落，最后两个人就这样肆无忌惮抱在一起哭了好久好久。

也许王子祈根本不该突然心血来潮出现在这里，这样他就可以不觉得自己像个傻瓜。

面前这对旁若无人拥吻的男女，像是突然感受到了他的注视，总算从美好幸福的感觉中回过神。第一个惊讶的人是杜宸睿，可他没有放开幕宛思，就那样静静地和他对视着，眼睛没有丝毫退缩的光芒，似乎在告诉他自己的心意。

幕宛思还未来得及从刚才美好的亲吻中回过神，当眼睛触见前面站着的人后，她骇然得差点将眼珠子瞪出来，张皇失措就推开了杜宸睿。天，老天，你怎么可以这么残忍？

"子祈，你来多久了？"她用颤抖的声音询问，可是答案在他阴鸷的眼神和难看的脸色中就已经显而易见。

"刚好看见该看见的。"他阴森森的视线看在杜宸睿身上。

被看的人上前几步站在他面前。"我们谈谈吧！"杜宸睿这么说道。以前他们的对话，他都会先唤王子祈 Boss，表示他是自己的老板，可这一次他要平等地和他谈一次。

"我爱她。"两人走下楼，一如多次他们私谈时那样站在王子祈的车子前，一站定，杜宸睿就这样不加修饰地宣告。

王子祈背对着他，车窗的反光能够映照出他现在毫无表情的脸庞。他不说一句话，沉默得像在思考什么一样。

杜宸睿不管他现在的心情怎么样，他决定了，他要把话在今天说清楚："我知道你在想什么。但对我来说，年龄不是问题，爱了就是爱了。当你真正爱上一个人，你就会发现任何事情都不会成为两人在一起的鸿沟，因为两颗相爱的心可以为我们披荆斩棘渡过一个个不能跨过的坎。我相信她和我一样，世俗的眼光在我们决定在一起时就已经不在乎了。"

他的话让王子祈想起了童婼，她把他当成傻子来耍，可他却不能忘掉她。而他的宣告无疑是雪上加霜，王子祈突然转过身，难看的脸色在他的一番话下来是更加难看，突然冷冷一笑："你把话都说完了，你要我说什么？"声音冰冷，表情也不像语调那样云淡风轻。

杜宸睿看着他，默默说出四个字："祝福我们。"

他这话一出，王子祈突然就哈哈大笑起来，笑声刺耳得连楼上的幕宛思都觉得惊慌。可能是笑够了，他忽地就平静下来，冷如冰块地说完最后一句："那你们慢慢等。"此话一出，他转身打开车门扬长而去。

幕宛思听见车子启动的声音，连忙跑下楼，当她站在杜宸睿身边，刚好看见车子消失在转弯路口。她转身焦急地问："怎么办？现在怎么办？他一定不会原谅我了。"

杜宸睿伸手抱住她的肩膀让她冷静，然后温柔地说："放心，我会让他原谅你的。"

幕宛思没有再说下去，他从来都对她说话算话，而她也从来没有质疑过他，这一次也一样，她相信他。

两人对视一眼慢慢走上楼，谁也没有看见停在不远处的那辆轿车里有一双凝视的眼睛，正目不转睛看着他们的一举一动。那个人是王所信，两年前他找人查出她的住处，隔段时间就会出现在她公寓不远处的地方观察她的生活。两年下来，他对她的生活了如指掌。两点一线的生活简单得一目了然，要不是亲眼所见这一切，他会以为只要他走到她面前开口说想要重新开始，她一定会答应。只是一切都是他想得太美，她身边出现了一个保护者，虽然这个男人和她年龄的差距不是一轮那么简单，可是他们站在一起却刺痛了他的眼，他们居然那样般配。

也许二十几年前的那段遗憾的爱情，现在只有他一个人固执得不愿

放下。

他们回不去了，用任何弥补的办法都不可能再回到过去，他们如今都有各自的生活，生命中早出现了各自应该珍惜的人，那么，他还要这么执意下去干什么？

心里的阴霾一点一点在消退，他最后看了一眼前方的那栋公寓，然后启动车子从此消失在她的生命里，再见了！

第11章 法国巴黎，她和他相逢

童婼没有想到居然会在这样的情况下遇见唐克永，原本她想过约他出来见个面，也好跟他谈谈米朵和他之间的事情，只是这样的行动还没有执行，她就和他措手不及地碰上，那么择日不如撞日，她当下约他到附近的茶餐厅叙旧。

茶香袅袅萦绕在这间餐厅里，闻着沁人的香气，童婼不想兜圈子，直接正入主题："放过米朵吧。"

正端起茶杯喝一口茶的唐克永缓缓抬起头来，现在的他是很不一样的，以前的吊儿郎当、头发金黄像个不良少年都已经随时间而成为过往，现在他成熟稳重，就连气场也和当年大不一样。短短三年，他改头换面得十分彻底，以前的童婼绝不会觉得眼前这个男人是好看的，可现在看来，她不得不承认他的确有让女人为之疯狂的资本。

"你今天的目的我很清楚，我之所以会答应跟你坐下来谈谈，是因为我们是老同学，我以为你至少有一些关于老同学的问候想要带给我，可显然是我太自作多情了。"他的声音没有听出一点轻浮，也没有一丝恼怒，甚至他的脸上还带着淡定的微笑。

他真的变得太不一样了。

童婼听着他那一长串的话，在心里得出这样的结论，这其中是有欣赏的。

"有一些事情，已经发生了就发生了。每个人都有年少轻狂的过往，而她也在弥补自己当年的轻率，现在你们都各自有新的生活了，你不该出来扰乱她平静的日子，她仅仅只是一个渴望幸福的女人。"她看着他，在他的眼睛里看见了一丝自嘲。

"为什么那个令她幸福的男人不能够是我？"他依旧从容，可眼神泄露了他的不甘，女儿是他的，凭什么不能让他拿回女儿的抚养权？

"因为她不爱你。"她的声音很低，似乎并不想用这个事实打击他的坚强，可似乎她又说得不够确切，连忙又补了一句，"你也不爱她。"

果然，唐克永沉默了。他低着头品着茶，一口一口，喝得极其慎重，一杯见底，他放下手中的茶杯，杯底碰撞玻璃桌面发出清脆的响声，幽静美好的茶餐厅顿然因为他的突兀而丧失了静谧。

"就因为这样，所以就剥夺我作为父亲的权利，就连一个知情权也不能给我？"他的声音变为森冷，可见他现在在生气。

童婼无言以对，他的确有知道自己在这个世上有一个女儿的权利，可当年的米朵就是剥夺了他这项权利。她不能说米朵错了，毕竟当年的他不会是一个好爸爸。这个他又可曾知道？

"我不会放弃我女儿的抚养权，当然，我更不会像她那样剥夺她作为亲生母亲的权利。"他已经失去了跟她谈下去的耐性，说完就站起身要离开。

童婼没有阻止，知道这些事情不是三言两语就能解决的，可没想到他站起身却没有及时离开。童婼好奇地抬起头来，却见沈告天站在了他的面前。她瞪大眼睛站起身，刚好站在了两个男人的中间："告天！"

沈告天只将视线看在唐克永身上，就连一个斜视都没有给她，紧绷着线条，目光透露不出他内心的想法。

"我是唐克永，很高兴认识你。"不知何时，唐克永伸出了礼貌的手，那架势像极了第一次见面，请多多关照。

沈告天脸上的线条更为紧绷，眼睛微眯，显得更为危险，眼看再这

228

样下去后果不堪设想,她急忙推了沈告天就向茶餐厅门口走去。可他的目光依旧凶狠地看着唐克永,像是要用眼神将他凌迟了。

一走出茶餐厅大门,沈告天就甩开她的手。在她一愣后,他转身驾着车子愤怒离去了,速度快得让她好久才缓过神来。

童婼好久没有回家了,今天要不是为了拿几件换洗的衣服,也许她也不会回来,最近她一条心都扑在米朵那边。

昨天,沈告天寄来了离婚协议书,就连和米朵和诺诺见上一面的要求他也不答应。可见他下了多大的决心,也可见米朵有多伤他的心。可他怎么可以在这个时候选择离开她?她现在是那么地需要他,唐克永每天的纠缠几乎让她支撑不下去。

昨天,他居然在不说一声的情况下私自去幼儿园接走诺诺。知道女儿不见的那一刻,米朵几乎崩溃,要不是有童婼在身边安慰她、鼓励她,她一定不知道怎么办,任何不堪设想的后果都有可能发生。还好唐克永还有良心,总算知道将女儿送回来。

可他也开出两条路供她选择,要么重新跟他在一起,两人共同抚养女儿,要么他们就对簿公堂。

米朵当然是一万个不愿意回到他身边,那他们就只能在法庭上见。事情既然已经说开了,那么他们只需要等着开庭。而童婼也觉得用法律来解决他们之间的问题是唯一的方法,毕竟唐克永现在的态度很明确,要他当从来没有诺诺这个女儿是不可能了。

童婼将收拾好的衣服放进行李袋,提起就准备离开,可没走几步,电话却突兀地响起。一般情况下,只有欧娜娜会打这里的电话,因为只有她知道这里的电话号码,童婼走到话机前接起:"喂!我是童婼。"

"你的手机为什么又关机?"欧娜娜劈头就是质问,还好童婼在家,要不然她绝对会焦急地即刻搭飞机回来。

童婵拿出手机一看，果然是关机状态，但她可以发誓自己这几天没有关过机，那么唯一能够解释的就是她手机没电了，好像也应该没电了，她都几天没记得充了。

"你冷静一点，我不是故意的，只是手机没电自动关机了。"她轻松地解释，想她也不是爱计较的人，应该能够接受她的理由才是。

果然，欧娜娜没有跟她一般见识，直接奔入主题："我接到了巴黎第十届新秀时装设计比赛请你当评委的邀请，我想你该露一下脸了，要不然网上那些五花八门的猜测还不知道有多少呢，所以我自作主张帮你接下了。"

童婵听完首先是锁起了眉头，然后才说："任何人对我的猜测都没有造成我的困扰，所以你还是帮我推掉吧！"不要说她不喜欢闪光灯下的追逐，就现在米朵的事情，就容不得她离开，她欠她那么多，她一定也必须弥补她，两个强而有力的理由足以让她拒绝欧娜娜的自作主张。

"我已经帮你接下了，你没有听清楚吗？我答应他们你会出席，这样会不会让你听得更明白一点？"不知道为什么，欧娜娜跟她说电话每次都会慢慢变得不淡定，实则她一直就是一个冷静自持的女强人。

"我相信你有办法帮我推掉。"欧娜娜办事的高杆程度童婵可没有忘记，这种小事怎么难得倒她。况且她在没有经过她同意的情况下擅自做决定，本来就是她的错，她有义务帮她摆平。

没想到童婵没有责怪她，那边的欧娜娜倒火气很大地吼："童婵，我老实告诉你，不管你怎么说，我这次都不打算帮你推掉这个任务，因为该是你面对自己荣耀的时候了。这些别人想一辈子都得不到的光环，你居然当做粪土，那么你在设计上的才能有什么用？你就努力当一个平庸的人好了。而且我不可能永远帮你，我有我自己的梦想和我自己想要的生活，你知不知道？"说到最后她慢慢平静下来。

童婵在这边沉默了很久，最后没说一句话就挂断了电话。

第11章 法国巴黎，她和他相逢

童婼知道欧娜娜昨天的一席话，已经干扰了她的心情和思绪。她说得对，自己是一个自私的人。

两年前是她费尽口舌请动了欧娜娜来帮忙，那个时候她也是说暂时性地充当自己的对外发言人。可没想到两年就这么过去了，自己从来没有想过要放她走，就足以看出她是真的自私。

把果汁端起来喝了一口，她看了一眼饮品店的大门，她等的人还没有到。实则她不确定他会不会来，电话里他没有给她明确的答案，可她就是那么自以为是地来这里等他。

这一刻，不知是不是等人的焦躁让她坐立不安，看一眼手表又看一眼大门，时间一分一秒地流逝。

她记得昨天欧娜娜说巴黎第十届新秀时装设计比赛是在今天举行的，那么她现在再不搭飞机过去就会来不及了。但为什么沈告天还不来？对了，她可以打电话给他。

她这样一想，连忙一边起身向大门口走去，一边伸手拿出手机。急匆匆的步伐让她一不留神差点撞到正推门进来的人，还好来人反应够快，才和她避免了肌肤之亲。

童婼抬头正想说对不起，没想到这人竟是沈告天，她立即抓住他的手："告天，你听我说，米朵现在很需要你。唐克永要在法庭上争诺诺的抚养权，要是以米朵现在无业的情况来看，她根本争不赢他。所以请你不要跟她离婚，去看看她们，她们真的需要你。诺诺一直念着你，在诺诺的心里只有你一个爸爸。三年前米朵也许是做了一个错误的决定，但她不过是一个渴望幸福的女人，而且三年的夫妻感情我不相信你想忘就能忘掉。所以求你好好想想我今天跟你说的话，这是我今天约你出来的目的。我现在赶时间，先走了，你好好考虑我的话。"

说完，她就推门跑了出去，根本没有给沈告天说话的机会，他看着她在路边拦了一辆计程车就扬长而去。

231

法国巴黎

这座无与伦比的城市。童婼现在踏在这片土地上,可她无暇欣赏这座古朴的城市下魅力的夜色,她搭上计程车赶往目的地。来到巴黎第十届新秀时装设计比赛的现场时,她看到已经有人慢慢从会场出来。原本她可以转身回去,毕竟都已经结束了,可今天她异常地固执,她想应该让欧娜娜知道自己是来了的,只不过来晚了而已。

她毅然决然走了进去。在这么大的会场没有人带领很容易迷路,可今天是不一样的,循着人潮慢慢走过去就一定可以找到她要到的地方。果然,推开这扇门,童婼看见舞台最前方跟人谈笑风生的女人,她掏出手机拨了一通电话过去,看见那人接起,她说:"娜娜,我在你身后。"

那边的欧娜娜立即转身,睁圆眼睛,然后转回头跟刚才那个男人说了几句,就大步流星来到童婼的面前,一把抓起她的手就向一旁走去。拉着她走到无人的一角,欧娜娜冷着脸问:"你怎么来了?"

她这句话问得童婼莫名其妙:"不是你叫我来的吗?"

"你来得可真及时。"欧娜娜这句话是反话,童婼听得出来。

"对不起!"她道歉。

欧娜娜沉默了一会,最后叹了一口气:"我上辈子一定是欠你的。"她感慨,然后说,"其实我根本不指望你会来,现在你来了我还是非常开心,至少你有听进去我的话。"

"娜娜——"童婼不知道要说什么,突然之间就很感动。

"好了,我还有收尾工作要做,你在会场门口等我一下。"欧娜娜说着就离开了。

童婼笑了笑,正准备按照她的指示去做,无意间整理衣服,却发现自己脖子上空空如也。她顿时像雕塑一样站立不动,双手在脖子上放了好久,终于确定自己每天都戴在上面的项链不见了,焦急顿时让她不顾一切沿着来时的路走回去。

双眼在地上四处寻找，她或蹲着或趴着在一长排的凳子下搜寻，也不管自己的项链是不是有那个能耐掉进这么里面。她的直觉就是告诉她，Angel's love 项链就掉在这里，可为什么她找了那么久还是没有，在哪里，在哪里，到底在哪里？

她彷徨无措地从凳子底下钻出来，一抬头，那条项链竟然就在眼前。她如获至宝一样冲上前，伸手拿住项链一角，这才发现这条项链正被另一只修长的手拿住，视线慢慢往上移，看清了面前拿着项链的男人的脸，他竟然是王子祈。

她的眼睛紧紧盯着他，握住项链的手更加紧了一下，他的表情还是一如既往的冷酷，和他犀利的眼神对视了好久，他突然掀起薄唇说："原来你就是那个神秘的服装设计师 Angel。"怪不得她上次为他设计的西装那么地无可挑剔。

他的话着实让她讶异了好几秒钟，最后不等她提出疑问，他就接着说："这条项链的链上有 Angel 的刻样，我猜是设计者的名字。"他受邀来巴黎第十届新秀时装设计比赛当评委，没想到在比赛结束后无意中捡到了这条他熟悉的项链。这条项链是她的，因为她说过它是独一无二的，世界上不会再有第二条。

当他等在不远处，看见她焦急跑过来寻找的身影，他就知道自己没有猜错，而在等待时把玩这条项链，他发现了这条项链上的名字。

童烨沉默无语，她的沉默也就默认了他的猜测。她的眼神慢慢下滑来到他的左胸口上，然后久久没有转移，轻轻地，她的声音从嘴唇里溢出："你是七尚的董事长。"

王子祈低头看着她视线专注的地方，他左胸上别着的那个红色长条的牌子，上面写着"七尚王子祈"的字样，就这么简单，他的身份已经公诸于众，她是最后一个知道的人。

王子祈抬起眼皮，像她一样用沉默来默认自己的身份，直视着她清

第11章 法国巴黎，她和他相逢

澈的眼睛，这是一双毫无虚伪杂质的漂亮眼睛。突然他跨前一步，他熟悉的气息扑面而来，伸手将她手中紧握的半截项链全数拿到自己的手中，然后轻轻帮她戴在了脖子上。当他将她的项链戴好，双手在她的脖子后没有放下，依旧紧紧捏住。他的呼吸吹拂过她的脸颊，她整个人都笼罩在他的气息之下，那种熟悉的安全感令她鼻子一酸，眼泪就在眼眶里打转。

王子祈慢慢退后一步，看着她。一个由远及近的脚步声向他们这方走来，紧接着杜宸睿站在了他的身边，虽然他看见童婳有点意外，可没有对她多做询问，直接对着王子祈说："Boss，车子准备好了，我们可以走了。"

"在外面等我一下，我马上就来。"王子祈对杜宸睿说，目光依然放在童婳身上。

杜宸睿见状，点点头转身出去大门等候。

瞬间，空间里又只剩下他们两个人，除了目不转睛的对视以外，他们没有太多的言语，似乎千言万语在眼神中就已经传达。

王子祈扯了一下唇角："总是我帮你捡到项链，不知道我会不会帮你捡到第三次。"他说这话时唇角有笑，整个人也很温柔，可这是完全让人不安的表情，他的眼神让她产生即将失去他的错觉。

看着他突然转身，童婳睁圆眼睛看着他的背影，当他提步向前走时，她迅速上前一步："你一定不知道，三年前我就爱上了你。"她的声音在颤抖，双手紧紧抵着胸口，眼泪在眼眶里滚滚转动，可就是没有掉下来。

王子祈背对着她，脚步已经停下，他像是在等她接下去，而她没有让他失望，直接说："三年前，那是一个午后，你从我们教学楼的楼梯转角处出现，当时我正好走下最后一阶楼梯，那是我第一次遇见你。你手拿盲杖，一步步往上走，那样鲜明的你我居然也会认错，把王梓当成了你。"记忆全然在脑海里盘旋。到现在她必须承认，如今的局面都是她一手造成的，曾经她怀疑过，只是不愿意去否定，所以她把自己逼到了如今的田地。她心里对王梓有那么多的愧疚呀，到现在她永远无法得到他的原谅了。

原来是那一天。

王子祈的脑海顿时想起了三年前的某一天，那是他不接受王倡生自作主张将他把原来的大学换到E大，所以他和杜宸睿来E大跟校长谈清楚，最后留下杜宸睿跟他交涉。他在校园内一不小心就迷路了，在一处楼梯转角处和一个女孩擦肩而过，那时他的鼻子和耳朵都那么地敏锐，他闻到她飘散在风中的茉莉花香味，也确定她停在原地投注过来的视线，原来那时的那个人是她，那个很早就留在他记忆深处的人。

他的身子已经转过来，嘴角轻微地颤抖着，原来他们很早就见过面了，这是真的，他的直觉没有错。他没有资格去怪她，也没有权利去恨她，因为他拥有着她最初的爱。他以为王梓是最幸运的人，最后他发现最幸运的那个人是他自己。

童烨的眼泪在眼眶里打转了那么久，终于在这最后的一刻控制不住滑落了下来，朦胧的视线看着他，最后倾身跑上前扑进他的怀抱。是他了，一定是他了，他就是她生命中的那个人。

她决定跟他走，不管以前到底是一个怎样的误会，她决定以后的每一天都要跟他在一起。这是她从来没有过的想法，这么地强烈，这么地排山倒海。所以她拨了一通电话给欧娜娜，免得她担心，然后她来到了他下榻的酒店。

他们坐在沙发上靠在一起看着窗外灯火璀璨的夜景，童烨唇角绽放一个浅浅的笑，很久很久后突然轻问："这是真的吗？我们真的在一起了吗？"她的视线一直在窗外，王子祈侧头看她，伸手抱住她的肩膀，一丝心疼划过心底。上次的话一定刺痛了她的心，要不然如今她怎能如

第11章 法国巴黎，她和他相逢

此不确定。

"对不起!"他道歉,这是迟来的歉意。

童烨赶紧摇头,然后将脑袋从他的肩膀上移开,近距离看着他的眼:"我知道你不是故意的。"她相信他,胜过了自己。

王子祈放在她肩膀上的手紧了紧,心里很为她的相信感动,轻轻点了点头,两人相视而笑。她将头靠回他厚实的肩膀上,轻柔问:"你有想过以后过怎样的生活吗?"

"我从来没有计划过自己的未来。"王子祈实话实说,任何对未来的幻想他一直觉得是荒谬的事情。

他这样的回答童烨并不意外,她笑着说出自己幻想的未来生活:"我希望以后可以去贫困的山区教书,当个山村老师。日出而作,日落而息,我喜欢那样淳朴的生活,他们也需要更多人的帮助。"她慢慢将头转过来看他,见他正认真在听,突然问,"如果有那么一天,我要抛下所有一切去一个没有人认识我的地方,你会愿意跟我一起走吗?"

他的视线慢慢调转到她的脸上,如此近距离的对视让彼此的心跳都加速起来,他抬起手轻轻抚摸着她的脸颊,薄唇里溢出磁性的低语:"会的。"

简单的两个字,已经足以让童烨相信他,笑容轻轻漾开。"我知道。"她这样说。

王子祈看着她,他专注的眼神让她的心跳快了几拍,两人之间的气氛顿然变得暧昧起来。空气紧缺,她在等待着什么,这样的等待让她手心开始冒汗。王子祈果然有了下一步动作,伸手直接将她拉进怀抱,深情地道:"我知道你相信。"

这话一出,她顿时有点失望:"我以为你会跟我说你爱我。"她将自己的失望说了出来。

这边的王子祈稍微呆愣,沉默地抱着她,没有下一步言语。童烨觉得自己将气氛弄僵了，想要补救，可却听见他说："我是一个慎重的人。"

她明白他的意思，有一些话他会慎重到在适当的时候说，只是，现在不是适当的时候。

第 12 章　爱他会是地老天荒的事

　　爱情就是如此奇妙，多年种下的籽，要到三年后才能开花，只要是对的那个人，不管多久都只会是命中注定。

　　一个晚上开诚布公的闲聊，彼此的心迹在对方的心里更加地明朗。这一刻，王子祈知道她就是自己想要一辈子珍惜的女人，所以他打算回国带童婵去见自己的亲人，让他们的爱情得到家人的认同。

　　当飞机抵达机场，他第一时间带着她来到了亲生母亲的家。大门打开，童婵听着他叫妈，这才明白他带她来见的人是谁。在来的路上他没有告诉她，他要带自己来见他的家人。

　　只有真正把你放在心里重要位置的人，才会带你来见他的父母。

　　这样突如其来被重视的感觉让童婵喜出望外，看着面前风韵犹存的女人，她的打量让她紧张，赶紧对她行了个大大的礼："您好，伯母！"

　　幕宛思见状轻笑，伸手拉住她的手，将她拉到客厅沙发坐下："不要紧张，我不是吃人的老虎。"她和蔼地拍了拍她细嫩的手背，一脸的亲切笑容。

　　她这样一提，童婵总算感受到了自己的手足无措，不好意思地笑了笑，小声地向她控诉站在一旁的王子祈："他没有告诉我会带我来见您，您看，我连礼物都没有准备。"

　　"不要紧，礼物以后可以补送，一定要常常来。"幕宛思一直握住她的手，这是喜欢极了她的表现。事实上是在看见童婵的第一眼她就对她很有好感，觉得她是那个适合永远陪伴在子祈身边的女孩。

午餐后，童婥在厨房帮着洗碗，幕宛思站在一旁突然说着内心话："子祈这是第一次带女朋友回来给我看，以前我也不知道他有没有交过女朋友，所以这次我感激他愿意给我机会。我不是一个合格的母亲，我欠我的孩子太多。"

童婥侧头就见她满眼眶的眼泪，顿然停下动作不知如何是好："伯母，你……"

幕宛思转过头来面对她，眼泪顺势滑落，打断她的安慰："我的人生充满着命运的捉弄，年轻时跟所信义无反顾地相爱，虽然知道我们身份地位的悬殊，可我以为只要我们相爱就能争取到属于我们的幸福，只是最后……发现我们都太天真，老天爷制造的阻碍直接让我和他彻底恩断义绝，他去跟别的女人结婚，我明白他的无奈。

"那个时候只有肚子里的孩子支撑着我走下去，可没想到孩子才出生，我就要跟他们分道扬镳。我是自私的人，为了不想遭受对儿子的思念之苦，我将生下的一对双胞胎抱走了一个独自抚养。当时我要是足够地理智，我就不该抱走孩子。我是一个无能的母亲，我根本没有能力给他美好的生活，只会让他跟着我一起吃苦。

"命运的一切捉弄我从来没有怪过任何人，因为这是我的命，我认了。可我的不幸伤害到我的两个孩子，我从来没有让他们幸福过，所以……"

她说到这里，伸手激动地握住童婥的手："所以请你一定要让子祈幸福，一定要让他幸福。"她的泪水滑落到嘴角，那个样子让人很心痛。

童婥紧紧握住她的手，然后郑重地点了点头："好，我一定会的。"

她知道这是一个保证，她会尽最大的可能去实现的保证。

从公寓里出来，幕宛思在楼下突然抱住了童婥，久久地，才松开双手，双眼里有无尽的感动和信任。她将目光调转到王子祈身上，伸手抓他："要好好地对待烨烨，她是一个好女孩。"

王子祈看一眼童烨，挑挑眉，然后对她点了一下头。

车子缓缓向前行驶，坐在车子里两人没有说话，可童烨的唇角自始至终都有微笑，似乎心情好得不得了。王子祈手握方向盘，突然偷了个空睨她一眼，终于问出从公寓里出来的那个疑问："我妈妈跟你说了什么？"

童烨笑嘻嘻地看着他，没有回答他的问题。

"到底说了什么，让你高兴成这个样子。"她的沉默嬉笑，让他又问了一句。

"你不需要知道。"在看见他不高兴的蹙眉后，童烨这才开口，只是这句话也不能让他满意。

他挑眉，正要问为什么，旁边人行道的一个熟悉身影让他急踩刹车。童烨被这样突如其来，差点条件反射地撞上挡风玻璃，还好王子祈眼疾手快稳住了她的身子。她震惊未消地看向他，却见他打开车门走了出去，这便连忙跟着打开走出，就见他拦在了一个妙龄女郎的前面。童烨不解地跑到他身边，就听见了一个记忆中的名字："小溪！"

"祈哥哥，真的是你。"小溪欣喜若狂一个弹跳倾身抱住了王子祈，眼泪突然哗啦啦往下掉，染得他白色的运动衫一大片水迹，"祈哥哥，我真的好想你，真的好想你……"她反复在嘴巴里念叨着这句话。

"你这几年跑哪里去了？你知不知道我找你找得很辛苦。"王子祈一只手圈住她轻拍，无限柔情尽在他的脸上。

童烨站在一旁说不吃味那是假的，只是要是在不分青红皂白下生气似乎也不是她的性格，但是……小溪？这个名字好熟悉，好像在哪里听过。

"我们不能再麻烦你了，所以我和爸爸才不告而别。"这个时候小溪已经松开了手，擦了擦不争气流下的眼泪。三年前爸爸的病情有了翻天覆地的好转，知道他们已经麻烦他很多了，以后的日子他们父女决定相依为命，是好是坏都自己承担，在爸爸出院的第二天，他们就搬离了那栋别墅。

"现在你们住在哪里？你爸爸还好吗？"王子祈问道。

"我爸爸……他在……在两年前就去世了。"小溪说到这里眼泪再次滑落。王子祈听罢一阵伤心，曾经为了找他们，他和杜宸睿几乎找遍了这座城市，没想到如今见面还是没有免除这样的伤感。

小溪答应过爸爸要坚强，所以她努力吸了吸鼻子，用力擦掉脸上的泪水，转眼就见一旁的第三人，突然呆愣地看了她好久："你是……隔壁的姐姐。"

这么一句话，让童婼倏然想起了小溪这个人，三年前住在她隔壁那个惹人怜爱的女孩，现在都长大了，亭亭玉立，她都差点没认出来。

"是你！"她道。

她们的熟络得到了王子祈的侧目："你们认识？"

"对，三年前我和她是邻居，她就住在你给我安排的别墅隔壁。"这是小溪的回答。

对于这些，童婼当然记忆犹新。只是她的脑海突然闪现了一个画面，那个画面是那年在别墅门口自己没有缘由追赶车子的画面，那个自己很想看看是谁的背影。原来是他，是王子祈，原来他们错过了那么多次。

因为小溪坚持靠自己的能力生活，王子祈没有得到她的住址，她给他们留了电话号码，然后就急匆匆走了。

沉默再次在童婼和王子祈之间盘旋，他没有问她更多关于她和小溪之间的事情，她也没有再问他和小溪之间的过往，更加没有告诉他，她曾经在别墅外差点跟他遇见。

"我现在要带你去王家。"王子祈突然开口说,"你准备好了吗?"

童婳想都没想就点了下头,王子祈对她微笑,则专注在开车上面。

可没有经过深思熟虑的结果却让她更为紧张,紧张得让她脸色都有点不太一样,看样子被人蒙在鼓里未必不是好事。

当看着杜思竹和王倡生满意的笑容,童婳就知道自己惴惴不安的心可以放下了。和王子祈对视一笑,他伸手过来握住她的手,一切尽在不言中,刚好目睹他们眼神交流的杜思竹自然欣慰地笑了。

杜思竹相信如果王梓在天上看到,也一定会祝福他们的。这一切居然也是她早就想要看到的情景,说来也有几分不可思议。

"子祈,你打个电话给你爸爸,让他快点回来吃饭吧!"她对着王子祈说完,就走进了厨房,每次来,童婳看见的都是她在厨房忙得不亦乐乎的模样。

"快打一个电话给他吧!都快开饭了。"见王子祈犹豫不决,坐在对面的王倡生赶紧补了一句,他们父子该多多沟通了。

王子祈只好点点头,不再犹豫地拿起电话,可就在这个时候,门口有脚步声响起,紧接着是王所信慢慢走进来的身影。

童婳好久没有见到他了,他给她留下的最深印象就是他竭力说服自己离开王梓那一刻,所以对于如今的处境,她多少又有了几分忐忑,不知道他会不会像三年前那样阻止她和王子祈在一起。

她站起身,心里想着要怎样在不失礼的情况下跟他问好,只是命运早已注定她今天必须要失礼了。

因为不安,所以她极力微笑,正当要对他说话时,他身后跟着的人让她顿然屏气消声,目瞪口呆。一同看见的人还有王倡生,他拄着拐杖从沙发上弹跳起身,唇齿间微弱地说出一个熟悉却也陌生的名字:"王……梓……"

王子祈在听见门外的动静后就挂回了电话,原本一心想着要怎么跟

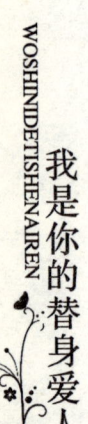

242

父亲寻找话题，没想到就听见王倡生传出的那个名字，立刻站起转身，前面那个人……他惊愕地凝视着父亲身后的男人，大脑一时不能确定那个人是自己还是别人。

王所信完全能够想到今天带回来的人会给家里造成什么样的轰动，只是让他万万没想到的是，童婵居然也在这里。

王梓一步步从爸爸的身后走上前，让在场的三人更近距离地看清他的脸。就在这个时候，在厨房里忙活完的杜思竹一边走出来，一边说："是不是所信回来了？回来了我们就准备吃……"最后一个字没有来得及说出口，她就咽回了肚子，前面的那个男人是谁？她在心里问着自己，突然她看了看右边的王子祈，又看看左边的男人，最后……"王梓，你是王梓。"她跑上前拉住他，这个世界会跟王子祈长得一模一样的人只有王梓，他是王梓。

"妈——"一声妈，足以印证每个人脑海里的猜测，没错，他就是王梓。

"你没有死，你没有死。"杜思竹听见那声妈后，早已泣不成声。紧紧抱住他，这辈子她不能再失去他第二次了。

王梓用力地抱住她，这样熟悉的怀抱，这样温暖的家，他终于回来了。就算在回来时一个劲地告诉自己不要像个孩子那样哭泣，可在这一刻眼泪根本控制不住地往外涌。

"孩子，孩子——"王倡生激动得移动不了步伐，这个时候早已老泪纵横，只能一个劲地伸着手。

王梓见状连忙迎过去："爷爷——"他抱住他，三年的时间，爷爷变得更为瘦弱了。

"回来了，回来了……"王倡生伸出一只手拍着他，那盈满整张脸的喜悦是多么地动人。

王梓松开了爷爷，复而转身看着一动不动的童婼，慢慢移步到她面前，张开双手抱住她的双肩："童婼，我回来了。"他激动地说。

童婼慢慢抬起头来，他碰在她双肩的手传来的温度，让她意识到这不是自己的幻觉："你回来了？你回来了？"

她慢慢抬起自己的双手，然后用力扯了下他的，一步步向后退，向后退："你为什么会回来？三年前到底发生了什么？"她问出一个在场的人都很想问的问题。

王梓看着她，站在那里看着她，没有上前，也没有回答。

一旁的王所信知道现在是他说话的时候了，上前一步："这个问题我可以回答大家。"刷刷刷，全部的视线都定格在他的身上，然后听见他说："三年前，是我导演了那出戏……"

他从三年前找调查公司调查童婼的身份开始说起，在调查公司的调查下他知道，童婼是霍达的亲生女儿，那个和其他公司联合起来让"王氏集团"陷入金钱危机的罪魁祸首。这让他不得不在爱情和家族面前面临抉择，最后为了家族的利益他放弃儿女私情转而娶豪门千金杜思竹为妻，他一直对这起危机的制造者深恶痛绝，因为要不是他，他会和幕宛思有一个幸福的家。在知道他死后，他将全部的恨转移到他的女儿身上，这也是他当年想方设法阻止童婼和王梓交往的原因。

而为了不让亲生儿子和仇人的女儿在一起，他已经达到不择手段的地步，当年他在调查中发现，童婼一见钟情的人不是王梓，他用这个理由说服王梓和他串演这出戏。

其实那个时候王梓早已知道童婼爱的人不是他，他仅剩的一点自尊心，让他为了走出替身的泥坑，成全她对另一个男人的感情，他选择了答应，他选择了毅然决然离开人世。

"只是我发现我错了，就算我再怎么去恨，也弥补不了逝去的感情。所以现在我也看开了，我选择放弃怨恨，让一切恩怨随着你去世的父亲烟消云散。人生短短数十载，我们要做的永远是珍惜眼前人，在知道三年来王梓一直没有放下对你的感情后，我鼓励他回来争取自己的幸福，他爱你是他离开和回来的理由。三年前的事都是我的错，所以请你原谅他，要怪就怪我吧。"幕宛思的身边已经有了一个很好的保护者，只要她幸福，那么他就会祝福。那么他的儿子们呢，他们也该有个幸福的将来，现在是他们自己争取的时候了。

童烨根本无法接受这个突如其来的冲击，一边摇头一边后退，她眼神空洞，眼泪像关不上的水龙头一样哗啦啦往外流，最后直接转身，奋不顾身地奔出了王家。

王梓在她跑出去的一瞬间就追了出去，王子祈原本跨步也想要追上去，最后却定定看着他们一前一后跑出去的方向，面无表情。在他心里就剩下唯一的一个疑问，他的这双眼睛到底是谁的？

王梓终于在那条下坡路的路口追上了童烨，伸手拉住她的手臂，让她被迫停下："童烨，请你听我说。"

"放手，我不想听，我不想听。"童烨拼命地挣扎，眼泪如泉涌。

"不，你一定要听，因为我爱你。"

他的吼声震耳欲聋终于让童烨停止了挣扎，她缓缓抬起头，声音变得平静无波澜："因为知道我一见钟情的人不是你，所以你就用那么残忍的方式来惩罚我，那就是你爱我的方式吗？"她扯开他的手，"你从来没有问过我的意愿，你从来没有想过要将真相告诉我，你从来没有想听我的选择，王梓，我恨你，我恨你。"她说着拼命向前跑。看见她坐上一辆出租车，王梓跪倒在地，就连他自己都好恨自己，她有理由恨他的。

回来的路上，王子祈解开了自己的疑惑，不但如此，他还从杜思竹的口里知道了另一个不为他所知的真相。

杜思竹告诉他,三年前,王梓临终前曾极力嘱咐她要将自己的眼角膜换给他,可她最后没有舍得剥夺儿子完整的躯体,所以他双眼的光明不是王梓给的,而是一个无偿捐赠者,这也是为什么王梓今天会好好地站在他面前的原因。

得到这个答案,他心里说不上来是怎样的滋味,反而是她接下来的话让他吃惊。

原来三年前,杜思竹就将自己不是他亲生母亲的事实告诉王梓,但他没有想过要认回自己的亲生母亲。

相反毅然决然选择离世,选择从此隐姓埋名,选择去让另外一个去世的人代替他下葬,在他的潜意识里是不是只认杜思竹一个妈妈?

不知道为什么,王子祈没有生气,只是吃惊,突然他有一个奇怪的确定,如果当年回到王家的不是王梓,那他如今一定像自己一样阴鸷、冷酷,他们不只外貌相像,也许性格也像,对待爱情的态度一定也相像。

一连几天,童婼都霉在家里足不出户,手机关机,电话线拔掉,阻隔了跟外界一切的交流,但冰箱里有足够的食物填饱她的肚子,她就这样一个人待在黑漆漆的房子里发呆,沉默冷静。门铃每天都会响起,没有得到她的回应,门外的人会拼命地拍门,说一些要她原谅他的话,最后都会在左邻右舍的劝阻下离开。

没错,每天来敲门的人是王梓,而现在她最不想见到的人也是他。

二十几年前,亲生爸爸对王家制造的麻烦,她的心里很平静。虽然乍听之下很悲痛,可跟王梓的隐瞒相比,那仅仅是上一代的恩怨,既然王所信已经看开,她自然很乐于看见这样的结局。

她从小对亲生父亲的记忆很模糊,亲生母亲在她出世后就难产死了,只记得小时候爸爸时常不在家,久而久之也就淡忘了他的模样,反而被后母虐待的记忆异常清晰,但这一切都在五岁那年戛然而止。

父亲在建筑工地上班，不小心从楼上面失足掉下来当场死亡，这是那个女人告诉她的，所以她没有来得及去见爸爸最后一面。而那个女人因为爸爸突然离世，伤心过度又拿她出气，挨了两下她从家里跑了出来。当晚回去，听隔壁邻居说她在家里开煤气自杀了。那一刻，她才发现，这个女人原来很爱她的爸爸。

回忆的潮水让她泪流满面，她用力抹掉脸上的泪珠。那些都过去了，她知道自己永远忘不了五岁以前的点点滴滴，可她只会将那些压在心底深深埋藏。

王梓带给她的冲击是活在当下的疼，他永远不会了解三年前他的离去带给了她怎样的痛。她的伤口好不容易愈合，他却活生生回来告诉她，三年前的一切都只是一场戏，一场不得已的蓄意预谋。

这样的真相，他到底要她怎么去面对？

带着悲痛和逃避的心情，她在一个星期后走出了家门，来到米朵的家。

"你是说王梓没有死？"这是童婲将几天前知道的事情经过告诉米朵后，她震惊不已的问话。

童婲选择沉默，对于这样的肯定她已经没有再多的力气去承认。不过她的心情和前几天的完全不一样，现在的她很平静，有人倾诉让她有了更多的理智思考。

沈告天不知道是什么时候来的，至少童婲是不知道的，所以当他赤着上身从卧室里走出来时，童婲有一秒的大惊小怪，最后是米朵红着脸尴尬地将他推进卧室锁起来。

"你们……和好了？"童婲总算找回声音问她。

米朵坐回椅子上，耸了下肩膀："没有！"

"那他……怎么会在这里？"这到底是怎么回事。

"他说他会帮我夺回诺诺的抚养权,那么我就想,既然他那么大公无私,我总该给他点甜头,所以昨天晚上就留他在这里过夜。"米朵说这话时,将头都垂到了胸口上,那娇羞的模样不用明说也知道昨晚他留下来发生了什么好事。

"他居然也答应了。"这是童婼比较意外的。

可米朵却不认为这有什么好意外的:"当然,美女当前,是男人都抵挡不住。"她说出这些话童婼只能当她臭美,不过他们这样倒是一个好现象。

"我们出去走走吧,我好久没有晒过太阳了。"童婼提议,现在她需要有个人来陪陪自己,让自己不再胡思乱想下去。

"你快发霉了吧?"米朵没好气地调侃道,然后站起身,"走吧,今天我们就一次性逛够本,我都好久没有逛街了。"她豪迈万千地说,拿起包包就拉着童婼出门了。

只是童婼万万没想到,这门一出,就和王梓在人来人往的街头遇见了。虽然她很怀疑他跟踪自己,但眼前的事实又否定了这个猜测,毕竟是她不小心撞上从咖啡厅里出来的他,看到她的一瞬间他明显也是惊讶了一下。

现在两人无言地站在咖啡厅外,路上的行人一个又一个地从身边走过,每个人都会对他们投以关注的视线。

童婼看着别处,王梓看着她,她的心很乱,她并没有做好跟他见面的准备。看见他,就会让她想起自己三年前像个傻瓜一样悲痛了那么久。三年来一直相信他没有死,可没有想到他活着的理由对她是那么地残忍。

"你还是不打算原谅我吗?"王梓终于开口,今天的遇见是意外,可刚好顺了他的意,这一个多星期,他每天都去找她请求她的原谅,可每次都被她拒之门外。

童婼抬起头看向他，没有说话，只是看着他。

就在这时，米朵风风火火满载而归跑了过来，还特意向童婼炫耀了一下："你看，那边商场大减价，我买了好多东西，你要不要……"话还没说完，双眼瞥见一旁熟悉的脸庞，后面的话活生生吞回了肚子里，她活像见到鬼似的指着他尖叫，"王梓——"

王梓对她点点头，算是老朋友好久不见的问好。

"噢，童婼，他他……"米朵惊慌失措，听见他没有死是一回事，亲眼看见他活生生站在面前又是另一回事了。

"米朵我们走吧。"童婼抓住她的手，拉了她就想离开。米朵没有反应过来，任她拉着。两人一个转身，童婼就不小心撞上了一个人，而刚好把他手上的文件撞飞，眼疾手快的她及时替他接住。

大家定睛一看，米朵立即张大嘴巴，都足以塞下一个鸡蛋。童婼怔住，没有想到这座城市那么小，小得在大街上不但遇上了王梓，也遇见了王子祈。

王子祈的眼神慢慢流露惊讶，在被她撞上和她帮他接住文件时的一瞬间，他的脑海里闪现了一个熟悉的画面。三年前，他也曾被人不小心撞到，当时他眼睛看不见，有人及时帮他接住盲杖，然后不好意思地道歉。

没想到那个让他怦动、想知道名字的女孩是她。三年前，他们到底错过了几次？

童婼不想再看他的眼睛，因为他的视线让她慌乱。她急忙将文件塞回他手中，拉了米朵就拦下一辆出租车扬长而去。

出租车行驶了好长一段时间，米朵才从震惊中回过神，激动地拉住童婼的手："他们第一次同时出现在我面前，那种感觉，那种感觉，童婼……你了解的，很激动，很震惊，很神奇。"

童婼斜眼看她兴奋又激动的表情，活像她大小姐打出生开始就没看见过双胞胎一样,当然,他们两个是不一样的。

"童婵——"不知何时,米朵冷静下来,听见她的轻唤,童婵连忙看去,就听见她问,"你还在生王梓的气吗?"

"我不知道。"她转回视线。

"他是太爱你了,所以没有信心将真相告诉你。你的选择是不是他?毕竟一开始他就成为了王子祈的替身。"米朵缓缓将脑袋靠在她的肩膀上,要不是太过深爱,他怎么可能那么地不自信。

童婵没有说话,她知道米朵说得没错的,其实真的要追究,该被人讨厌和恨的人是自己。是她一手造成了今天的局面,她有什么理由去恨他、怨他,而他还给了她全部的爱,那么完整的爱,她怎么承受得起。

"童婵,现在你爱的人是王梓还是王子祈呢?"米朵抬起头,低声询问一个令她更加难以回答的问题。

沉默是她所能给出的回答,米朵也不勉强,将头靠回她的肩膀上。王梓回来了,她曾经喜欢的男孩,她很希望他能得到幸福,但要是他的幸福非童婵不可,那要怎么办呢?

翌日上午,门铃突然响起,米朵站起身前去开门。当门打开,看见门外的人后,她先是一愣,紧接退开:"王梓你来了,童婵在里面。"

童婵站起身,这才发现,原来每个人一眼就能分辨出谁是王梓,谁是王子祈,只有她自己永远是那个不知道谁是谁的人,要不然她的人生怎么会这样地复杂。

王梓看了米朵一眼,说:"谢谢!"说完,侧身看向童婵。

这样明显找谁的举动,令童婵知道他们需要谈一谈。她走上前几步:"我们出去聊吧。"她复而对米朵点点头,示意先出去一下,接着就直接跨步走出门去。

"童婵,对不起。"当走到小区喷水池边,王梓率先开口,这也是他第一次跟她道歉。

童晔看着前方一对年过花甲的老人互相喂食的场面，突然就感动得鼻子一酸，可她却扬起一抹微笑，慢慢转过头："不要跟我道歉，你没有错，自始至终错的那个人是我。"这是事实，要不是她当年的草率，一切都会简单很多。

"你原谅我了吗？"王梓不确定地问，她今天会愿意跟他谈谈应该就证明了一些事情吧。

童晔认真地看着他，一个字一个字说："如果我的原谅对你真的那么重要的话，那么，我——原——谅——你。"她的声音不大，却足够王梓听清楚她的话。

"那么，我请你吃饭吧。"王梓笑了，一如三年前笑得那般阳光和灿烂，他不问她为什么会突然原谅他，因为有些事情本来就没有理由。

童晔也笑了："好！"前几天将自己锁在屋子里，现在想想她不是在生他的气，而是在气自己，所以将自己锁起来反省。那天会说出恨他的话，其实也是对自己说的吧。说到底最错的那个人是自己。

童晔万万没有想到，王梓说请她吃饭的地方会是在王家。

一个星期前，她震惊地从这里逃走，怎么也不会想到一个星期后又回到了这里，而且和他们像一家人那样和乐融融地吃着晚餐。

餐桌上，她再次成为大家夹菜的对象。这样的情景，让她不期然想起了三年前王梓第一次带她来王家，那个时候，每个人都那么热情地欢迎她，当时她以为她会嫁给王梓，然后在这个充满爱的家庭里继续自己的生活。

不知道为什么，三年的时间居然就改变了她的心境，她一样地感动，一样地幸福，可心里就是觉得缺少了什么。

在她来到王家到晚餐过后，她都一直没有见到王子祈，她以为他应该会回家吃饭。事实上王子祈回来过,只是当听见里面她的声音和家人欢乐的笑声后,他就转身离开了。

这样的一个情景,居然让他不期然想起了三年前的某一天,他也曾在这里逃离过,那个时候他是回来参加爷爷的生日会,但里面的笑声让他却步。现在想想,那时她在里面,一定在里面,如果那天他勇敢地走进去,会不会,一切都不一样?

来到一间酒吧,他点了一杯酒,然后慢慢地喝。突然,一个人走到了他的身边坐下,侧头一看,居然是王梓,他什么时候跟过来的?

"不介意我坐在这里吧?"他要了一杯酒这样问他。

两个样貌一模一样又同样器宇轩昂的男人坐在一起,要是没有人注意那根本是不可能的事,但两人似乎对于周遭投注到彼此身上的目光并不感兴趣。

"你为什么在这里?"王子祈问,这是他们两兄弟这么久以来第一次对话,说来陌生也熟悉。

"刚才我看到你了,所以就跟过来。"王梓喝一口酒,这样说道。

"有事跟我说?"王子祈眯眼问。

王梓沉吟一会儿,端着酒杯的手停顿在半空中,慢慢侧头:"我觉得我们应该谈一谈。"

"是吗?"王子祈不置可否,手中摇晃着酒杯,然后仰头一饮而尽,哐啷将酒杯放到吧台上,服务员立即会意将他的杯子再次倒满。

他慢悠悠侧头看王梓:"那么你想要跟我谈什么?"

"二十岁以前,我万万没有想到这个世界上会有一个和我长得一模一样的双胞胎哥哥。"王梓喝了一口酒,"我从小就一个人长大,小时候看着别人家里有兄弟姐妹我曾经很羡慕。可慢慢长大就会慢慢习惯,虽然寂寞却拥有家里每个人的爱,在学校也有了犹如亲兄弟的死党,所以对兄弟姐妹的渴望也就慢慢消失。"

他的话让王子祈想起上次参加的生日会里，一个叫做周霆的男人气愤的言语，那一句句都是替他打抱不平，那个人一定是他口中犹如亲兄弟一样的死党吧。

"二十岁那年，爸爸带着你回到王家。第一眼看见你，听见爸爸说你是我的双胞胎哥哥，我没有一丝内心的挣扎，就自然接受了你的存在，似乎我等你回来很久似的。"他说到这里，放下了酒杯，杯子里的酒已经见底，可他不急着让服务员倒满，而是接着说，"只是我没想到你那么地抗拒我们，相处下来你连一句话都不曾跟大家说过。那个时候我知道你在痛恨王家的人，可在我心里，不管你怎么对待我，你都是我的亲兄弟，身上流着同样血的亲兄弟，这辈子我只会有你一个。"

"其实在妈妈告诉我，幕宛思才是我生母时，我当时真的很难以接受。那时我在想，如果当时她抱走的那个人是我，我想我也会如此地痛恨王家。"其实他没有说出口的是，就算是现在他也不能接受，曾在王氏旗下酒店和他偶遇的幕阿姨就是自己的亲生母亲。

"你到底想要说什么？"听了那么久，他的一些话是勾起了王子祈的回忆，可他不明白他说话的重点。

"我想要告诉你，我不会放弃童婼，当然我也不希望你让我。"这些话他早就想说了，他希望他们能够公平竞争，所以，"不要再躲着童婼，不要让我觉得你在让我。"

王子祈端着酒杯喝酒，他已不再说话。

双胞胎的默契让王梓也跟着沉默下来，他静静坐在一旁又喝了一杯，然后就先行离开结束了两人的交谈。

在酒吧喝到十二点，王子祈才回到家。原本以为自己可以好好睡一觉，也以为她早就走了，没想到当他走上二楼，他就见她站在他的房间门口等他，她居然留在这里过夜。

童婼靠在墙壁上低头沉思，当听见楼梯方向的响动，她已经抬起头来，就看见王子祈站在那里,她走上去："你回来啦。"

"你为什么还在这里？"他问。

"我在等你,我有事情要跟你说。"童婼扶住他因酒精作用而摇晃的身子。

王子祈没有拒绝,而是突然就抱住了她。她愕然,可双手却自动自发地轻轻揽上他的腰。

他们在漆黑昏暗的走廊上静静地拥抱彼此,感受着对方的呼吸,还有两颗火热的心。

童婼轻轻合上眼睛,静静聆听他强而有力的心跳,突然有种感觉,如果不想就此失去他,最好快点开口掌握说话权,所以她没有想多久,就说："我突然很想喝酒,陪我上天台喝几罐吧。"

她松开了手,然后不给他拒绝的机会,拉了他就向顶楼走去。童婼拉开两罐啤酒,一人一罐,她率先喝了一口。王子祈看着她,没有接下啤酒,刚才他在酒吧喝了好多,对酒的欲望已经没有刚才那么强烈了,更何况他不是嗜酒之人。

一会儿的工夫,童婼已经一口气喝完了那罐啤酒,紧接着又打开第二罐。可王子祈伸手就抢了过去："不要再喝了。"

"你也喝呀,我们来干一杯。"她伸手抢回啤酒,顺便将那罐帮他打开的啤酒递到他面前。

王子祈接过,可只是拿在手中,目光灼灼地看着她,捏住啤酒的手紧了紧。

童婼见状,不由得感到不安,刚想要开口,王子祈就伸手将她拥进了怀中,阻断了她想要说的话。他已经做下了那个决定,没有人可以动摇,所以他紧紧地抱着她,缓缓地开口："童婼,跟你在一起的日子是我这辈子最快乐的时候,如果不是你,我不会知道什么是快乐,所以我要谢谢你。"他说着停了下来,不一会儿他的声音又传了过来,"可这是最后一晚了……"他越抱越紧,然后在她耳朵边轻声说下最后一句,"童婞,我们分手吧!"话毕,他松开手,站起身就头也不回地离去。

童婞怔怔地看着他的背影消失不见,这才明白过来他刚才说了什么,眼泪突然情不自禁就滑落下来。

他说,他们分手吧!

她不知道自己是怎样从上面走下来的,走到他的房间门口,她想要向他问个清楚。如果她够勇敢,她就会将他叫出来,只是在他面前她不够勇敢,她就连上去拍门的勇气都没有。她缓缓转过身,一步一步向前走,走到楼梯口她突然停下,头轻轻靠在墙壁上,眼泪像断了线的珍珠一样不停地滑落,悲伤的情绪慢慢变得无法控制,最后她用手捂住嘴巴缓缓坐在阶梯上抵着墙哭得那么无助。

今晚她之所以会留在王家,都是为了想要跟他谈谈,告诉他,不管已经发生了什么事,她对他都没有变,可是万万没想到会等来他的一句分手。

如果说不是为了王梓,那是骗人的,可他怎么可以像三年前的王梓那样放弃她,难道他对自己一点信心也没有吗?

翌日,童婞接受了王梓出去走走的邀请。吃完早餐,正当他们要出门时,王子祈起床从楼上走下来,他没有看童婞,也没有看王梓,而是直接拿了一份早餐就出了门。

童婞的目光一直追随着他,可他就那样旁若无人地从她身边走过,就连一个抬眼也不给她。

他是说真的,他真的要跟她分手,昨晚她甚至自欺欺人到相信这只是他跟她开的一个玩笑,毕竟那是这么地突然。可照现在来看,她没有办法骗自己了,一切都是真的。

心,猛然抽痛了一下,一只手伏在胸口,不知道自己现在要干吗。

王所信不知何时从楼上走了下来，正好目睹了这一幕，连忙快步跟着王子祈走出。

走到地下车库，他叫住了他："子祈——"

王子祈停下脚步，王所信走到他身边："你不应该这样对童婞。"

王子祈转身看着他，冷峻的脸上没有一丝笑容，很久过后才溢出一句："这样对我们三个都是最好的。"说完，他打开车门坐进后扬长而去。

这是他们第一次的交谈，虽然只有简短的两句话，可他已经满足了。

别墅客厅里的童婞呆呆地站着，突然，一只手伸过来握住她的手，然后王梓就拉着她大步走出门外。

她以为他要带她去什么地方，可最后他们只是在大街上游荡将近一个小时。他在左，她在右，他们并肩在人潮汹涌的街头毫无目的地行走着。忽地，童婞就停下了脚步，目光炯炯地盯着旁边那个玻璃橱窗上的大幅照片发呆。

王梓顺着她的目光看过去，照片里的两人让他一愣，上面穿着婚纱礼服的人就站在橱窗外面，可他知道照片上的那个男人不是他，虽然他和他长得一模一样。

童婞突然铆足脚力就向前奔跑，好像身后有什么猛兽追赶似的。王梓不阻止她，而是和她一样在热闹的街头像疯子一样地跑着。最后跑累了，他跑到便利店买了两个雪糕，递了一个在她面前："听说心情不好时，吃冰激凌会让人心情好，试试吧！"

"你听谁说的，我怎么没听说过？"童婞虽然这样说，可还是接了过来。

"反正我听过就是了。"王梓温暖地对她笑，一转头，街对面站着的一个女人让他呆了一下，紧接着一个男人拿着大包小包跑到她身边，她连忙伸手接过一些拿在手中，两人相视甜笑，俨然像一对甜蜜的恋人。

童婼感受他的不对劲，顺着他的视线看过去，就见幕宛思和杜宸睿走在街的对面。她转头看着王梓，他的脸色很不好看，双眼目不转睛看着街对面渐行渐远的男女。

她伸手握住他的手臂，她知道他至今都没有接受幕阿姨就是生母的事实，现在又让他看见她跟一个和自己年龄相仿的男人亲密地走在一起，她知道他心里在想什么，握住他手臂的手紧了紧，像是要他冷静。

王梓看着她，脸上线条慢慢柔和下来，然后说："我送你回家。"

第二天，童婼好不容易鼓起勇气拨通了王子祈的电话，电话足足响了七声后才被他接起："喂！"他的声音略显疲惫。

"喂！"她轻应一声，接着就是无尽头的沉默。

王子祈是能够听出她的声音的，一时之间挂也不是，不挂也不是。"有什么事吗？"最后他先开口问道。

"你爱我吗？"童婼直接问，要是再僵持下去，她不能保证自己不会退场。

显然她的话让王子祈呆愕了一下，接着是一片冗长的沉默，彼此在手机里能够听见对方的呼吸，就是不见他的回答传来。

"童婼……"

"没有关系的，我只是随便问问，你不愿回答就算了，挂了。"童婼不等他将话说完，就赶紧挂断了电话。王子祈这边的手机一直搁在耳朵边，听着手机里切断的声音无尽地沉思起来。

王梓来的时候，童婼刚好在洗澡，他按了好久的门铃，都不见她来开门。正当想放弃时，这时门却打开了。

"怎么大白天的在洗澡？"坐入客厅的沙发，王梓看着她湿漉漉的头发问道。

"无聊呀。"童婼的回答让人哭笑不得。

王梓突然站起身:"吹风机在哪里?你的头发再不吹干就容易感冒了。"

童婼见他就去找,也不阻止,直接指点迷津:"那个桌子的第三个抽屉。"

果然,王梓在那里找到了吹风机,慢慢走回来将电源插上。"坐好!"他命令她。

童婼不解地转过身,没想到她的头还没转过来,就被他扳回去:"好好坐着,我现在帮你吹头发。这么大的人了,怎么还像个小孩子那样不懂得照顾自己。"他念叨着就开始帮她吹起秀发来。

童婼没有多余的挣扎,像个乖巧的小学生那样坐在那里任他慢慢吹干了自己的湿发。这一刻她的心很温暖,可眼眶却随着时间的推移慢慢湿润了。她从来没有发现自己是这么地脆弱,这一幕让她又想起了王子祈,他也曾这样宠溺地帮她吹过头发,可他们现在还能回去吗?

王梓的手指轻轻顺过她干爽柔软的秀发,最后终于关掉了电源。他坐到她的身边,一见她泪流满面的脸庞,不由得眉头紧蹙,伸手过来就替她慢慢擦拭掉。他没有问她为什么哭,在他的心里他自然明了,只是他不愿相信罢了。

他突然从裤兜里拿出一个红色的小棉盒子,打开,一枚璀璨的白金钻戒就在眼前,他伸手过来握住她的左手:"嫁给我吧!"

童婼看着他,一时之间不知道应该做何种反应才好,只能定定看着那枚耀眼的钻戒,汹涌的泪水在这个时候更加地猛烈。她突然闭上眼睛,咽下嘴巴里的哭泣,答案已经显而易见。

她不愿意!

到了这个时候,王梓知道自己不能再自欺欺人了,她这样明显的拒绝,已经不容他错认。他紧紧握住她的左手,握得很用力,甚至知道握疼了她，他也没有松开手。这一刻，就算不愿承认自己的失败也不行了。

收回拿着钻戒的手，他将身子坐正，突然说："他跟你说分手的那晚，我全都看到了。"他的双手抱住她的双肩。

"童婥，我知道我输了，我输给他了。三年前我都没有把握可以赢过他，更何况是三年后的现在。"他这样说着。

童婥不敢看他的眼睛，只能让如洪涌的眼泪从眼眶里滑下。她也发现自己输了，她在挂断王子祈电话那刻就大声地告诉自己忘掉他，她可以跟王梓重新开始，因为她知道他爱她，他会给她幸福的，只是在听见他向她求婚的那一刻，她才发现除了王子祈的求婚，她谁也不会接受。

她爱王子祈，很爱很爱他，如果曾经她有为自己爱的人是他还是王梓徘徊时，这一刻也清楚了。

曾经一切错综复杂的事情，最后只是证明，她爱他，自始至终只是他。

"我认输，我真的认输了。"王梓看着她满脸的泪水，伸手心疼地帮她擦掉，"还是跟我举行婚礼吧，让我知道他爱不爱你，值不值得我退出，我想你也应该很想知道是不是？"

他的话让童婥突然抬起眼来看他，疑惑地问："什么意思？"她不确定他是不是那个意思。

"如果他来将你带走，我会祝福你们，让他说爱你，这是这场婚礼的目的。"王梓说。他不忍心他们受这样的煎熬，明明相爱，却因为他的出现而变成这样。既然他知道自己在竞争中没有胜算，既然这是他造成的，他应该弥补。

童婥看着他沉默了下来，虽然没有回答，可她的表情和眼神已经说出了她的决定，他会意到了。

他们要结婚的消息来得异常地突然，这让王家人在接到这个消息后瞬间炸开了锅。他们随即在客厅里开始讨论婚礼的仪式和即将宴请的宾客，脸上写满了对他们的祝福。

可在王梓突然的一句话下，他们全都安静了下来，他说："明天就举行婚礼，不要宾客，也不要铺张，我们只需要一个婚礼的仪式。"他的这些话一出，不知道为什么，童婥觉得自己实在太亏欠他，一丝愧疚不由自主油然而生。

王家所有的人没有问为什么，全都依着他的指示去做，瞬间就行动起来，为这个没有时间准备的婚礼忙活着。

门外的王子祈总是在最不合时宜的时候出现，然后听见了自己永远不想听到的话。这是他第三次没有走进门掉头离开，他知道这会是最后一次了。既然他们两人如他所愿圆满了，那么他也没有什么好牵挂的，他打算离开这座城市，让他的心沉淀悲伤。天涯海角，他会祝福他们。

在这座城市能够在不到一天的时间内就将一场华丽的婚礼准备得妥妥当当的没有几个，但王家就是其中一个。

洋溢着幸福的教堂里飘溢出婚礼进行曲的乐章，童婥身穿美丽的婚纱在童爸爸的牵引下来到新郎的身边。在求婚和结婚相隔不到一天的时间里，她不知道他到底是怎样说服吃惊的爸妈还有米朵、沈告天来参加他们的婚礼的。虽然没有将婚礼昭告天下，但宽敞的教堂里还是坐满了对他们祝福的人，这样的排场让她心里有一阵心虚和无名的忐忑。

在这样心不在焉的情况下，童婥根本没有听到神父到底在上面说了什么，只听到王梓突然出声说："我愿意。"

接着神父又说了一段话，紧跟着是无尽的沉默，全部人的注意力都定在她的身上。她缓缓抬起头，她听清楚了神父刚才说了什么，他问："童婥，你是否愿意王梓成为你的丈夫与他缔结婚约？无论疾病还是健康，或任何其他理由，都爱他，照顾他，尊重他，接纳他，永远对他忠贞不渝直至生命尽头？"

她感受王梓投来的目光，慢慢转身看着教堂敞开的大门。没有人，他没有来，她多么期待他能够在这一刻出现，然后将自己带走。原来自己一直忐忑难安的心都是因为不确定他会不会来。但他还是没有来，他愿意将她拱手让给别人。

王梓跟着她向教堂门口看去，现在教堂里静悄悄得只能听见众人的呼吸声，好久好久后，耳边传来了王梓低沉沙哑的声音："我以为，我可以让你就这样糊里糊涂地嫁给我，事实证明还是不行。"

童婼看向他，他的双眼有悲伤划过："昨天我哥哥发了一条短信给我，他走了，他离开了这座城市，不知道去了哪里。他要我好好地照顾你，可现在我真想骂他混蛋，这个世界上唯一能够照顾你的人是他，一直都是他。"

今天的他是多么地帅，她从来没有像这一刻这样认真地看过他。让她不能忘记的是他的眼睛，这是一双迷人的眼睛，时而阳光时而忧郁，他是矛盾的结合体，但却益发地让人着迷。有人说穿婚纱的女人是最美丽的女人，那谁又可以说穿着新郎礼服的男人不是最帅的男人呢？

踮起脚尖，童婼突然紧紧地抱住他，静静的教堂有她清亮的声音响起："对不起，王梓。"她说完退开，然后看了在场的所有人一眼，抓起着地的礼服裙摆就向教堂门口跑去。米朵在她逃走的一刻站起了身，眼泪不受控制就滑了下来："童婼——"她口里喃喃唤着，沈告天站起身揽住她的肩膀："这是她的选择，我们祝福她。"

穿着新娘礼服奔跑在熙攘的街头，童婼气喘吁吁地向前跑着，大步冲进机场大厅。穿过人潮，她试图在许许多多的候机乘客中找到那张熟悉的脸，可他是昨天就走的，怎么可能今天还能找到？窗外，一架飞机突然划向天际，她转过身，对着那架起飞的飞机喊："王子祈，你给我回来。"似乎那架飞机里真的有她最爱的男人。

她抛下了新郎，抛下了所有的亲人，她从教堂里跑了出来。虽然这场婚礼本来就会这样无疾而终，可她的心还是跟王梓、王家、爸妈、米朵和沈告天逐个说着对不起。走过她身边的人纷纷向她投来关注，她知道是自己身上那身雪白婚纱的副作用，也许别人会猜测一个穿着婚纱的女人出现在这里，会不会是被男人抛弃，会不会是逃婚，又会不会是疯子。她仰望窗外清澈的蓝天，那样湛蓝，那样晴朗，她的心却乌云密布，毫无阳光。

回到家，她第一时间冲进浴室洗了一个冷水澡，冰凉的水滑过细嫩的肌肤让她的心都开始颤抖。镜子里那个哭得像泪人的女人真的是那个冷静的自己吗？为什么会让她如此陌生？

空洞的眼神里有一个女人失恋后的绝望，似乎带走了她世界的每寸欢笑和阳光。她机械地关上开关，穿上衣服走出浴室。今天她是美丽的新娘，一个人一辈子应该只穿一次婚纱，可她却让自己的第一次拿来做赌注，最后她输得一无所有。

电脑正在开启中，双眼看着启动的画面，眼泪早已停止，而且双眼里重回了她往日的平静，她要做最后一个尝试。

她登陆QQ，打开邮箱里的漂流瓶，她写了一封漂流瓶扔向大海，让它决定他们的缘分，她要它帮她找回那场爱的缘分。没错，她相信他们是有缘的，她就是想用他们仅剩的一点缘分来找回那个让她输得一败涂地的男人。

她给他一年的时间，要是他们真的有命中注定的缘分，那么漂流瓶会告诉他，她在他们第一次遇到的地方等他，等他帮她找回那条名为Angel's love的项链，她会将项链藏在一个他们有共同美好回忆的地方，要是他有心，就一定会找到。要是一年后，他没有带着项链和他自己出现，她会彻底死心，让他们的一切尘封在彼此的回忆里，她会找个爱人把自己嫁掉，她会找自己全新的生活，那时，她的生活里不再有他。

坐在出租车前往机场的路上，她的右手一直放在自己的脖子上，那里空空如也，已经不复见那条对她有特殊意义的项链。她在来机场前亲手将它埋在一个地方，那个地方有她和他美好的回忆，她相信他懂的，他会知道的。

拖着一小箱行李走进机场大厅，她的思绪又开始飘散。刚才她打了个电话给米朵，她是自己最要好的朋友，她应该跟她说一声自己要离开的消息。她知道这个世界什么都可能改变，唯一不会变的是她和米朵之间的友情。她听见米朵用亢奋的声音说她和沈告天终于和好，听她说唐克永新交的女朋友怀孕了，他打算和她结婚，既然他现在有了自己的孩子，他打算放弃诺诺的抚养权，说到最后，米朵还很臭屁地说，算他识相，要不然她会在法庭上打得他落花流水，这辈子别想再见到他的女儿。

她知道米朵心里是心存感激的，如果他们当真在法庭上相见，对诺诺的心理和成长没有太大的好处。"现在好了，小诺诺永远只会知道她有沈告天一个爸爸，没有人会用异样的眼光看她，她也不会自卑，她还是以前快快乐乐、无忧无虑的小诺诺。"她这样放心地对米朵说道。

最后她当然说了很多很多不舍得她的话，但米朵也知道她的去意已决，只能说："童婼，不管在哪里，你一定要记住还有我这个朋友永远祝福你就行。"

米朵现在幸福了，她没有什么牵挂了。虽然爸妈老了，但他们有童莉，她相信童二小姐会照顾好他们的。她不敢将离开的消息告诉他们，因为怕听见他们的哭泣和挽留，但她知道米朵会告诉他们的。

她坐在候机的凳子上，突然一声熟悉的叫唤："童婼——"她瞬间抬头，居然是王梓。

现在的她能够一眼就认出谁是王梓谁是王子祈，他们是这样地不同，一个阳光，一个冷漠。她不知道自己当初为什么会将他们两人认错，那是一段老天爷开的玩笑吧。

"你怎么会来这里？"她站起身问道。

"刚才去你家，听你邻居说你拿着行李离开了，所以我想你一定是来了机场。"王梓的声音没有任何的沧桑感，和以前一样地温暖。

"对不起！"她道歉。

"不要再跟我说对不起了，去找他吧，一定要把他找回来，告诉他，我真心地祝你们幸福。"

童婳看着他的眼睛，突然微微一笑。这个时候广播响起她该登机的信息，她倾身抱住他，在他耳边轻声说："王梓，去认回你的亲生母亲吧，不管怎么样没有她就没有你。最后，你一定要幸福。"说完，她就头也不回地走进登机入口处。

一年后

炎热的八月就连吹过脸庞的风都带着热浪，太阳底下的人就像沉浸在一个热气滚滚的烘箱中。八月，每个学校都放着暑假，行走在静谧无人的校园里，只听到鸟儿在歌唱。

童婳踩着高跟鞋走在林荫道上，面前的一景一物是那样地熟悉，清晰的过往在脑海里回放，母校载着她曾经的点滴在心里盘旋，仿佛昨天发生的一样。

一年的时间原来过得那么漫长，她没有游玩太多的地方，仅仅在法国普罗旺斯度过了不长不短的十二个月。看着那个被自己圈上去很久的日子最终来临时，她终于还是迫不及待打包行李回到了这里，回到了这座拥有他气息的城市，让这熟悉的气息包围她的生命。她热爱这样的感觉，仿佛整个人都活过来了一般。

今天的天气真好，好得让人意想不到，那火辣辣的太阳照耀在身上的感觉真的是硬生生地疼。尤其在午后的这个时分，太阳更加地毒辣，每个人都避之唯恐不及，没有人像她今天这样如此地喜爱。那闪耀的光亮，那晒得人汗流浃背的灼热，都很好地减除了她从脚底荣升起的紧张感。她尽量让自己悠然地走着，轻松惬意，仿佛晚餐后愉快的散步，一步一步如此坚定，如此轻快。她在脑海里慢慢回忆母校带给自己的美好过往，看看那棵曾经刻过誓言的大树如今的痕迹，手抚摸上去的是那年恶作剧过后的欢声笑语，喜欢那年米朵曾说："如果过了今天，我们怎么也回不到这天了。"这样的忧伤，现在她们才懂。

视线慢慢向前移，脚步一步步向前，她的唇角不自觉紧抿在了一起，前面所有的悠然自得终于在临近那里时功亏一篑，阳光照出的自己的倒影居然也有了细微的颤抖，可脚步还是异常坚决地移动。终于，她走到了这个转弯口，没有人，远远地她就没有看见任何一个人，除了自己。在这一刻她感受不到任何一个生命的呼吸，一瞬间，她整个人都靠在了墙壁上，他没有回来？

阳光刺中她的眼睛，她微微侧头，眼角余光被另一夺目的亮光抓去视线。慢慢转过头，她用右手紧紧抓住墙角，眼睛这个时候变得刷亮，就如黑夜一颗闪耀的明星。她全部的目光都注视到放在阶梯上的那个小锦盒上，那条在阳光照耀下闪闪发光的项链，就如黑夜里的夜明珠般璀璨。

走上前拿在手中，让真实更贴近自己，是她的项链，真的是她的项链。她喜悦地转身，一个背对着阳光的男人站在她面前的不远处。双眼里慢慢放大的影像，最后传达到大脑里的名字，她突然就笑了，他终究还是来了，他终究还是在茫茫网海中收到了她的漂流瓶，他终究还是知道她将 Angel's love 项链藏在了他们曾经度过七天的海边度假村。喜悦已经全然覆盖了以往的悲伤，她激动地跑上前，王子祈站在那里张开双手迎接她。她扑进他的怀抱，轻声说："你回来啦？"这一刻她除了开心的笑没有眼泪。

"我回来了。"王子祈从未笑得如此温暖,紧紧地抱着她,这一刻他们如此地幸福。他知道可以在茫茫网海里收到她的漂流瓶是一件多么令人惊奇的事情,这证明他们的缘分:"谢谢你那么爱我,还好你那么爱我,要不然我这辈子会孤独终老的。"

一年前,他以为王梓适合她,所以他愿意无条件地退出。可一年的时间只证明,陪在她身边的那个人不是自己,他永远做不到祝福和忘掉,所以……"我爱你!"他在她耳朵边说出这个世界最动情的情话。

她等到了,她今天终于等到了,他一定不会知道她等这句话等了多久。她仰起脸看着他温柔的脸庞,笑着柔声回应:"我也爱你!"话音刚落,他低下头,抵着她的额头,彼此的呼吸就这样吹拂在对方的脸颊上,真实地告诉他们这一刻都是真实的。

他们爱的缘分,终于在这场盛夏得以完满地落幕。阳光,更加耀眼了,似乎载满着对他们无尽的祝福。

(完)